가벼운
스님들

.

가벼운
스님들

이만희 희곡집 1

arte

발문

시간과 공간의 압력을 견디는 정전의 힘

벌써 30년이 다 되어갑니다. 대학로에서 〈그것은 목탁구멍 속의 작은 어둠이었습니다〉라는 긴 제목의 연극을 본 지가. 그날 이후 저는, 이만희 작가의 열혈 팬이 되었습니다.

그는 작품성과 대중성을 잡기 위해 부단히 노력해온 작가입니다. 일단 작품이 재미있습니다. 그리고 따뜻합니다. 여기 수록된 18편 중 절반이 코미디입니다. 발랄하고 유머러스하고 해학적입니다. 템포가 빠르고 말도 맛깔납니다. 고단한 일상을 경쾌하게 풀어냅니다. 공연을 보고 집에 돌아오면 고향에 다녀온 것만 같습니다. 할머니가 얼어붙은 손주 발을 녹여주며 괜찮다고 다독여주는 듯합니다. 다시 살아갈 힘을 얻게 되고 모든 존재에 대한 애정이 솟아납니다.

그의 작품에는 흥행작이 많습니다. 〈불 좀 꺼주세요〉는 1992년 초연 당시, 3년 6개월간 공연하여 20만 명의 관객을 동원했으며 서울시 정도(定都) 600년 타임캡슐에 수장되기도 했습니다. 또 〈용띠 개띠〉는 10년간 장기 공연한 작품입니다. 제가 연극을 처음 보는 사람들과 극작을 원하는 학생들에게 반드시 권하는 작품이기도 합니다. 관극 시간 내내 맘껏 웃다가 돌연 휘몰아치는 슬픔에 눈물을 흘리게 되는 작품입니다. 그 슬픔이 우리의 평범한 일상의 것이어서 더욱 깊고 강렬하게 다가왔나 봅니다. 이혼을 결심한 부부가 이 작품을 보고 우리도 저들처럼 다시 한번 살아보자고 다짐했다는 실화도 들었습니다.

어느 해 10월입니다. 〈아름다운 거리〉를 보고 난 후, 그 서늘한 감동에 덕수궁 돌담길을 서성였던 기억이 아직까지 생생합니다. 이 작품은 우리가 살아가면서 잊거나 묻어버린 삶의 세목에서, 가장 중요한 인간에 대한 애정을 잔잔하게 일깨워주고 있습니다. 2인극은 미학적 완성도가 어렵다고 하는데 〈돌아서서 떠나라〉는 최고의 완성도에 도달한 2인극으로, 영화 〈약속〉으로 만들어져 당시 최고의 흥행 기록과 더불어 지금까지 한국의 대표적인 멜로영화로 꼽히고 있습니다. 아울러 1993년 국립극단에서 초연된 이래 지속적으로 공연되고 있는 〈피고 지고 피고 지고〉는 인생을 달관한 자가 아니면 보여줄 수 없는 맑은 경지를 보여주고 있습니다.

이만희 작가의 작품은 1년 내내 공연됩니다. 때로는 대학로에서, 때로는 지방의 크고 작은 극장에서, 혹은 연극영화과의 실습 작품으로 끊임없이 공연되고 있습니다. 그런데 간혹 그의 작품이 엉뚱한 대본으로 개작되어 공연되는 걸 본 적이 있습니다. 그래서 저는 늘 정본(定本)이 필요하다는 의견을 드렸고, 그 결과 네 권의 '이만희 희곡집'이 나오게 되었습니다. 여기에 수록된 18편의 작품은 모두 정전(正典, canon)입니다. 공연은 시대 상황이나 사회문화적 배경에 따라 조금씩 달라질 수 있지만, 정전은 그러한 시간과 공간의 압력을 견디는 힘을 가지고 있습니다. 그래서 본래의 자리로 되돌아오게 합니다.

올해는 이만희 작가의 등단 40주년이 되는 해이며 동시에 교수직 정년을 맞이하는 해입니다. 이 뜻깊은 해에 '이만희 희곡집'을 발간하게 되어 매우 기쁩니다. 극작가를 꿈꾸는 청년들과 희곡 연구자들, 그리고 연극인들과 독자들에게도 큰 기쁨이 되기를 소망합니다.

　그리고 머지않아 더 많은 작품이 쏟아져 나와, 또다시 전집 발간이 이루어지길 간절히 바랍니다.

2019년 6월

동국대학교 영상대학원 교수

이종대

차례

용띠
개띠

등장인물　나용두

　　　　　　지견숙

1장. 이별

어둠 속에서 음악이 잔잔히 흐른다.

「나 그대에게 모두 드리리」

용명되면,

운동장 한쪽 구석에서 휠체어에 앉아 있는 지견숙.

창백한 조명에 초췌한 얼굴.

나용두가 휠체어 옆에 서서 물끄러미 지견숙을 보고 있다.

40대 후반의 모습.

견숙   미안타. 내 먼저 가서.

용두   웃기는 소리 말그라. 니보다 내가 먼저 간다.

견숙   내 다 안다. 끽해야 3개월짜리인걸.

용두   누가 그러드나? 김 박사한테 어제도 들었다. 후두암 초기라서
       깨딱없다 카드라.

견숙   개소리 작작 해라.

용두   개소리가 아이다. 누가 먼저 가는지 내기할래?

견숙   한쪽이 죽었는데 누가 벌을 주고?

용두   지는 사람은 죽을 때까지 경북고 운동장을 뛰는 기다. 하루에 세
       바퀴씩 매일같이.

견숙   헤헤헤. 그게 무슨 벌이고?

용두   웃을 일이 아이다. 나이 7, 80 먹어서 뛴다고 생각해봐라.
       뛰어지겠나? 기는 기지. (노인의 힘없이 뛰는 시늉) 헥헥헥헥!

견숙   맞다. 사는 것이 더 고역이겠다.

용두	그럼. 여기 남아 있는 사람이 더 고역이제.
견숙	헤헤헤. 쌍코피 하고 뛰기 할까?
용두	쌍코피? 헤헤헤. 좋다, 쌍코피!
견숙	(울먹이며) 니는 승부사도 아이다. 질 걸 뻔히 알면서 내기 거는 놈이 어데 있노.
용두	(운다.)
견숙	울지 마라.
용두	안 운다. 니나 울지 말그라.
견숙	니 나랑 결혼한 거 후회 안 하나?
용두	안 한다.
견숙	나 만나 고생 많았제?
용두	아이다. 니를 안 만났으면 우예 살았을까 싶다. 니하고 처음부터 다시 시작하라면 좋겠다.
견숙	당신 작업실에서부터?
용두	그래.
견숙	헤헤헤.
용두	헤헤헤.
견숙	행복은 참 잠깐이데이.
용두	아이다. 세상에서 제일루 긴 기이 행복이다.

음악이 잔잔히 흐르며 용암된다.

2장. 첫 만남

나용두의 작업실.

직사각형의 탁자가 있고 그 위에 의자 두 개가 거꾸로 얹혀 있다.

TV 야구 중계 소리와 카세트에서 흘러나오는 뽕짝 노랫소리가

요란하다.

나용두가 가락에 맞춰 몸을 흔들며 흥겹게 밀걸레질을 하고 있다.

젊은 모습.

반바지에 두건을 쓰고 쭈쭈바를 입에 물고.

그때 딩동딩동 초인종 소리.

용두   하! 저 보험 아줌마 또 왔네. (문 쪽에다 대고) 됐습니다. 지금 넣는 것도 벅차서 미치겠습니다. …… 죄송합니다. (혼잣말로) 아 참 되게 끈덕지네.

그러다가 TV에 시선이 멎는다.

TV는 뒤에 있으나 시선은 객석 쪽. 타자가 타석에 들어서고 있다.

생각에 잠긴다.

용두   삼진! 틀리몬 멧돼지 바비큐 33!

용두, TV에 집중한다. 타자가 안타를 친다.

용두   아ー하! 오늘은 되는 일이 하나도 없네.

나용두가 행거에 거꾸로 매달린다.

용두   (행거를 잡아당기면서 구령을 한다.)

그때 다시 초인종 소리.

지견숙이 정장 차림으로 기웃거리며 들어온다.

견숙, TV와 카세트와 용두의 행동에 어지럼증을 느낀다.

가다듬고는 노크를 한다.

들릴 리 없다.

더 크게 해보나 마찬가지.

견숙   허험!

용두   …….

견숙   (더 크게) 큼큼!

용두   …….

견숙   계십니꺼?

용두   …….

견숙   (가까이 가며 더 크게) 예 봅시데이.

용두   …….

견숙   (용두를 툭 치며) 보소 보소.

용두   ?

견숙   여기가 만화가 나용두 화백님 작업실 맞지예?

용두   와요?

견숙   그분 어딨습니꺼?

용두   (밀걸레질을 하며) 보험 안 듭니더.

견숙	예에?
용두	든 게 너무 많어예.
견숙	얼씨구?
용두	와요? 보험 아줌마가 아닙니꺼?
견숙	뭐어? 아줌마?
용두	아 아, 보험 언니! (혼잣말로) 요즘은 할머니도 언니라 카면 좋아하데.
견숙	초면에 그렇게 함부로 말해도 되는 거예요?
용두	그럼 누구신데예?
견숙	내가 누군지 아저씨가 알아서 뭐 할라꼬.
용두	뭐? 아저씨? 나 총각입니더.
견숙	흥! 기가 막혀. (가서 카세트를 끈다.) 하, 쇠 깎는 공장에서 빠져나온 느낌이다……. 웬만하면 하나만 합시더.
용두	난 두 가지를 동시에 합니더. 항상! 늘! 언제나! 이 닦으면서 훌라후프 돌리고예 전화 받으면서 다림질합니더. 그게 내 특긴니더. 남들 이틀 할 거 난 하루에 합니더. 짧은 인생 아입니꺼.
견숙	(하품을 한다.) 카악!
용두	(하품 소리가 너무 커서 깜짝 놀란다.)
견숙	댁하고 긴 얘기 하고 싶지 않으니까 빨리 나용두 화백님 나오라 하시소.
용두	…….
견숙	(탁자 위에 있는 의자를 내려놓는다. 거기 앉으며) 좀 앉아도 되겠지예?
용두	벌써 앉았고마는.

견숙	찬물 좀 주세요.
용두	예?
견숙	냉수 한 그릇 얻어먹자구요.
용두	알았심니더.
견숙	재떨이도요.

용두, 어이없어서 서 있는데

무대감독이 재떨이를 가져와

갖다주라는 시늉.

마지못해 용두가 그걸 받아 견숙 앞에 놓는다.

견숙, 아무렇지도 않게 물을 마신다.

괘씸한 생각이 든다.

맞은편에 앉는다.

견숙을 꼬나본다.

견숙, 용두의 시선이 싫어서 쫓아낼 겸,

견숙	인어뷰 때문에 《아리랑》 잡지에서 나왔다고 전하세요.
용두	인어뷰?
견숙	지견숙 기자가 찾아왔다고.
용두	이름이…… 견숙입니꺼?
견숙	…….
용두	견숙…… 개숙……. (실실 쪼개며) 견(犬)? (개 흉내) 왈왈! (탁자 위에 만 원을 걸며) 58년 개띠 맞죠?
견숙	(돈과 용두를 번갈아 본다.)
용두	(가지라는 제스처.)

견숙	(망설이다가 돈을 핸드백에 넣으며 어울리지 않게 쑥스러워하며)
	맞아예.
용두	크하하하하!

용두가 포복절도하듯 웃어젖힌다.
견숙은 '별 미친놈 다 보겠다'는 식으로 보다가 TV에 시선이 멎는다.
TV에 빠져든다.

용두	(폼을 잡으며 다가가서) 지는 52년생 용띠인 나…….
견숙	(TV를 보며 환호성) 강만수다!
용두	나 용둡니다.
견숙	하, 멋있네에! 어쩌면 저렇게 남자답지. 너에게 나를 보낸다, 쪽!
용두	하, 저 자식 학교 다닐 적에 가시나들한테 인기 되게 없었어요.
	나만 보면 "형! 가시나 하나만 돌라, 하나만 돌라……."
	저놈아가 경북고 망신이었다 아입니꺼.
견숙	경북고? 경남고!
용두	경남고? 경북고!
견숙	작년 11월 23일 오후 2시에 내가 직접 인어뷰했어예.
용두	인어뷰 같은 소리. 경북고!
견숙	남!
용두	북!
견숙	남!
용두	북!
견숙	남!
용두	북!

견숙	남!
용두	북!
견숙	우기는 게 특깁니꺼? 186센티 82킬로 (시력) 1.2, 1.5. 경남 통영 출생……. 더 말해볼까예?
용두	하, 진짜 답답하네. 저느마가요 중간에 야구 관두고 동대구역에서 구두 닦았심니더. 그때 내가 따로국밥도 사주고 용돈도 주고 그랬심니더. 내 직계 후밴데 내가 그걸 우겨요?
견숙	허허, 이 사람이 증말……. 이것 보세요. 강만수 여동생이 강영숙이라꼬…… 지금 부산 송정리에서 바다횟집, 하고 있심니더. 방 다섯 칸짜리에 이층집을! 삼거리 카도 옆이 슈퍼마켓이고 그 바로 옆에 붙었어예.
용두	우와. 당신처럼 우기는 여자는 태어나서 난생처음입니더.
견숙	남자들은 꼭 질 거 같으며는, '여자가 고집이 세다 목소리가 크다' 이런 걸로 트집 잡아예? 흥! 정말 웃기는 일 아닙니꺼?
용두	뭐? 웃겨요? 하, 이거 증말 열 받네에.
견숙	열 받어예?
용두	(자제하며) 입 다물고 계시이소. 내 백번 천번 참는 깁니더.
견숙	내는 천번 만번 참고 있어예. 날 근드리지 마소.
용두	저느마가 경남고면 이 열 손가락에 장을 지저예.
견숙	만약 틀리면?
용두	당신이 하라는 대로 다 하겠심니더.
견숙	내기할까예?
용두	내기? 내…… 내가 말입니더, 친구들하고 먹기 내기해서 져가, 달성공원을 알몸으로 한 바퀴 돈 사람입니더. 신문에 난 거 못 봤습니꺼? 달밤에! 달성공원! 스트리킹!

견숙   내기라면 내 앞에서 언급을 말아주세요. 내도요, 짜장면 다섯
        그릇 먹기 내기에 져서 불침을 한꺼번에 아흔아홉 방 맞은
        사람입니더. 그 흉터가 이겁니더.

용두   잘 만났심니더.

견숙   (수첩과 볼펜을 꺼내며) 쓰소 마.

용두   당신도 틀리면 내 하라는 대로 다 하는 깁니더.

견숙   걱정 마소.

용두   무조건!

견숙   나 프롭니더.

        어둠 속에서
        「결혼행진곡」이 우렁차게 울려 퍼진다.

3장. 신혼여행

호텔방.

침대에서 "크흐흐흐" 웃음소리가 들려온다.

나용두가 이불을 뒤집어쓰고 좋아하고 있는 것.

그때 견숙이 가운을 입고 머리를 털며 욕실에서 나온다.

견숙   용두 씨! 용두 씨!

용두   서방님이라고 불러봐라.

견숙   ……서방님예…….

용두   와?

견숙   빨리 씻으라꼬예.

용두   니 나 사랑하나?

견숙   서방님은예?

용두   사랑한다.

견숙   지도예.

용두   흐흐흐.

견숙   나 어디가 그렇게 이쁜데예?

용두   처음 본 남자한테 '물 달라 재떨이 달라' 니는 꾸밈이 없데이.
        그 괄괄한 성격이 맘에 들었다. 사내답고 시원했다. 여자들 내숭
        떨며 뒤로 호박씨 까는 거 내는 질색이다.

견숙   그건 용두 씨도 마찬가집니더. 지는예……. 화백이라 캐서 나이
        들고 엄한 분인 줄 알았어예. 반바지에 쭈쭈바 물고…… 애
        같았어예.

24

용두	그럼 니도 처음부터 내가 맘에 들었나?
견숙	맘에 안 들었으면 돈을 어떻게 핸드백에 넣어예.
용두	흐흐흐.
견숙	용두 씨는…….
용두	서방님이라고 불러봐라.
견숙	헤헤헤. 서방님은 습관이 뭡니꺼?
용두	습관?
견숙	습관을 미리 알아서 맞추어 살라꼬예.
용두	흐흐흐, 이쁜 것. 내는 저녁밥을 꼭 7시에 먹는다.
견숙	어머나. 지는 7시에 퇴근하는데…….
용두	괜않다. 10시에 먹으면 어떻고 11시에 먹으면 어떠노. 음식은 마음이 반이란다.
견숙	고맙심니더.
용두	만화가는 수입이 일정치 않다.
견숙	괜않습니더. 지가 언제 돈 보고 결혼했습니꺼.
용두	흐흐흐.
견숙	지는 하품할 때 시끄러버예.
용두	하하! 난 맨 처음…… 니 하품할 때 뽕 가부렀다.
견숙	어머나. 남들은 흉만 보던데.
용두	남들이 잘못된 기다. 그럼 (이를 앙다물며 하품을 참는 시늉을 하며) 이래야 되나. 사람이 꾸밈이 없어야제.
견숙	사랑합니더.
용두	흐흐흐. 내는 인생을 선택이라고 생각한다. 어떻게 사느냐, 이건 어떤 선택을 했느냐와 같은 것이다. 내는 니를 선택했다. 내 선택은 탁월했다.

견숙   만화가는 어떻게 해서 택한 깁니꺼?

용두   고등학교 때 앙알이라고 아주 무시무시한 선생님이 있었는데
      웃는 걸 한 번도 본 적이 없고 때렸다 하면 아주 죽여버렸다.
      수업 시간에 공책에다 그림을 그리고 있는데 "나용두 공책
      가지고 이리 나와" 앙알이가 나를 부르는 기다.
      '이젠 죽었구나' 나가면서 옆을 보니까 반 친구들도 "니는 이제
      돼졌다……. 돼졌다." 앙알이 앞에 섰는데 안 할락 캐도 이가
      딱딱딱딱 부딪치는 기라.
      그런데 그때 "하하하하!" 웃음소리가 나서 보니까 앙알이가 내
      공책을 보면서 웃어 제끼는 기라. 순간 '아! 만화가다!'라고 결심
      안 했나.

견숙   당신은 꼭 성공할 깁니다.

용두   니는 와 기자가 됐노?

견숙   지는 어려서부터 호기심이 무척 많았심니다. 좀 별났어예.

용두   어땠는데?

견숙   물을 마시면 물이 요레 요레 요레 나오는 줄 알았심니다.
      진짜 그런가 볼라고 요강에 앉아서 이만한 주전자에 물을 다
      먹었심니다.

용두   우찌 됐는데?

견숙   우찌 되기는……. 병원이데예.

용두   우와. 니 진짜 괴물이었네에.

견숙   똥을 안 누면 우찌 되는지 되게 궁금했심니다.

용두   그래서?

견숙   한 달간 안 눠봤어예.

용두   그래서?

견숙	뉘렇게 떠서 기절했어예.
용두	또 깨어보니 병원이었나?
견숙	예. 그런 일이 너무 많았심더.
용두	내도 그랬다. 어렸을 때 TV에서 마술사가 막대기를 이쪽 귀에 넣어가 이리로 빼데.
	그래서 나도 안 해봤나. 팥을 이리 쎄리 쑤셔 박았다. 이리 빼는데 안 나와.
견숙	그래서예?
용두	다음 해 봄에 여기서 싹이 나데.
견숙	헤헤헤.
용두	우린 서로 아주 잘 만난 기라. (누우며) 흐흐흐. 어서 자자.
견숙	아이이. 어서 씻으시소.
용두	우린 서로 꾸밈이 없다. 오늘 밤 꾸밈없이 가자.
견숙	아이 그래두…….
용두	<u>흐흐흐.</u>

용두, 욕실로 간다. 미간을 찌푸리며 나온다.

용두	(허나 상냥하게 노래하듯) 견숙 씨…… 이리 와서 욕탕 좀 보실까요?
견숙	싫어예. 부끄러버예.
용두	그게 아입니더. 이리 와 봅시데이. 어서요.
견숙	(욕실로 가서 보며) 와요?
용두	(되묻는다.) 와요? ……아무 느낌도 없나?
견숙	글쎄예. (화장대로 간다.)

용두	(쫓아가며) 첫채, 호텔에서 수건을 네 장 줬다. 네 장 다 써버리면 내는 뭘로 닦노.
견숙	다시 갖다 달라 하지예. 인터폰 할까예?
용두	두채, 거울이 그게 뭐꼬? 비누 거품 천지 아이가. 니는 머리 감으면서 (춤추듯이) 이리 닦나?
견숙	그랬습니꺼?
용두	세채, 물을 내려야제. 물! 물! 물! 볼일봤으면 물을 내리는 기이 상식 아이가. 변기통에 맥주 부어났나?
견숙	깜빡했어예. 당신이 물 내리고 쓰시소.
용두	네채, 세면대에 웬 밥상? 드라이기, 클렌징크림, 립스틱, 인조 속눈썹, 화장 지운 휴지, 신었던 스타킹까지……. 완전 잔칫상이다. 여긴 하와이가 아니라 난지도다.
견숙	용두 씨.
용두	듣기 싫다.
견숙	서방님예.
용두	정리를 해야지. 욕실을 썼으면 다음 사람을 위해 정리 정돈을 해야 할 거 아이가. 여자가 돼가지고…….
견숙	(버럭 큰 소리) 여자 여자 하지 마소! 내가 이 세상에 태어나 제일 듣기 싫은 말이 뭔 줄 압니꺼? 여자라는 말입니다. 여자니까 여자라는 것이 여자가 돼가지고 여자이기 때문에……. 다 듣기 싫습니다. 이 지견숙이가 욕실을 안 치운 거지 여자라는 것이 안 치운 게 아닙니더. 여자를 모독하지 마소, 쯧!
용두	니 말 다 했나?
견숙	(심했다 싶어) 헤헤헤. 큰 소리 쳐서 미안합니다.
용두	…….

견숙	어지르는 게 특기라 안 했습니꺼?
용두	매우…… 엄청난 기라.
견숙	노력할게예.
용두	…….
견숙	(불을 확 끈다.) ……서방님예.
용두	불 켜라 마.
견숙	아이이. (켠다.)
용두	불은 와 끄노?
견숙	첫날밤인데…….
용두	물 좀 도오.
견숙	여깄심니더.
용두	(물만 마실 뿐)
견숙	알아맞혀볼까예?
용두	뭘?
견숙	당신 생각. (용두 말투로) "니년하고 살 일이 막막한 기라."
용두	…….
견숙	(여전히 용두가 화를 안 풀자) 알아맞혀보이소?
용두	뭘?
견숙	무슨 색깔 입었게?
용두	으잉?

용두의 눈에서 광채가 나온다.

4장. 그 어느 날 바닷가

해변가.

파라솔 아래에 용두와 견숙이 앉아 있다.

선글라스에 수영복 차림인 나용두.

견숙은 만삭이다.

지나가는 사람을 보고 있다가,

용두   불륜이다.

견숙   부붑니더.

용두   부부가 이 더운 날에 손잡고 간다꼬?

견숙   왜 부붑끼린 손잡고 가면 안 됩니꺼?

용두   저 여자 걷는 거 봐라. (똥배 집어넣으려고 용쓰면서 걷는 시늉)

견숙   남자 보소. 연신 (곁눈질 시늉) 다른 여자 보고 있구마는.

          내기할까예?

용두   싫다. 오늘은 다투기 싫다.

견숙   사랑하니까네 내기하는 겁니더. 증말 싫어하면 내기도 못 합니더.

용두   그래도……. (씨익 웃는다.)

견숙   어휴, 당신 그럴 땐 미치겠어예. 눈에 쏘옥 넣어도 안 아플 것
          같아예.

용두   (더 한다.)

견숙   (깔깔 웃고 나서) 저 갈매기 보이지예?

용두   응.

견숙   저 갈매기가 가을을 물어다 줄 겁니더.

용두	하! 그 표현 죽인데이. 니 글짓기 공부 따로 했나?
견숙	아입니더.
용두	그런데도 말 한마디 한마디가 우짜면 그렇게 멋있노.
견숙	아이, 참…… 당신은.
용두	내는 여기가 너무 좋다. 내년에 또 오고 싶다.
견숙	그때는 (배 속의 아이에게 시선을 두며) 셋이서 오겠네예.
용두	아암 그래야지. 그때는 자가용 타고 와야제. 어떤 차로 뽑을까?
견숙	중고차 사입시더.
용두	중고차?
견숙	집 사기 전까진 악착같이 모아야 합니다.
용두	맞다, 맞다. 이 녀석 고생시키지 않으려면 그리해야 된다. 내 열심히 일할 끼다. 술도 안 묵을 테다.
견숙	당신은 술 마시면 얼굴이 빨개집니더. 그때가 무척 귀엽심니더. 불타는 노을 씨! 가끔씩 마시이소 마.
용두	불타는 노을? 하! 흐흐흐 (정신 차리며) 아이다. 그런 정신으로 언제 집을 사겠노. 가장(家長) 아이가? 가장은 푸근하고도 사랑이 넘치는 가정을 꾸며야 할 책임이 있는 것이다. (견숙이 휘둥그레 보자) 와?
견숙	다시 처녀로 돌아간다 캐도 지는 당신을 택할 깁니더. 당신은 바답니더.
용두	내는 우리 집 앞마당에서 이 녀석하고 우리 셋이서 삼겹살 구워 먹으면서 소주 한잔 크흐 마시는 기이 소원이다.
견숙	지는예 배냇저고리 빨리 입혀보고 자파서 미치겠어예.
용두	앞은 맥가이버 스타일에다 뒤는 꽁지머릴 해주고 싶다.
견숙	아장아장 걷게 되면 제일 먼저 아 데리고 서울 가서 이순신 장군

	동상을 보여주이소. 어렸을 때부터 큰 꿈을 심어줘야 합니다.
용두	아암. 그래야제.
견숙	지는예 지금까지 여자로 태어난 걸 후회했었심니더.
용두	와?
견숙	여행 다니기도 그렇고 오줌 누기도 그렇고 불편하지 않습니꺼?
용두	그런데 지금은?
견숙	사내들이 오히려 불쌍해 보여예. 아를 갖는다는 건 생명의 신비를 알아간다는 깁니더.
용두	그건 내도 그렇다. 전에는 식당 같은 데서 얼라들이 빽빽거리면 귓방맹이를 한 대 올려붙이고 싶었거든?
견숙	지금은예?
용두	얼라들이 얼마나 귀여운데.
견숙	이름 지어보이소.
용두	지어놨다.
견숙	뭔데예?
용두	나영웅, 나호걸, 나갑부.
견숙	그중에 하나를 고르라꼬예?
용두	아이다. 첫채 두채 세채 아 이름이다.
견숙	뭐라꼬예?
용두	개숙아! 네채 아 이름은…….
견숙	뭐? 개숙이? (두루마리 휴지를 돌돌 말아 뜯어주며) 쌍코피 실시.
용두	(사정조로) 개숙아……. 아니 견숙아.
견숙	개숙이라고 부르지 말랬지예.
용두	한 번만 봐주라.
견숙	요령은 전과 동. 쌍코피 실시.

용두   백사장에 사람들이 이렇게 많은데…….

견숙   지금 아 앞에서 오리발 내미는 깁니꺼?

용두   이건 집에서 둘이 있을 때나 하는 기지……. 이 무슨 챙피고…….

        두고 보자. 니도 다음에 걸렸다 카믄…….

견숙   준비! 동작 봐라.

        용두, 실시한다.

        코에다 휴지를 길게 박고 뛰는 것.

        용두가 백사장을 뛰는데 견숙, 진통을 느낀다.

견숙   (신음 소리 서서히) 아악!

용두   와 그라노?

견숙   나옵니더.

용두   뭐라꼬? 119, 119!

        장난감 119차가 잉오잉오 하며 온다.

        견숙이 상징적 앰뷸런스에 실린다.

용두   진통이 심한 거 보믄 아들이다.

견숙   딸입니더.

용두   자꾸 고기가 먹고 싶다 안 했나? 그럼 아들이다.

견숙   (진통으로 배를 움켜잡고 겨우겨우 말한다.) 배가…… 바가지……

        엎어논 것처럼…… 뗴똥하면…… 딸이라예……. 알지도

        못하면서…….

용두   아들.

견숙   딸.

용두   아들! 아들! 아들!

견숙   우린 프롭니더. 남녀평등입니더. 공평하게 내기로 정하입시더.
       딸이면 이걸로 끝이고 아들이면 둘을 더 낳겠심니더.

용두   좀 심하지 않나?

견숙   승부사도 아니구마는?

용두   좋다 마!

5장. 7년 후

무대 중앙에 조리대가 있고 냄비에 가상의 불이 켜져 있다.

상추도 있다.

견숙, 돗자리에 누워 노래를 흥얼거리면서 한가로이 빨랫줄에 빨래를
던져서 걸고 있다.

그때 정장 차림의 용두가 들어온다.

용두   나영웅! ⋯⋯ 나영웅!
견숙   유치원에서 놀림받았다 카드라. 여자 아 이름이 영웅이라꼬.
용두   나영웅!
견숙   잔다.

견숙, 용두를 쳐다보지도 않고 빨랫줄에 빨래를 던진다.

용두, 견숙의 행동에 화가 치민다.

허나 정작 행동은 그렇지 않다.

바닥에 떨어진 빨래를 주워서 농구 선수처럼 빨랫줄에 건다.

용두   슛 골인! 슛 골인! 슛 골인! ⋯⋯다 걸었제?
견숙   하하하하.
용두   자! 밥 묵자!
견숙   앉혀놨다.
용두   뭐라꼬?
견숙   쪼매만 기다리거라.

용두   (견숙을 어이없이 쳐다보다가 의자에 앉아 신문을 읽는다.)

사이.

견숙   기분 나쁜 일 있었나?
용두   …….
견숙   와 말이 없노?
용두   …….

무대감독 10분을 더 돌린다.

견숙   일본 사람은 만났나?
용두   ……. (신경질적으로 신문만 뒤적일 뿐.)
견숙   일본 영화사하고 애니메이션 한다는 거 어찌 됐나?
용두   (리모컨으로 TV를 켠다.)

TV 소리   『노인과 바다』를 쓴 작가는?
         1. 마이웨이.
         2. 하이웨이.
         3. 서브웨이
         4. 헤밍웨이.

견숙   테레비 꺼라 마.
용두   내는 두 가지를 동시에 한다.
견숙   묻는 말에나 대답해라.

용두	(TV를 끈다.)
견숙	…….
용두	내 정확히 7시에 밥 먹는댔제?
견숙	그래서?
용두	와 이리 늦노 말이다.
견숙	내가 놀다 왔나?
용두	그래서?
견숙	똑같이 출근해서 니하고 똑같이 일하다 들어왔다. 들어와서는 영웅이 찾아오고 빨래를 했다.
용두	그래서?
견숙	내도 집에 오면 쉬고 싶다. 니처럼 테레비나 보고 신문이나 보면서. 궁뎅이에 뽄드 붙여놨나. 퍼뜩 인나서 니가 밥 좀 해봐라. 내도 누가 차려준 밥상에서 밥 먹고 싶다.
용두	뭐라꼬?
견숙	난 이 집 식모고 니는 왕자님이가?
용두	여자가 집에서 해야 될 일이 뭔데?
견숙	여자가 남자의 종이가? 남자가 몸도 튼튼하고 힘도 쎈데 와 여자만 밥하고 빨래해야 되노?
용두	그런 소리 하려거든 당장 집어치거레. 그 잘난 직장 그만두면 될 거 아이가.
견숙	싫다.
용두	이 나용두를 뭘로 보는 기가.
견숙	니나 직장 그만두거라. 내가 돈 벌어 올 테니 니는 집에서 살림이나 하거라.
용두	니 말 다 했나?

견숙	더 있다. 영웅이가 귀에다 플라스틱 총알을 쎄리 쑤셔 박었다.
	그래서 병원에 갔다 오느라 오늘 밥이 이렇게 늦었다.
용두	뭐 영웅이가? 니는 뭐 했노? 에미가 돼가지고 자식 하나 제대로
	건사 몬 하고?
견숙	내일은 내도 시간이 없으니까네 니가 영웅이 데리고 병원에
	가봐라.
용두	신물 난다. 신물이 나.
견숙	내도 밥이라면 신물이 난다.
용두	너…… 내가 2억 갖다주면 11시 통행금지 없애준다 캤지?
견숙	그래.
용두	5억 갖다주면 시부모 모신댔지?
견숙	그래.
용두	두고 봐라. 니는 죽었다.
견숙	허풍 떨기는. 갖다줘봐라.
용두	밥은 내가 한다. 이번에 「용 대가리 개 대가리」 그것만 히트 치면
	니 월급은 껌 값이다. (조리대로 가며) 앞치마는 어딨노?
견숙	찾아봐라.

용두, 앞치마를 입는다.

견숙	니…… 하선정이 수제자랬제?
용두	그래.
견숙	짜장면 묵고 싶다.
용두	알았다. 감자는 1센티 1센티로 썰어야 된다. (마임으로 한다.)
	봤제? (혼잣말로) 여자가 돼가지고 삐뚤빼뚤…….

견숙	여자 여자 소리 하지 말랬제?
용두	일류 요리사는 다 남자인 기라.
견숙	안다, 안다. 여자는 다 빙신인 기라.
용두	돼지고기와 양파는 깍둑썰기라.
견숙	깍둑썰기?
용두	여자가 돼가지고 그것도 모르나? 깍두기처럼 깍둑깍둑 썰라 이 말이다. 대파는 길게 썰기고.
견숙	짜장면에 대파가 와 들어가노?
용두	그냥 가르쳐주는 기다. 싸비스로.
견숙	알았으니 빨리 해보거라. (상추를 턴다.)
용두	상추 그렇게 털지 말랬제?
견숙	와?
용두	최고 보기 싫은 게 그것이다. 그저께도 영웅이가 뛰어놀다 그 상추 턴 물에 발라당 넘어지지 않았나 말이다.
견숙	니는? 밥 먹고 나서 끄윽! 트림하지 말랬제? 물 먹고 나서 부카부카! 입 청소 하지 말랬제? 이 쑤시고 쩝쩝쩝쩝! 고쳐졌나?
용두	세계에서 제일 많이 친정집에 가는 여자가 하나 있제. 그 여자는 갔다 올 때마다 꼭 무얼 잃어버리고 오제? 찾으러 가제? 찾으러 가면 장인어른 말씀이 참 걸작이제? 아암. 자꾸자꾸 올라믄 데꾸데꾸 잊어묵어야제! 똑같제? 똑같제?
견숙	니가 용두? 용 대가리? 아이고 아이고, 용 대가리가 아니고 뱀 대가리다.
용두	흥! (가상의 냉장고로 가서 문을 열며) 후와, 냉장고 하난 깨끗하네. 텅 비었다.

견숙   버리는 게 특기니까네.

용두   니 그러다 벌 받는다. 음식 아까운 줄 알아야제.

견숙   니는? (두루마리 화장지를 둘둘 만다.) 내보다 열 배는 더 쓸
       것이다.

용두   갈분 어딨나?

견숙   갈분?

용두   녹말가루 말이다.

견숙   찾아봐라.

용두   (갈분을 찾아 넣는다.)

견숙   흥!

용두   흥!

       잠시 후, 냄비가 넘친다.

견숙   헤헹!

용두   와 이리 넘치노?

견숙   가르쳐줄까? 녹말 대신 소다를 넣었다.

용두   뭐?

견숙   다음부터 잘난 척 좀 말거라. 뭐 하노? 어서 갖다 버리지 않고.

용두   (가상의 쓰레기통에 치우며) 미안하다. 그냥 상추에 싸 묵자.

견숙   물 뿌려도 되제?

용두   으응.

견숙   (상추를 턴 후 먹는다.) 그냥 못 들은 척해라.

용두   뭘?

견숙   우리 딱지 산 거 날아가버렸다.

용두	뭐야? 우리 아파트 딱지 말이가?
견숙	그래. 사기 맞았다.
용두	그러길래 내가…….
견숙	또 내 핑계 대려는 거제?
용두	?
견숙	틀림없이 니가 우겨가 샀다. 맞나?
용두	맞다.
견숙	밥 묵거라.
용두	(뜨다 말고 조리대에 엎어지며) 우야꼬!
견숙	문제 하나 내본나.
용두	?
견숙	괴로울 때는 내기가 최고인 기라.
용두	싫다.
견숙	맨발로 얼음 위에 오래 서 있기 할까?
용두	싫다.
견숙	그라몬 63빌딩 한 달 전기세가 얼말까? 무지하게 많겠제?
용두	재미없다.
견숙	(용두의 등짝을 세게 치며) 니가 하나 내본나. 빨리 잊어묵자 마.
용두	(생각하다가) 있다!
견숙	뭔데?
용두	니 시집올 때 처녀로 왔나……, 처녀가 아닌 채로 왔나?
견숙	니는 어느 쪽인데?
용두	처녀가 아닌 채로 왔다.
견숙	(따귀를 갈긴다.)
용두	우욱!

견숙 앞으로 니하고 내기하면 내 사람이 아이다. 다시는! 절대로! 내기 안 해!

용두 정말이가?

견숙 그래.

용두 만약 먼저 걸면?

견숙 내 미쳤나? 절대로 안 한다.

용두 정팔?

견숙 정팔.

용두 절댈룰?

견숙 절댈룰.

용두 진짤룰?

견숙 진짤룰.

용두 다음에 내기 걸면 개목걸이, 상추 물고…… 치타로…… 동네 한 바퀴!

견숙 염려 마라.

용두 흥!

견숙 아프나?

용두 아프다.

견숙 얼마나?

용두 번쩍번쩍!

견숙 수박이 찬데……. 묵을까?

용두 싫다.

견숙 맥주가 시원테이.

용두 싫다.

그때 따르릉 전화벨 소리.

견숙   (받는다.) 누굽니꺼? ……. (착 가라앉으며) 이모가 웬일입니꺼?
        모르겠심더. 사는 건지 어쩌는 건지. (갑자기 밝아지며)
        뭐라꼬예? 참말입니꺼? 시방예? 예. 그러시소 마. (끊는다.)
        여보야! 서방님아!

용두   와?

견숙   이모가 3백만 원 갚는댄다.

용두   거짓말 말그라.

견숙   참말이다.

용두   처갓집 얘긴 콩으로 메주를 쏜대두 내 안 믿는다.

견숙   지금 전화 안 왔나?

용두   니네 집안…… 날샜다. 떼어먹는 게 특기 아이가. 처제 코 높일
        때, 처남…… 여자 자빠뜨렸을 때, 장모님 틀니…… 돈 갚는 거
        봤나? 봤나?

견숙   지금 택시 타고 온다니까네.

용두   웃기지 마라.

견숙   만약 오면? 와서 갚으면?

용두   절대로 안 와.

견숙   내기할까?

용두   내기?

견숙   그래.

용두   (배시식 웃으며) 이리 온나.

견숙   와?

용두   지금 내기 건 거 맞재? 어이 치타! (넥타이로 개목걸이를 하고

상추를 입에 물린다.) 아, 뭐 하노? 어이, 치타야 가자!

견숙, 용두에 이끌려 무대를 돈다.

6장. 그날 밤과 어젯밤

　　　　용두와 견숙, 외출하고 들어온다.

　　　　용두, 화가 나 있다.

견숙　　　(밖에다 대고 신이 나서) 동철 씨 가입시데이.

용두　　　(빈정거리며 흉내 낸다.) 동철 씨 가입시데이?

　　　　견숙, 실실 웃으며 옷을 갈아입는다.

견숙　　　명자를 일본말로 뭐라 카는지 아나?

용두　　　아끼꼬.

견숙　　　미자는?

용두　　　미찌꼬.

견숙　　　화자는?

용두　　　하나꼬.

견숙　　　고자는?

용두　　　…….

견숙　　　우야꼬! 헤헤헤. (혼자 좋아서 연발한다.) 우야꼬…… 우야꼬……
　　　　우야꼬.

용두　　　니 그 소리 누구한테 들은 기가?

견숙　　　아까.

용두　　　동철이한테서?

견숙　　　응.

용두	동철이가 니 친오빠가 친동생이가?
견숙	와? 또 와 그라노?
용두	쯧쯧쯧. 니를 우째 봤으면 처음 본 여자한테 고자 얘길 다 했겠노?
견숙	내를 우습게 봤다 이거가?
용두	남자가 한번 떠볼 때 쓰는 수법이다.
견숙	차부러라.
용두	니는 가만 얘기 몬 하나? 꼭 등짝을 치고 허벅질 땡기고 해야 얘기가 되나? 남의 서방 허벅지 만지는 게 그리도 재미있나? 아주 동철이하고 둘이 착 달라붙어 깔깔 낄낄 참 가관이데.
견숙	아, 귀엽네에. 질투하나?
용두	그 자리가 어떤 자리고? 나설 때 안 나설 때 따따부따 따따부따……. 내 꼴이 뭐가 되겠노. 내 말했제? 말할 때 두 손이 꼭 스트라이크 존 안에서만 움직여야 된다꼬. 그냥 "맛있게 묵었다"고 그래. 와 (두 손을 번쩍 들고 휘저으며) "맛있게 묵었다 맛있게 묵었다"고 그래?
견숙	…….
용두	그 옷이 뭐꼬? 짧은 치마에 빨간색에……. 와, 남자 홀릴 일 있나? 와 침 튀겨가면서 얘기하노? 동철이가 눈곱 닦는 척하면서 침 닦는 거 못 봤나? 그냥 몰래 하품해라. 왜 '카악!'거리면서 하품하노?
견숙	아악! (울분이 폭발한다.) 니는 잘난 게 뭐 있는데? 잘난 게 뭐 있는데? 니는 외출만 했다 카면 꼭 시빌 건다. 심지어 우리 친정에 척 들어서는 순간부터 "이 집 구두 봐라, 쯧쯧쯧. 방이 와 이리 찐덕찐덕거리노. 식탁에 웬 먼지. 식은 밥 뎁힌 기다. 장모

부라자 좀 하라 캐라" 70 먹은 노인한테……. 니 쫌생이 짓 하는 거 보면 그야말로 가관이다.

용두   쫌생이이?

견숙   돈 좀 번다꼬 우세하는 기가? 이게 내 치마 중에 제일 긴 기다. 사람들 앞에서 니 위신 세워줄라꼬. 스트라이크 존 안에서만 놀라꼬? (두 팔 벌리고 춤추듯) 이건 자신감이다. 거기서 미국 어학연수 갔다 온 사람 있나? 이거이 국제화다. 와 자꾸 나만 가지고 그라노. 나도 우리 집에서 공주처럼 컸다. 니만 그렇게 큰 줄 아나? 내가 뭘 잘못했다고 그라노 말이다. 말해봐라! 말해봐!

용두   (활짝 웃으며 혼잣말로) 가정의 평화를 위하여……. 시원하제?

견숙   흥!

용두   그래, 그래. 어느 한순간 확 질러버려야 스트레스가 풀린다이.

견숙   시끄럽다.

용두   (장난기로 견숙의 치마를 들추며) 아이스케키, 아이스케키.

견숙   가만 몬 있나?

용두   알았다. (구석으로 가서 무릎 꿇고 손 들고 벌선다.) 이젠 됐제?

견숙   헤헤헤.

견숙, 슈미즈 차림으로 침대 속으로 들어간다.

견숙   어이 5분! 이리 온나.

용두   5분? 30분!

견숙   니는 5분도 과하다. 헤이 3분!

용두   30분 성공률 (가슴을 치며) 90프로짜리다.

견숙   웃기지 마라. 지금까지 딱 두 번 있었다. 확률 0.3프로.

용두	0.3프로? 0.3프로 간다이.

용두, 침대 속으로 들어간다.

견숙	이봐라. 이봐라.
용두	보고 있다. 말해라.
견숙	명숙이 고 가시나 얼굴이 반쪽이더라. 남편이 바람피웠다 카드라.
용두	뭐 바람? 그 순둥이 남편이? 어떤 여자하고?
견숙	바람피운 것도 아니더마는. 거래처 가시나하고 볼링 멫 번 굴렸다더라. 명숙이 그년…… 아무리 여자라 캐도 그렇지 남편한테 그렇게 자신감이 없어서 어찌 같이 살겠노. 아니, 남자가 다른 여자하고 볼링을 굴릴 수도 있지……. 안 그러나?
용두	에에에! 니는 더하면 더했지 절대로 덜하진 않을 거고마는.
견숙	그렇게 살려면 결혼하지 말았어야지. 내는 말이다, 니를 요만큼도 소유할 마음 없다. 한 번뿐인 인생 와 구속하고 구속당하면서 사노 말이다.
용두	에에에!
견숙	서로 인격적으로 믿는 가운데 가정이 존속해야지. 흥신소 붙이고 남편 와이셔쓰에서 향수 냄새나 맡으면서……. 내는 싫다.
용두	말은 참 잘한데이.
견숙	니 꼬부쳐둔 여자 있나? 있으면 데려와봐라.
용두	데리고 오면 니 그 여자 수박 통 날릴라꼬?
견숙	최선을 다해서 도와줄 거고마.
용두	니 내가 싫증 나서 그러는 거 아니제?
견숙	진심이다. (사랑스럽게) 어휴. 이 빙신! 그저 이 지견숙이한테 폭

빠져서는 바람 한번 못 피워보고……. 우짤꼬……. 이 불쌍한 것! 이리 온나.

용두   웃기지 마라. 니가 몰라서 그렇지 내도 잘나간다. 나가면 좋다는 여자 쌔구 쌨다.

견숙   에에에! 이 빙신을 누가 쳐다볼꼬.

용두   어제도 오 마담이 술 한잔 더 묵고 가라는데 뿌리치고 나오느라 힘들었다.

견숙   빙신아. 그거야 매상 올릴라고 그러지 니 좋아서 그런 줄 아나.

용두   미스 킴도 그러더라. "선생님 사모님을 미치도록 증오해예."

견숙   미스 킴이 누꼬?

용두   있다.

견숙   데려와봐라.

용두   하, 진짜 날 무시하네.

견숙   데리고 온나.

용두   진짜지?

견숙   그래.

용두   너 지금 사람을 아주 잘못 보고 있는 기다.

견숙   아예 각서를 하나 써줄까?

용두   뭐, 각서?

견숙   그래.

용두   좋다. 써봐라.

견숙, 각서를 건네준다.

견숙   소리 내어 읽어봐라.

용두   남편 공유 양해 각서.

지견숙은 남편 나용두가 아래 사항을 준수한다면 남편을 타인과 공유함에 있어 절대 이의를 제기하거나 민형사상의 어떠한 제재도 하지 않을 것임을 맹세함.

아래

1. 만남의 내용을 신속 정확 진솔히 알릴 것.
2. 그 여자는 지견숙을 형님으로 깍듯이 모실 것.
3. 자녀는 절대로 갖지 말 것.
4. 지견숙 경제에 어려움 없이 할 것.

위 각서는 지견숙 일평생 효력을 유지함.

위 각서인 지견숙 꽝.

견숙   하하하하.
용두   내 이대로 해도 니 후회 없기데이?
견숙   하하하. 눈도 깜짝 안 한다.

용두, 객석에서 한 여자를 데리고 집으로 들어온다.
용두 만취했다.

용두   지견숙. (문을 두드리며) 지견숙.
견숙   밤 1시에……. (그제야 여자를 보고) 누구라……?
용두   서로 인사. (인사한 뒤) 술! 술!

용두, 여자의 손을 잡고 테이블에 앉는다.

견숙, 마주 보고 앉는다.

용두   그날 밤! …… 비가 굉장히 추적추적…… 어느덧 내 앞에
               술집이……? 들어갔더니 텅텅…… 순간 떠억! 웬 여자? …… 바로
               이 여자…… 바텐더에…… 외롭게…… 내 용기…… 아, 용기
               없어…… 외로운 밤…… 이 여자…… 여전히 외롭게…… 다시
               용기…… 생겨난 용기…… 바텐더로…… 타박타박…… (여자의
               등을 치며) 탁탁!…… (여자의 시선) 띠웅? …… 순간 내 용기……
               "술 좀 같이 빱시다!" 이 여자…… 설레설레…… 그럼에도……
               다시 반복…… 드디어…… 밖에 나오니…… 비가 다시
               추적추적…… "비가 오는군요?" ……뜨윽? ……달달……
               "추우시군요." ……비어 있는 내 품…… 채워지는 내 품…… 아!
               ……그날 밤 ……깊어지는— 밤!

견숙   (일어서며) 병신 지랄 옘병 떨고 자빠졌네.

용두   어디— 가아?

견숙   친정 간다, 와?

용두   이리 와— 앉어.

견숙   니는 인간도 아이다. 내 니를 믿고 지금까지 살아온 게 수치스럽다.
               다시는 꼴도 보기 싫다. (가방을 챙겨 들고 나가려다가 여자
               관객한테) 이 남자가 그렇게 좋아예? ……보기하고 다르네. 흥!
               (용두에게) 갈라서자 마.

견숙, 친정에 간다. 서로 대칭되게 앉는다.

용두	(여자 관객에게) 나랑 살라믄 여기 있고 안 그러면……
	가셔야지예.

관객이 들어가고 나면

견숙, 깡소주를 마신다.

취했다.

전화 신호음.

용두	견숙아.
견숙	…….
용두	견숙아.
견숙	…….
용두	말 좀 해봐라.
견숙	…….
용두	견숙아.
견숙	그 여자 괘않더라. 잘해봐라.
용두	그 여자하고 아무 관계도 아이다. 길 가는 사람 잡고 물어봐라.
	심각한 관계였다면 집에까지 데려왔겠나?
견숙	긴 얘기 하지 말그라. 만사가 피곤타.
용두	니는 뭐든지 이해해줄 줄 알았다.
견숙	설마 했다. 그 여자 보니까네 눈알이 화악! 튀어나오는 걸
	우짜겠노.
용두	각서까지 쓰지 않았나?
견숙	썼제.
용두	프로라면서?

견숙   미안타. 그쪽 방면은 프로가 아닌가 부다.

용두   그럼 진작에 말했어야지. 내는…… 빙신 같다고 하도 약

　　　올리니까네…….

견숙   물론 내 잘못도 있다. 허지만 실망이 너무 크다. 니를 너무

　　　믿었던 게 잘못이다.

용두   술 때문에 일어난 일 아이가?

견숙   때문에? 때문에라는 말 내는 정말 싫다. 니가 한 기다. 술

　　　때문이 아이고.

용두   (무릎 꿇고 빌면서) 앞으로 10년이고 20년이고 니가 하라는 대로

　　　다 할 테니까 한 번만 용서해도오. 싹싹 빌게.

견숙   (전화기를 내던지며 소주를 나발째로 마셔버린다.)

용두   견숙아.

견숙   …….

용두   견숙아.

견숙   어젯밤…… 비가 추적추적…… 그럼에도 수산물 시장에……

　　　광어가 팔딱팔딱! 집에 와…… 기쁜 마음 커튼을 내려 촛불을

　　　켜 화장도 해! 밤 9시…… 안 와…… 10시…… (밖을 보며) 응?

　　　바람…… 비가 추적추적…… 상추는 시들시들 깻잎도 시들시들

　　　광어회는 가고 있어. 치미는 화…… 한잔 쭈욱! ……광어회……

　　　침만 꼴깍꼴깍…… 그럼에도 아! ……젓가락 안 가. 못 가.

　　　11시…… 12시…… 밤 1시…… 드디어…… 불타는 노을과 웬

　　　여자…… 아! 어젯밤…… 등 뒤에서 칼 맞은 밤.

견숙의 진정집.

빵빵! 클랙슨 소리.

용두가 핸들을 들고 계속 눌러댄다.

귀를 막는 견숙.

견숙   아무리 눌러봐라. 내가 나가나.

용두   (동네 아저씨에게 약간 취한 목소리로) 신고하려면 신고하소 마.
당신네들 잠이 문제가 아입니더. 내 목숨이 걸린 문젭니더.
목숨이 걸렸는지 안 걸렸는지 내기할까예?

견숙   (어머니에게) 어무이요. 지 안 가예……. 그카지 마소. 저 인간
절대루 안 변합니더. 만약 변하면 내 이 열 손가락에 장을
지져예.

용두   (경찰에게) 이 경찰이 증말……. 음주운전? 안면방해? 나
음주운전 안 했심니더. 내 처가 운전해서 이리 왔고, 곧 나올
깁니더……. 허허 아니라니까요. 민주 경찰이 이리 말 해도 되는
깁니꺼? 견숙아! 견숙아!

견숙   아부지요, 저 인간 잡혀가도 쌉니더.
냅두시라예. 흥! 어디 와서 행패는 행패고……. 잡혀간다꼬예?
잡혀가락…….

견숙, 창문을 내다보다가 뛰쳐나온다.

견숙   봐라 봐라 봐라. 니 지금 누굴 패는 기야. 당신이 뭔데? 세상에
법 없이도 살 사람을 와 치노. 잡아간다꼬? (누워버리며) 날
잡아가라, 날 잡아가! 날 잡아가라, 날 잡아가!

용두   견숙아, 니보고 미친년이란다.

견숙   (일어서며) 뭐어 미친년? 니 말 다 했나. 나한테 뒈져볼래?

용두   니는 이제 뒈졌다. 얼마나 무서븐데.

견숙   번개 작전!

용두   옛썰!

용두·견숙   (돌격할 듯하다가 뒤로 빠지며) 튀자!

          둘이 도망친다.

7장. 용띠 위에 개띠

> 용두와 견숙, 나온다.
>
> 의자에 마주 보고 대칭되게 앉는다.
>
> 서로 쳐다본다.
>
> 견숙은 만화책을 본다.

용두   괜않나?

견숙   괜않다.

용두   …….

견숙   …….

용두   …… 우리 이거 너무 심한 거 아이가?

견숙   심하면 이쯤에서 포기하그라.

용두   …….

견숙   …….

용두   소식 없나?

견숙   없다.

용두   (슬며시 발뒤꿈치로 항문을 막고 앉는다.)

견숙   니는?

용두   없다.

견숙   …….

용두   헤헤헤. 소식 있지?

견숙   아니.

용두   이상타. 2, 3분 참기도 힘들다던데?

견숙	춤도 출 수 있겠다.
용두	해봐라.
견숙	(입을 오므리고 참으면서) 아름다운 강산.
용두	(참기 어려운 듯 몸을 비튼다.)
견숙	와?
용두	아이다.
견숙	헤헤헤. 기별 오지?
용두	니 관장약 그거 가짜 아이가?
견숙	가짠가 부다.
용두	부글부글 안 끓나?
견숙	하나도.
용두	진짜 관장약 넣은 거 맞제?
견숙	니 두 눈으로 똑똑히 안 봤나?
용두	픽 샌 거 아이가?
견숙	있다.
용두	하, 거참 희안하네.
견숙	내는 얼마든지 참을 수 있다. 애 한번 나보면 못 참을 게 없다. 니 애 나봤나?
용두	시끄럽다.
견숙	라면 끓여줄까?
용두	우욱! (그만 말하라는 제스처.)
견숙	커피 끓여줄까?
용두	아악!
견숙	니는 졌다 카면 그땐 국물도 없디. 1년 동안 복종하기로 한 거 맞제? 그동안 밀린 복수 다 할 기다. 난 벌써 복수의 칼을 갈고

있다. 니는 도마 위의 생선이다.

용두   아악!

　　　용두, 질질 싸며 오종 걸음으로 간신히 나간다.
　　　용두, 세숫대야를 들고 나와 견숙 앞에 무릎 꿇고 앉는다.
　　　견숙, 대야에 발을 담근다.
　　　용두, 발을 씻겨준다.
　　　타월로 닦아준다.
　　　용두, 세숫대야를 들고 나가려는데,

견숙   니 앞으로 1년간 (하다가 자기도 모르게 오른발로 바닥을 밟는다.)
　　　 어떡하제? ……맨발로 밟았다.

용두   …….

경숙   (도로 넣는다.)

용두   (씻기고 닦아준다.)

견숙   우짜제?

용두   와?

견숙   (일부러 힘차게 발로 바닥을 밟는다.)

용두   (또 씻겨준다.)

견숙   (두 발로 바닥을 밟을 듯 말 듯 장난을 친다.)

용두   견숙아…… 봐주라.

견숙   아직도 개띠 위에 용띠가?

용두   …….

견숙   (가랑이를 벌리고 발을 내려놓을 듯) 우째…… 힘이 없네?

용두   아이다. 용띠 위에 개띠다.

용두, 힘없이 일어난다.

견숙   어디 가누?

용두   물 버리러.

견숙   버리고 나서 시장에 가서 콩나물 좀 사 온나.

용두   콩나물?

견숙   3백 원어치만.

용두   3백 원?

견숙   와?

용두   그리는 몬 한다. 사내가 돼가 시장에 가는 것도 쪽팔려 죽겠는데 치사하게 3백 원?

견숙   치사할 게 뭐 있노? 우리가 옛날 같은 줄 아나. 아껴야 산다.

용두   니 내가 망했다고 약 올리는 거제?

견숙   아이다.

용두   늪에 빠진 놈 구해줄 생각은 안 하고……. 웬수 놈이 빠진 듯이 니는 오히려 통쾌해하고 있다.

견숙   니…… 백사장에서 신혼 초에 약속했제? 술도 안 묵고 열심히 일해가 식구들 고생시키지 않겠다고. 했나 안 했나?

용두   했다. 그래도 3백 원은 너무 심한 기라.

견숙   무슨 소리. 그때 그 헝그리 정신으로 돌아가야 한다. 냉큼 사 온나.

용두   (그때 좋은 생각이 떠오른 듯) 알았다. 사 올 거구만. (흥겹게 나가려는데)

견숙   잠깐!

용두   와?

견숙	같이 가자.
용두	와?
견숙	니 생각 다 안다. 천 원어치 사서 7백 원어치 쓰레기통에 버린 다음에 3백 원어치만 가져올라꼬 그라제.
용두	우와!
견숙	흥!
용두	니는 귀신이다 귀신.
견숙	앞장서그라.
용두	혼자 가그라.
견숙	어서!
용두	내는 몬 한다.
견숙	1년간 복종하기로 했제?
용두	(버럭) 안 한다, 안 해. 앞으로 내기 안 하면 될 거 아이가? 관장약 내기 취소다. 따라서 벌칙도 없다.
견숙	앞으로 안 하는 건 니 자유다. 허나 이미 진 것만큼은 지켜야 한다. 내는 내기에 져가 니하고 결혼까지 한 몸이다. 할 말 있나?
용두	없다.
견숙	근데 뭔 말이 그렇게 많노.
용두	그때 말이다, 만약에 니가 내기에 이겼으면 우짜려고 했나?
견숙	…….
용두	진짜 궁금타. 나야 첫눈에 뿅 가가 단번에 결혼을 결심했다마는 니는 어떤 벌칙을 생각했을지…….
견숙	내가 이겼으면 그 자리에서 니를 콱 자빠뜨려버렸다.
용두	니가 나를 자빠뜨려?

견숙	(자빠뜨린다.)
용두	(넘어진 채로 웃으면서) 결혼한 거 후회 안 하나?
견숙	안 한다.
용두	쫄딱 망했는데도?
견숙	내는 지금이 좋다.
용두	쳇! (침상에 앉아 담배를 피운다.)
견숙	축 처진 어깨가 좋다……. 새로 시작하는 기다. 내기에 져서 벌받는다꼬 생각해라.
용두	살맛 없다.
견숙	(안쓰러이 보다가) 일본 친구들은 아직도 소식 없나?
용두	없다.
견숙	쯧쯧쯧. 큰소리 떵떵 치더니…….
용두	죽어버리고 싶다.
견숙	내 같아도 그렇겠다. 언제 죽을 긴데?
용두	약 올리지 마라.
견숙	어젯밤에 니…… 나한테 한 말 생각나나?
용두	뭐?
견숙	용이 승천할 때 옆에서 개가 짖으면 이무기 된다 캤다.
용두	농담이다.
견숙	내가 짖어대서 망했다고 캤다.
용두	술 취해서 한 소리다.
견숙	(다정하게 뒤에서 껴안으며 위로조로) 서방님아.
용두	힘내라꼬?
견숙	보름 뒤가 내 생일이다.
용두	안다.

견숙   생일 선물 줄 거제?

용두   …….

견숙   초대형 냉장고가 어떨까?

용두   돈 없다.

견숙   무조건 시키는 대로 하기로 했제?

용두   미안타. 돈 없는 거…… 뻔히 알면서…… 작업실 집세도 못 내고
       있다.

견숙   내는 모른다.

       용두, 축 처진 채로 일어서는데

견숙   어디 가나?

용두   (퉁명스럽게) 콩나물 3백 원어치만 사 오라메?

견숙   같이 가자.

       둘이 퇴장한다.
       생일 축하 노래가 울려 퍼진다.
       이어서 포장된 냉장고를 밀고 나오는 무대감독.
       견숙, 퇴근하여 집에 들어오다가 발견한다.
       박스 포장을 푼다.
       그 안에서 피에로 모자를 쓰고 유치원 가방을 멘 반바지 차림의 용두가
       나온다.

용두   짠!

용두가 폭죽을 터뜨린다.

잠시 어색한 표정으로 서 있다가

용두   죄송합니다. 돈이 없어서 궁리타가…… 초대형 냉장고만은 몬

하지만…… 감동적인 선물일 것 같아서……. 써본 사람은 꼭 다시

지를 찾더라구요. (노래한다.) 나 그대에게 모두 드리리.

견숙   …….

용두   (글썽이며) 지를 가지십시오.

견숙   (글썽인다.)

용두   미안하다. 내 꼭 다시 일어설 기다. 행복하게 해줄게.

견숙   (흐느낀다.)

용두   (운다.)

노래가 잔잔히 흐른다.

「나 그대에게 모두 드리리」

용두가 유치원 가방에서 꽃종이를 꺼내 견숙에게 뿌린다.

탑 조명 안에서 울고 웃는 지견숙.

그 위로 꽃종이가 떨어지고 있다.

음악이 고조되며 용암된다.

늙은
자전거

등장인물 동만

풍도

미자

복남

창석

의사

간호사

파출소장

여순경

스님

전도사

1장

동만의 집.

창석과 풍도, 기웃거리며 들어온다.

창석   계십니꺼? 계십니꺼?

아무런 인기척이 없자,

창석   또 허탕쳤는갑다. 우짜제?

풍도   내는 무조건 시설엔 안 갈랍니더.

창석   (휘 둘러보며) 이런 데서 우예 살라꼬 그라노? 꼭 산꼭대기 암자
       같구마는. 내는 적막해서도 몬 살겠다.

풍도   시설보단 낫습니더.

창석   니가 시설을 우찌 아노? 살아본 적도 없으면서.

풍도   몇 번 살아봤습니더.

창석   언제? 니 아부지 살아 계실 때도?

풍도   예.

창석   와?

풍도   울 아부지가 몇 달씩 집에 안 올 때도 있었습니더. 그때마다
       봉사 요원들이 날 그리 보냈습니더.

창석   거기 시설 애들한테 시달리고 그랬나?

풍도   갸들은 내를 몬 긴드립니더. 지한테 죽을리꼬에.

창석   하, 그래? 니 싸움 잘하나?

풍도	누가 내를 건드리면 내는 곱절로 갚아줍니다.
창석	니 아부지는 무슨 일로 집에 안 들어왔는데?
풍도	난 모르지예. 술 마셨겠지예.
창석	풍도야.
풍도	예.
창석	내도 니를 도와주고 싶지만 그게 그리 쉽지 않다. 오늘도 니 할배를 몬 만나면 니는 시설로 가야 된다.
풍도	와요?
창석	법이 그렇다.
풍도	법이 뭔데요?
창석	그런 게 있다.
풍도	내를 시설에 넘기면 내는 그날로 토낄 겁니더.
창석	어데로 갈라꼬? 갈 데는 있나?
풍도	없습니더.
창석	헌데 무슨 똥배짱이고. 시설이 그리도 싫나? 아들도 니를 안 건드린다메 뭐가 무서버서 안 갈라꼬 하는데?
풍도	그냥 갑갑해서요.
창석	니도 니 아부지처럼 역마살이 있는갑다.
풍도	그게 뭔데요?
창석	여기저기 떠돌기 좋아하는 거.
풍도	그런가 부지예.

그때 동만이 만물상 자전거를 끌고 들어온다.
모터를 달아 개조한 자전거의 짐칸엔 면봉, 나프탈렌, 고무줄, 철사, 바늘, 실, 옷핀 등 잡다한 물건들이 빼곡하게 매달려 있다.

창석, 동만을 보자 반가워한다.

창석 계속 여기 와서 기다렸습니더. 헌데 나타나셔야지예. 최동만 씨
      되시지요?

동만 뉘신교?

창석 지는 면사무소 복지과에 근무하는 김창석이라고 합니더.

동만 헌데예?

창석 최길재 씨가 아들 되시지요?

동만 최길재?

창석 예.

동만 난 그런 새끼 모른다.

동만, 짐을 푼다.

창석 호적엔 그리 됐던데예?

동만 그건 호적이 잘못된 기다.

창석 두 분 사이에 어떤 사연이 있는지는 몰라도 하여튼 최길재 씨가
      한 달 전에 영천교 밑에서 객사했습니더.

동만 …….

창석 술에 취해 길을 가다 불량배들허고 시비가 붙었고예 갸들한테
      구타당해가 그리됐습니더. 범인은 아직 잡히지 않았지만 그걸 본
      목격자가 있어예. 아무리 수소문을 해봐도 아버님을 찾을 수가
      없어서 법에 따라 화장했습니더.

동만 근데 뭐?

창석 문제는 이 아입니더. (풍도에게) 할배께 인사드리거라.

풍도	최풍도입니다.
창석	(서류를 보이며) 여기다 도장 찍으시소.
동만	와?
창석	도장이 없으면 지장도 됩니더.
동만	와?
창석	그래야 이 아이의 양육권을 갖게 됩니더.
동만	내가 와 이 아를 맡아 기르노? 생전 보도 듣도 못 한 아를?
창석	할배요, 여기다 도장을 안 찍으면 야를 시설에 보내게 되는데 야는 거기 가는 걸 죽기보다 싫어합니더.
동만	시설?
창석	고아원요.
동만	잘됐다 마. 그리 보내라.
창석	그리 결심한 깁니꺼?
동만	그래.
창석	잘 생각해보소.
동만	생각 끝났다.
창석	후회 안 하겠습니꺼?
동만	후회? 절대로 안 한다.
창석	무슨 일로 아들과 의절했는지는 몰라도 이 아인 할배 핏줄입니더.
동만	핏줄이 아이라니까네 자꾸 그러네, 이 자슥이 증말.
창석	이 자슥요?
동만	그래 인마.
창석	아니 지를 언제 봤다꼬 욕하고 그러십니꺼?
동만	이 자슥이…… 똥바가지 한번 뒤집어써봐야 정신을 차리겠구마.

창석	해보소, 해보소!

창석, 머리를 동만에게 민다.
동만, 화가 나서 창석의 멱살을 잡는다.
창석, 동만의 양손을 쉽게 꺾어버린다.

창석	하이고 증말 바르지 못한 영감씨구만. 풍도야 가자!
풍도	싫어예.
창석	어서 가자 마!
풍도	난 안 갑니더.
창석	니 몬 들었나? 니 할배가 아니라 카잖아. 저런 영감씨하고 우예 살라꼬 그라노. 피도 눈물도 없겠구마는.
풍도	내는 시설엔 죽어도 안 갈랍니더.
창석	시설이 뭐 어떻다고 그라노. 멕여주고 재워주고 입혀주고……. 저런 지독한 영감씨하고 다시는 마주할 일도 없고……. 내 같으면 백번 천번 그리로 가겠다.
풍도	(버럭) 난 안 가예.
창석	그래도 어쩔 수 없다. 가야 된다.
풍도	와요?
창석	법이 그렇다.

창석, 풍도를 강제로 끌고 간다.

풍도	놔요! 놔! 놔!

풍도, 울며불며 소리친다.

풍도   할배요! 할배요! 할배요! 할배요!

풍도, 끌려가지 않기 위해 발악을 해보나 창석의 완력에 어쩔 수 없이
사라진다.
동만, 쳐다보지도 않고 자기 일만 한다.

2장

파출소.

여순경이 책상 앞에 앉아 있다.

그때 동만, 술에 취해 비틀거리며 들어선다.

동만　　　최풍도라꼬……. 여기 있제?

여순경　　보호자 되십니꺼?

동만　　　그래.

여순경　　(서류를 펼치며) 함자가 우예 됩니꺼?

동만　　　최동마이.

여순경　　동만입니꺼, 동마입니꺼?

동만　　　만! 만!

여순경　　할배요 술 드셨습니꺼?

동만　　　그래 묵었다. 와?

여순경　　아입니더. 됐습니더.

동만　　　내가 술을 묵든 말든 니가 뭔 상관인데?

여순경　　주민등록증 내보이소.

동만　　　없다.

여순경　　운전면허증은예?

동만　　　없다.

여순경　　주민등록증 갖고 다시 오이소.

동만　　　다시 오라꼬? 니 지금 약 올리나?

여순경　　신원을 확인할 길이 없잖습니꺼? 이런 관공소에 올 때는 주민등록증을 가지고 오는 것이 기본 상식입니다. 알겠어예?

동만   이런 니기미 씨부럴!

여순경   욕하지 마이소. 어데 와서 술주정입니꺼?

동만   하, 요 가시나 눈에 쌍심지 켜고 따박따박 말하는 것 좀 봐라.
         니 몇 살이고? 으잉? 니는 애비 에미도 없나? 으잉? 니 시집 몬
         갔제? 이런 독사 같은 가시나를 누가 데려가겠노?

여순경   공무집행방해죄로 넣기 전에 조용히 가이소.

동만   (옆에 있는 걸상을 발로 뻥 차며) 이건 뭔 죄고?

여순경   공공기물파손죄입니다.

동만   빨리 넣어라. 빨리 넣어라 마.

여순경   할배요, 지금 CCTV로 다 찍히고 있습니다.

동만   그래? 잘됐다 마. (걸상을 발로 차며) 묵고살기도 힘든데 빨리
         넣어라 마. (또 차며) 니 덕분에 며칠 좀 쉬자 마.

여순경   처넣으라면 몬 넣을 줄 알아예? 사람 잘못 봤습니다. 할배는
         지금 실수하는 깁니다.

동만   니 말 잘했다. 내가…… 이 최동마이가…… 평생을 실수만 하고
         살았거덩.

         동만, 바닥에 벌러덩 누워버린다.

여순경   일어나이소.

동만   몬 일어난다. 내 손주 새끼 내놓기 전에 절대로 몬 일어난다.

         그때 파출소장이 들어온다.
         소장, 동만을 한눈에 알아본다.

76

소장	아니, 할배가 여긴 우얀 일입니꺼?
동만	저 독사 가시나한테 물어보그라.
여순경	(소장에게) 아는 사람입니꺼?
소장	무슨 일인데?
여순경	어떤 아가 삼풍약국 앞에서 전단지 돌리다가 붙잡혀 왔습니다. (전단지를 보여주며) 이겁니다. 헌데 저 양반이 주민등록증도 없이 와서는 자기 손주 내놓으라면서 저리 땡깡을 부리는 깁니다.
소장	하하하. 할배요. 풍도의 죄가 큽니다. 이젠 법이 바뀌어가 전단지 돌리면 즉결 처리됩니다. 게다가 룸살롱 전단지는 죄질이 더 무겁습니다.
풍도	그래서 몬 내놓겠다꼬?
소장	아입니더, 다음부턴 조심해야 된다 이말이지예. 일어나이소.
동만	퍼뜩 데리고 온나. 데리고 오기 전엔 꼼짝도 안 할 끼다.
소장	(여순경에게) 여순경, 데리고 온나.
여순경	소장님, 자꾸 이렇게 인정에 끌리시면 안 됩니다. 이 지역 사회를 어떻게 관리하려고예. 또 CCTV가 다 보고 있어예.
소장	(CCTV를 향해 싹싹 빌며) CCTV야 한 번만 봐도. 우리 삼촌 아이가. 으잉?
여순경	아이 참! 참말로!

여순경, 울상을 지으며 나간 뒤 풍도를 데리고 나타난다.

소장	할배요, 풍도가 왔습니다. 어서 일어나이소.

동만, 풍도를 보자 벌떡 일어나 풍도의 등짝을 마구 때린다.

풍도, 얼른 여순경 뒤로 가 숨는다.

동만   이노무 새끼가 돈에 환장했나……. 퍼뜩 이리 몬 오나?

동만, 풍도를 잡으려고 한다.
여순경, 동만을 막는다.

여순경   할배요, 말로 하이소 말로.
동만   놔라 이년아.
여순경   (버럭) 이년 저년 좀 하지 마소 쫌!

풍도, 얼른 소장 뒤로 가 숨는다.
동만, 풍도를 잡으려고 소장한테로 가면 소장이 동만을 붙잡고 말린다.

소장   할배요, 참으시소. 이러시면 안 됩니더.
동만   놔라 마. 저런 호로자석은 두 다리를 분질러놔야 된다. 니 퍼뜩
이리 몬 오나.

풍도, 고개를 절레절레 흔든다.

소장   할배요, 진정 좀 하이소. 숨을 크게 들이쉬고…… 내쉬고…….

동만, 그렇게 한다.

소장   됐습니더. 나가서 하이소, 나가서. 알겠지요?

동만	알았다.

동만, 진정을 한 뒤 여순경에게로 간다.

동만	(풍도를 가리키며) 이 자슥한테 찌라시 돌리게 시킨 놈은 붙잡았나?
여순경	야가 입을 열지 않습니더.
동만	그러면 룸살롱 사장놈은 잡아넣었나? 우예 됐든 그놈이 돈 주고 시켰을 거 아이가?
여순경	조사를 했는데예 길거리에서 돌리라고 한 적은 없다꼬 합니더.
동만	니 돈 묵었제?
여순경	뭐라꼬예?
동만	(소장에게) 이 가시나 뒷조사를 단단히 해보그라. 구린내가 나도 너무 난다 아이가. 알긋제?
여순경	지금 뭐라고 씨부려쌓는교? 인격모독죄에 명예훼손죄가 얼마나 큰지 압니꺼?
동만	(소장에게) 하, 뭣 좀 배운 것들은 법 되게 좋아한다, 그쟈?
소장	꼭 단단히 조사해서 다음 장날에 보고하겠습니더. 살펴 가이소.

동만, 걸상을 발로 팍 차며 파출소에서 나온다.
쭈뼛쭈뼛 뒤따라 나오는 풍도.

여순경	(소장에게) 누군교?
소장	유명한 개고기 있다.

여순경과 소장, 사라진다.

동만과 일정한 거리를 두고 뒤따라오는 풍도.

동만이 힐끔 쳐다보기만 해도 도망치는 풍도.

풍도   할배 니도 잘못이다. 나한테 돈 줬어봐라. 내가 와 찌라시
        돌리겠노? ……배고팠다 아이가. ……맨날 맛없는 보리밥에……
        짠지에…… 장떡에……. 내도 짜장면 묵고 싶었다 아이가.

동만   멀리 가라 마. 니를 빼줬으니까네 내 할 일은 여기까지데이.
        이제부턴 너와 내는 이걸로 끝이다. ……퍼뜩 안 꺼지나?

풍도   어데로? 갈 데가 없다.

동만   따라오지 마라. 내한테 붙잡히면 니는 죽는다.

풍도   죽여도 할 수 없다.

동만   내가 따라오지 말라 캤다.

풍도   갈 데가 없다니까네.

동만   시설로 가면 될 거 아이가.

풍도   거기는 죽어도 안 간다. ……봐주라 마……. 다신 안 할게.

동만   이젠 니놈 말은 안 믿는다, 절대로. 못된 짓만 지 애비한테
        배워갖고서는…….

풍도   (버럭) 울 아부지 얘기 그만 쫌 하라 마. 걸핏하면 지 애비, 지
        애비!

동만   하이고 그래도 지 애비 흉보는 건 싫은가 부제?

풍도   할배 니는 좋나?

동만   좋다. 내 자식이 아이니까네.

풍도   좋으면 실컷 하라 마. 그래봤자 할배 니만 손해제.

동만   (버럭) 따라오지 말라니까네.

풍도   (버럭) 갈 데가 없다니까네.

> 동만과 풍도, 무대를 빙빙 돈다.
> 그러다가 동만, 만물상 자전거에 올라탄다.
> 풍도, 눈치를 보다가 얼른 옆 칸에 탄다.
> 순간, 인상을 팍 쓰는 풍도.

풍도   으악! 이게 뭐꼬?

동만   (태연하게) 역전에 아스팔트 공사를 하는지 찐뜩찐뜩한 콜타르가 잔뜩 있드만!

풍도   할배 니는……. 할배 니는…….

동만   와?

> 풍도, 일어서려고 해도 바지가 딱 달라붙어 떨어지질 않는다.

동만   우야꼬? 떨어지지 않는가베?

풍도   할배 니는……. 할배 니는…….

3장

장터.

만물상 자전거와 란제리 자전거가 대칭으로 있다.

동만, 자전거 앞에 있는 플라스틱 의자에 앉아 목각 인형을 깎고 있다.

풍도, 그 옆에서 무료한 듯 여러 개의 구슬을 입에 넣었다 뺐다 한다.

복남, 리어카 뒤편에 있는 플라스틱 의자에 앉아 독서하고 있다.

풍도   그거 맨날 와 깎노?

동만   …….

풍도   팔 끼가?

동만   …….

풍도   안 팔 끼가?

동만   …….

풍도   할배 니는 내하고 말하기 싫나?

동만   …….

풍도   싫음 관두거라.

동만   …….

풍도   내가 귀찮아 미치겠제? 시설로 가면 좋겠제?

동만   …….

풍도   ……안 간다. …… 몬 간다.

동만   …….

풍도   내가 밥 축내는 게 아까워 죽겠제? …… 흥!

동만, 풍도는 쳐다보지도 않고 목각 인형 깎는 데에만 열중한다.

풍도 할배야.

동만 ······.

풍도 저 빠라사체 저거······ 책 읽는 거 아이다. 미자 누나한테 잘
      보일라꼬 쑈 하는 기다.

동만, 복남을 본다.
복남, 눈알을 굴리며 미자가 오는가를 살피고 있다.

풍도 내 말이 맞제?

동만, 말이 없다.
풍도, 무료해서 다시 여러 개의 구슬을 입에 넣는다.
그러다가 구슬 하나를 삼키고 만다.
기겁해서 가슴을 두드리는 풍도.

풍도 할배야, 큰일 났다. 구슬을 삼켜버렸다, 우야노? 구슬이 여기서
      꽉 막혀 죽어버리면? 빨리 어떻게 좀 해도.

동만 하나 더 삼켜봐라. 그럼 그노마가 밀고 내려간다.

풍도 장난이 아니다, 할배야. 나 좀 살려도.

동만, 풍도를 무표정하게 바라보다가 느릿느릿 일어나 자전거 짐칸에서
설탕과 후추를 내온다.

풍도   설탕하고 후추는 뭐 할라꼬?

       동만, 양푼에 물을 붓고 설탕과 후추를 뿌린 후 아무렇지도 않게 휘휘
       젓는다.

풍도   이거 먹으면 낫나?
동만   …….

       동만, 탕약을 끓이듯 정성을 다해 휘휘 젓는다.
       한참을 저은 후 풍도에게 양푼을 건네는 동만.
       풍도, 단숨에 다 마신다.

풍도   후와, 참말로 신기하다. 쑥 내려갔다. 할배 니는 도사다.

       풍도, 신기한 듯 팔짝팔짝 뛴다.
       그때 미니스커트에 하이힐을 신은 미자가 배달 커피를 보자기에 들고
       복남에게로 간다.

복남   미자야 어서 온나. 커피 맛있게 타 왔나?
미자   장날이라 바쁘니까네 퍼뜩 마시소 마. 배달이 밀렸어예.
복남   니는 아침 이슬조차도 소화시키지 못할 정도로 수줍고 연약하게
       생겼으면서 내한테는 와 이리 당당하고 쌀쌀맞노.
미자   하도 실없는 소리만 늘어놓으니까네 하는 소리 아닌교.
복남   미자야, 언제까지 이리 살 끼가. 쟁반에 커피 들고 요레요레
       배달하러 댕기는 게 쪽팔리지도 않나. 니도 점점 나이를 묵는다.

니 턱살 좀 보그라. 재작년보담 약간 처졌데이.

복남, 미자의 턱을 만진다.
미자, 복남의 손을 탁 친다.
동만, 그런 복남을 보다가 혀를 끌끌 차며 일어선다.

풍도   어데 가노?
동만   …….
풍도   나도 간식 묵고 싶다.
동만   가게는 누가 보고?

동만, 나간다.
풍도, 무료한 듯 구슬을 입에 넣었다 뺐다 한다.

복남   이봐라 미자야. 니가 볼 때는 이 속옷 장사가 우습게 보일지
       몰라도 천만의 말씀 만만의 콩떡이다. 이래 봬도 내가 건천에
       과수원도 있고 풍기에 점방도 있고 대구에 연립주택도 하나
       마련해놨다. 니는 몸만 오면 된다 아이가. 내가 삼비를 다
       해준다니까네.
미자   삼비요?
복남   그래. 니 비용 다 대주고 니 비위 다 맞춰주고 밤마다 니를 비명
       지르게 해준다니까네.
미자   하이고 하이고, 나야말로 천만의 말씀 만만의 콩떡입니더.
       지는요, 아저씨한테 갈 생각이 요맹큼도 없어요.
복남   내가 그리도 싫나?

미자	싫어예.
복남	내는 니가 이리도 좋은데 니는 와 내가 싫을까?
미자	그야 내도 모르지예.
복남	알았다. 속옷 하나 가져가그라. 빠라사체 신상품으로.
미자	싫어예.
복남	공꺼로 준다니까네. C컵! C컵 맞제?
미자	아저씨 물건은 가마니로 싸준다 캐도 안 가져갈랍니더.
복남	와?
미자	부담스러워서요.
복남	니가 아무리 그래도 내 순정은 변하지 않는다. 내는 굳게 믿고 있다. 도끼로 열 번 찍어 안 넘어가는 나무가 없다는 사실을.
미자	도끼도 도끼 나름이겠지예.

미자, 커피 보자기를 들고 일어선다.
풍도에게로 가는 미자.

복남	미자야, 미자야!
미자	시끄럽게 와 불러쌓는교?
복남	장날이라 배달 커피가 밀렸다면서 저 자슥한테는 와 가는데?
미자	남이야 뭘 하든 참견 좀 하지 마소.
복남	니 그러다 천벌 받는다.
미자	천벌 받을게예. 됐지요?
복남	흥!

복남, 화가 나서 나가버린다.

미자	풍도야 밥 묵었나?
풍도	묵었다.
미자	뭐?
풍도	장떡.
미자	또 장떡이가?
풍도	너무 짜서 물을 벌컥벌컥 마셨더니 힘은 없고 헛배만 부르다.
미자	그게 다 니 할배 수법이다. 돈 아낄라꼬. 니 할배는 어데 갔노?
풍도	간식 묵으러 갔다.
미자	또 술이가?
풍도	누나가 혼 좀 내줘봐라 쫌!
미자	알았다.

미자, 종이 백에서 병아리를 꺼내 풍도에게 건넨다.

미자	5백 원 주고 샀다. 선물이다.
풍도	후와, 귀엽네.
미자	이름도 지었다.
풍도	뭔데?
미자	최병순.
풍도	병순이?
미자	니 병아리 동생이다.
풍도	고맙데이.

미자, 일어선다.
풍도, 병순을 품에 안는다.

미자	안 죽게 잘 키워라.
풍도	자신 있다.
미자	한눈팔면 독수리가 팍 채가뿐데이.
풍도	알았다.
미자	나중에 잡아묵지 말고.
풍도	미쳤나? 누나가 준 걸 잡아먹게.

그때 복남이 더러운 꼴을 당했다는 듯 옷을 털며 나타난다.
곧이어 뒤따라 나타나는 동만.
러닝이 찢긴 채 술에 취해 비틀거린다.

동만	야, 빠라사체!
복남	하, 저 나프탈렌.
동만	뭐? 내가 시켰다꼬?
복남	와? 내가 틀린 말 했나? 니가 손주 새끼한테 돈 벌어오라꼬 찌라시 시켰다메? 금세 재벌되겠네.
동만	니가 봤나? 니가 봤나, 이 사기꾼 새끼야.
복남	뭐 사기꾼? 니 오늘 나한테 뒈져볼래?
동만	쳐봐라. 쳐봐라. 쳐봐라 이노마야.

동만, 돌진한다.
복남, 동만을 덥석 들어 올려 벽에 붙인 뒤 동만의 가슴팍을 주먹으로
쿵쿵 치며 소리 지른다.

복남	니는 나이를 똥구녁으로 처묵었나. (버럭) 엉? 엉? 엉?

그때다.

울부짖는 소리가 들려온다.

풍도   고마해라, 이 자슥아!

풍도, 복남을 죽일 듯이 노려보고 있다.

복남   하이고, 개고기 후계자가 생겼구마.
풍도   그래 이 자슥아. 내가 개고기 후계자다.

풍도, 천천히 돌아서서 만물상 자전거에서 도끼를 찾아 치켜세운다.

미자   풍도야, 와 이라노!

미자, 풍도를 막고 선다.

풍도   비키라 마!
미자   풍도야 안 된다!

미자, 풍도를 꼼짝 못 하게 끌어안는다.

4장

들판.

동만이 만물상 자전거를 몰고, 풍도는 옆자리에 앉아 있다.

풍도, 심통이 나 있다.

풍도   할배 니는 빙신처럼 왜 얻어맞고 다니노?

동만   고마해라 쫌!

풍도   빨리 좀 가라 마.

동만   시끄럽다 이노마야. 니 때문에 더 무겁다.

풍도   술은 깼나?

동만   니 진짜로 빠라사체를 도끼로 우예 할라 캤나?

풍도   하몬. 그 자슥이 할배를 패는데 가만있을 바보 멍충이가 어데

      있노. 미자 누나가 안 말렸으면 빠라사체 그 자슥은 오늘 내한테

      죽었다.

동만   그래?

풍도   와?

동만   하, 무섭네.

동만, 자전거에서 내린다.

풍도   와 안 가노?

동만   몬 간다.

풍도   와? 여기다 텐트 칠 끼가?

동만　　　　그래.

풍도　　　　내일 아침에 고생이다. 남포장까지 언제 갈라꼬 여기서 쉬노. 쫌
　　　　　　더 가자.

동만　　　　지금은 몬 간다.

풍도　　　　와?

동만　　　　지금부터가 고바위다.

풍도　　　　고바위가 우째서?

동만　　　　몬 올라간다. 모터가 망가져삤다.

풍도　　　　언제?

동만　　　　아까. 뚝방길에서 꿀렁할 때 찐빠 묵었다.

풍도　　　　그럼 우얄 낀데?

동만　　　　내일 아침밥 해 묵고 밀고 올라가야제.

풍도　　　　이걸 끌고 저 칠보산을 넘어가자꼬?

동만　　　　옛날엔 다 그리 걸어 다녔다.

풍도　　　　옛날 소리 좀 하지 말그라. 듣기 싫어 미치겠다.

동만　　　　사실이 그랬다. 옛날엔 다 그랬다.

　　　　　　동만과 풍도, 텐트를 친다.

풍도　　　　차라리 날 시설로 보내도.

동만　　　　누가 말렸나. 퍼뜩 가라 마.

풍도　　　　말을 해도 할배 니는…….

동만　　　　속에 없는 말은 하지를 말그라.

풍도　　　　할배야, 우리도 타이탄 사자. 거기다가 물건 가득 싣고 팔러
　　　　　　다니는 기다. 운전석에 테레비도 하나 놓고. 밤마다 텐트를

뭐 하러 치노? 타이탄 호텔에서 푹신푹신 자면 되는데. 둘이

나란히 누워가 달도 보고 별도 보고……. 할배야 좋제?

동만   좋제. 공짜니까 꿈 마이 꿔라.

풍도   할배 니는 의욕이 너무 없다.

동만   무슨 의욕?

풍도   돈 벌려는 의욕. 이런 걸 누가 사가겠노? 또 팔아봤자 얼마나

남겠노?

동만   내도 이것저것 다 팔아봤다. 그래도 이게 최고다.

풍도   웃기지 마라.

동만   이건 유행을 안 탄다. 유행을 안 타니까네 재고 걱정도 없다.

버는 건 적지마는 아껴 살면 된다. 반찬 없는 밥이 얼마나

맛있는데.

풍도   할배야, 내가 진짜 유행 안 타는 거 가르쳐주까?

동만   뭔데?

풍도   태극기 장사.

동만   미친놈.

동만, 자전거 바퀴에 공기를 주입한다.

풍도   모터는 언제 고칠 낀데?

동만   이참에 새걸로 갈 끼다.

풍도   에에에. 그런 돈이 어데 있노?

동만   있다.

풍도   참말로?

동만   그래.

풍도	보여줘봐라.
동만	훔쳐갈라꼬?
풍도	보여줘봐라. 없제?
동만	있다.
풍도	에에에. 맨날 술값으로 돈 다 쓰면서 언제 그런 돈을 모았겠노?

동만, 짐칸에서 항고를 꺼내 풍도에게 건넨다.

동만	냇가에서 물 떠 온나. 밥해 묵자.
풍도	햄하고 소세지도 해도.
동만	돈 없다.
풍도	있다면서?
동만	그럴 돈은 없다.
풍도	돈 없다면서 막걸리는 우예 사묵노? 할배 니 막걸리 묵을 때마다 내도 짜장면 사도.
동만	빨리 물 몬 떠온나?
풍도	빨리는 몬 떠온다.
동만	와?
풍도	이 봐라.

보면, 풍도의 운동화가 떨어져서 헤벌레하다.

풍도	내는 괜않타. 허나 할배 니 눈엔 이 운동화가 불쌍하지 않나?
동만	멀쩡하구마는. 옛날엔 그런 거 신고서도…….
풍도	(한숨을 쉬며) 할배야 술 좀 작작 퍼묵고 내 운동화 좀 사주라.

동만	알았다.
풍도	정말?
동만	내일 남포장에 가면 운동화…… 누가 버린 거 있나 함 찾아보자.

풍도, 토라져서 나가버린다.

동만, 버너에 불을 붙인다.

풍도, 물을 떠 온다.

동만, 쌀을 안친다.

풍도	옛날엔 할배 니가 대명상회 주인이었다메?
동만	누가 그라드노?
풍도	울 아부지가 다 망해묵었다메?
동만	미자가 그라드나?
풍도	다들 안다. 시장 사람들 중에 모르는 사람이 하나도 없다. 지금 대명상회 주인이 옛날에 할배 니 하인이었다 카더라……. 맞나?
동만	맞다.
풍도	꼴좋다. 하인은 주인이 되고 주인은 장돌뱅이가 되고.
동만	장돌뱅이 중에 그 정도 사연 없는 사람 없다.
풍도	시장 사람들이 다 아는데 와 멀리 가서 장사하지 않고 요기서만 맴맴 도노? 할배 니는 창피하지도 않나?
동만	내는 여기가 좋다.
풍도	뭐가 좋노?
동만	산도 좋고 냇물도 좋고 들판도 좋고 바람도 좋다.
풍도	다른 데도 다 똑같다.
동만	아이다. 다르다.

풍도　　　그 산이 그 산이제 뭐가 다르노?

동만　　　니도 나이를 먹어봐라. 다르다는 걸 알 날이 올 끼다.

풍도　　　할배야 등 돌려봐라. 파스 붙이게.

동만　　　괜않타.

풍도　　　어서.

동만, 등을 내민다.
풍도, 파스를 붙여준다.
동만, 강아지풀을 하나 꺾는다.

동만　　　풍도야.

민구　　　와?

동만　　　내가 마술 하나 보여줄까?

풍도　　　마술?

동만　　　그래. 이걸 입에 물고 열까지 세면 최소한 이만큼은 공중으로
　　　　　몸이 뜬다.

풍도　　　거짓말 말그라.

동만　　　거짓말이면 내가 니 손주 새끼다.

풍도　　　정말이가?

동만　　　참말이다. 이거는 친손주와 할배 사이에서만 할 수 있는 긴데
　　　　　진짜 신기하다. 내도 어릴 적에 친할배한테 전수받은 기다.

동만, 풀잎을 풍도의 입에 넣고 입을 다물게 한 다음 눈을 쓱 감게
한다.

동만	콧기름을 바르고…… 이마에 도장을 찍고…… 자, 이제부터 이
	할배의 좋은 점만을 생각하며…… 열까지 세보거라.

풍도	꼭 좋은 것만을 생각해야 되나?

동만	그렇다.

풍도	좋은 게 없는데……. 뭐가 좋을까……. 술 마시고 아무한테나
	얻어맞는 거……?

동만	잘 생각해봐라……. 찾았나?

풍도	그래 뭐 대충. 하나 둘 셋 넷 다섯 여섯 일곱 여덟 아홉 열.

	동만, 열과 동시에 풀을 확 잡아챈다.

	풀잎이 풍도의 이에 훑어져 입안에 가득 고인다.

	우웩 하고 뱉어내는 풍도.

	깔깔대는 동만.

동만	하이고야, 닮을 게 없어 바보 천치 같은 니 애비를 쏙
	빼닮았구나.

풍도	할배 니는 이제부터 내 손자다.

동만	하이구 이 등신아, 그런 걸 속아 넘어가는 바보 천치가 어딨노.

풍도	동만아 이리 온나. 이 할배가 부르신다.

동만	따가와 미치겠제? 물로 헹궈가 확 삼켜보거래. 그라몬 속에서
	불꽃이 필 것이다.

풍도	동만아 이리 온나. 이 풍도 할배가 부르신다. 어서! 어서!

	풍도가 화가 나서 쫓아가고 동만은 실실거리며 도망친다.

	쫓고 쫓기는 그들.

5장

동만의 집.
동만, 만물상 자전거를 고치고 있다.
그때 창석에게 이끌려 들어오는 풍도.

창석   할배요, 접니다. 면사무소 복지과에 근무하는 김창석입니데이.
       그동안 잘 계셨능교.
동만   니 동태눈엔 내가 잘 지낸 것처럼 보이나?
창석   하하하. 할배요, 그래도 인사는 이리 싱겁게 하는 깁니더. 풍도도
       왔습니더. 풍도야, 할배한테 인사드려야제.

풍도, 머뭇거리다가 어색하게 꾸벅한다.
동만, 풍도를 보자 몸을 파르르 떤다.

창석   경찰이 대구 역전에서 앵벌이 하는 쟈를 붙잡아 우리한테
       넘겼습니더. 해서 곧장 이리로 데려온 깁니더. 지 임무는
       여기까집니데이. 죽이든 살리든 맘대로 하소.

동만, 풍도를 붙잡아 따귀를 때린다.
끄떡도 안 하고 맞는 풍도.
창석, 말린다.

창석   말로 하이소, 말로.

동만   죽이든 살리든 맘대로 하라메?

          동만, 또 따귀를 때린다.

창석   영감씨 참말로 와 이라능교. 아동폭행죄가 얼마나 큰지 압니꺼?
동만   그래, 차라리 날 어서 폭행죄로 엮어가 철창에 처넣어라. 그게
          낫겠다.
창석   아니 지 말은……. 법이 그렇다 이 말입니더.
풍도   (창석에게) 됐심더. 아저씨는 가보소.
창석   응?
풍도   몇 대 때리다 말겠지예. 설마 죽이기야 하겠능교.
동만   하, 이 자슥 많이 컸네. 불한당 양아치가 다 됐구만. 장하다
          장해. 아주 지 애비를 쏙 빼닮았구나.

          동만, 풍도의 따귀를 또 올려붙인다.

풍도   (동만에게) 때리지 마라. 나도 독기뿐이 안 남았다.
동만   그게 자랑이다, 이 자슥아.
풍도   그라는 할배는 자랑이 뭐 있는데? 내도 할배가 싫다.
동만   그러니까 가란 말이다. 싫은 사람 뭐 하러 또 보러 왔노?
풍도   할배 보러 온 게 아이고 우리 병순이 모이 주러 왔다.
동만   병순이? 하하하하. 우짜제?
풍도   와?
동만   한 달 전에 내가 잡아묵어버렸다. 토실토실 쫄깃쫄깃! 하, 그게
          니 꺼였나?

풍도	할배 니는 지옥도 아깝다. 지옥에…… 지옥에…… 지옥에…… 지옥에 가야 딱 맞다.
동만	우짜제? 지옥 구경 가려면 한참이나 남았는데? 명줄이 길어가 빨리 뒈져야 말이제.
창석	하여튼 지는 이만 가보겠심더. 풍도야, 싹싹 빌그라. 알았제?

창석, 도망치듯 빠져나간다.
동만, 창석이 가는 것을 확인한 후 풍도에게 손을 내민다.

동만	돈 도!
풍도	없다.
동만	내 돈 도!
풍도	없다. 집 나간 지가 얼만데.
동만	손 올리거라.
풍도	뒤져봐도 없다.
동만	어서 저노마 쫓아가그라. 내가 니를 죽일지도 모르니까네 퍼뜩 가그라.
풍도	안 간다. 몬 간다. 나도 할배한테 복수한 기다.
동만	복수?
풍도	그래. 할배 니도 나를 버렸잖아.
동만	내가 언제?
풍도	대구에 물건 떼러 갔다가 신신상회 주인한테 부탁해서 날 시설에 떨궈버렸잖아.
동만	그거야 니 학교 다니라꼬 보낸 기지 버린 기가?
풍도	학교는 안 다닌다고 몇 번이나 말했노.

동만	니 나이 때 한 자라도 배워야지 안 그러면 평생 서운타. 이 할배를 보그라. 이 할배처럼 살고 싶나?
풍도	웃기지 마라. 내가 귀찮아서 버려놓고서는 뭔 말이 많노.
동만	이노마야. 이 할배하고 이리저리 물건 팔러 다니는 게 뭐가 좋노? 쎄가 빠지게 고생만 하면서.
풍도	내는 그래도 이게 좋다. 할배 니하고 같이 밥 묵고 같이 잠자고. 내는 맨날 혼자서 밥 묵고 혼자서 잠잤다. 울 아부지는 맨날 술 마시느라 집에 안 왔다.
동만	…….
풍도	실은 모터 값으로 돈 벌어가 타이탄 사려고 했다.
동만	헌데?
풍도	깡패들한테 다 빼앗겨버렸다.
동만	하이고 니 주제에 타이탄을 사? 말이나 되는 소리를 하그라. 그 돈으로 짜장면 다 사묵어버렸제?
풍도	아이다. 참말이다. 할배 니도 잘못이다. 그리 소중한 걸 장독에 감춰놓는 바보 천치가 세상에 또 어딨노. 단번에 찾아버렸다.
동만	그래……. 니 머리 핑핑 돌아간다.
풍도	보물은 쓰레기통에 감추는 게 제일 안전하다. 그래도…… 할배 니도…… 내를…… 좋아하는 거 같더라.
동만	뭔 개소리고?
풍도	아까 창석이 아저씨 있을 때…… 그걸 알았다. 돈 훔쳐 간 얘긴 끝내 안 하데? 창석이 아저씨가 가버리니까 하데? 그거는 손주 새끼 흉을 남들한테는 보여주기 싫었다는 거고 내를 좋아한다는 기다.
동만	한다 한다 하니까네 핑핑핑핑 지멋대로 잘 돌아간다.

풍도	날 기다렸나?
동만	웃기지 마라.
풍도	기다린 거 맞제?
동만	웃기지 마라.
풍도	우리 둘뿐인데 창피할 게 뭐 있노? 솔직히 말해봐라.

동만, 벌떡 일어서려다 삐끗한다.
풍도, 얼른 달려가 동만을 부축한다.

풍도	할배 니 와 그라노?
동만	썩 안 꺼지나.
풍도	헤헤헤. 속으론 안 그러면서.

동만, 만물상 자전거에 올라탄다.

풍도	어데 가려고?
동만	알 꺼 없다.
풍도	가화장 가제?
동만	시끄럽다, 이 자슥아.

풍도, 옆자리에 올라탄다.

동만	퍼뜩 안 내리나?
풍도	할배 니가 좋아서 따라가는 게 아이고 나두 병순이 사러 가화장에 가야 된다. 아, 뭐 하노? 스포츠카처럼 쌩쌩 달리지 않고.

6장

장터.

만물상 자전거 짐칸에 올인원 세 벌이 걸려 있다.

풍도, 소리치며 호객 행위를 하고 있다.

복남, 떨떠름한 표정으로 풍도를 보며 란제리 리어카 의자에 앉아 있다.

풍도   인견 올인원 사이소. 시원하고 달라붙지 않아서 여름철엔
　　　　　딱이라예. 인견 올인원 사이소.

복남   시끄럽다 이노마야. 귀청 떨어지겠다.

풍도   (버럭) 인견 올인원 사이소.

복남   하, 저 자슥이 진짜. 손님도 안 지나가는데 와 지 혼자 떠들고
　　　　　지랄이고.

풍도, 복남을 째리다가 이내 시무룩해진다.

그때 동만이 이를 쑤시며 나타난다.

동만   니 와 시무룩하노? 사흘 굶은 시에미 낯짝처럼.

풍도   사는 기 좀 길다.

동만   푸하핫. 대가리에 피도 안 마른 놈이 뭔 소릴 하는 기고?

풍도   할배 니는 사는 게 좋나?

동만   (벌떡 일어서며) 앗, 저 가시나 되게 이쁘다!

풍도, 벌떡 일어나 뒤를 본다.

아무도 없다.

동만, 풍도의 뒤통수를 팍 때린다.

동만   그래 인마, 좋아서 산다.

풍도, 다시 힘없이 주저앉는다.

풍도   밥 묵었나?
동만   그래.
풍도   뭐?
동만   장떡.
풍도   장떡만 묵었나?
동만   그래.
풍도   하, 해봐라.
동만   (입을 오므려서) 하.
풍도   (입을 크게 벌리며) 하, 해본나.
동만   하.
풍도   천 원 도.
동만   안 묵었다.
풍도   술 냄새가 진동한다. 할배가 간식 묵으면 내도 간식 묵기로 했제?
동만   안 묵었다. 내가 막걸리 묵으면 니 손주 새끼다.
풍도   할배 니는 내 손주 새끼 천번 만번도 더 됐다. 빨리 돈 도.
동만   진짜로 안 묵었다. 수이 할매한테 물어보그라. 내가 막걸리 묵었나.

풍도	둘이 짰겠지.
동만	아이다.
풍도	그래서 천 원 안 주겠다꼬?
동만	안 묵었는데 와 주노?
풍도	할배 니는 인간도 아니다. 앞으로는 말 시키지 마라.
동만	에에에. 그럼 내가 쫄 줄 알고? 니하고 말 안 하면 나도 더 편코 좋다.
풍도	잘됐네.
동만	아암 잘되고말고.

둘 사이, 냉랭하다.

동만	(허공을 보며) 꼴좋다. 인견 올인원 팔면 대박 날 거라꼬? 한 개도 몬 팔면서 큰소리만 떵떵.
풍도	말 시키지 마라.
동만	누가 니한테 말 시켰나? 공중에 대고 혼잣말한 기다. 이 나이에 혼잣말도 몬 하나?
풍도	약속을 했으면 지켜야제 할배가 돼가지고 천 원짜리 한 장에 바들바들 떨기나 하고. 못난이 찌지리 재수대가리…….
동만	말 시키지 마라.
풍도	나도 공중에다 헛소리한 기다. 나이가 어려도 헛소린 할 수 있다.
동만	흥!
풍도	흥!

그때 미자가 나타난다.

미자를 보자 벌떡 일어나는 복남.

복남　　　미자야, 빠라사체 신상품 나왔다. 한번 보고 가그라, 으잉?

　　　　　미자, 눈길 한번 안 주고 동만과 풍도에게로 온다.
　　　　　동만, 미자에게 공손히 인사한다.
　　　　　풍도, 그런 동만을 보며 코웃음을 친다.

풍도　　　(허공에 대고 작은 소리로) 여자라면 좋아가지고 헬렐레헬렐레…….
동만　　　(허공에 대고 작은 소리로) 대구 역전에서 앵벌이 하고 소매치기하던
　　　　　놈 여깄다, 미자야.
미자　　　풍도야, 병순이 잘 크나?

　　　　　풍도, 갑자기 배를 잡고 신음한다.

풍도　　　아아아아!
미자　　　와?
풍도　　　배가 갑자기…….
미자　　　누나가 등 두드려주까?
풍도　　　응.

　　　　　미자의 품에 슬며시 파고드는 풍도.
　　　　　미자, 풍도를 안은 채로 등을 토닥거려준다.
　　　　　영문을 몰라 하는 동만.
　　　　　숨넘어가는 복남.

미자	됐나?
풍도	됐다.
미자	체했나?
풍도	글쎄.
미자	뭘 묵었는데?
풍도	장떡.
미자	또 장떡?
풍도	응.
동만	거짓말 말그라 이놈아. 잔치국수 처묵고서.
풍도	할배요 말 시키지 마소. 배가 너무 아파예.
미자	(동만에게) 너무하는 거 아입니꺼? 어떻게 어린아를 허구헌 날 장떡을 멕여가 헛배만 부르게 합니꺼. 그러니까 자꾸 배 아프다 안 합니꺼. 아낄 걸 아끼셔야지예.
동만	아입니더. 장떡은 지가 먹었구예 야는……
풍도	(말을 자르며) 아 참, 누나한테 잘못한 게 있다.
미자	뭔데?
풍도	병순이가 죽었다.
미자	와?
풍도	(동만을 힐끔 보며) 그렇게 됐다. 미안타.
미자	(동만에게) 혹시 할배가 잡아묵었능교?
동만	아니…… 그게 아니라…….
풍도	맞다.
미자	하, 진짜 너무하는 거 아입니꺼?
동만	…….
미자	병순이는 지가 풍도한테 선물한 깁니더. 그걸 어떻게 잡아먹을

수가 있어예.

풍도   (허공에다) 뭐라고 한마디 해보그라.

동만   ······.

미자   정말 너무너무 섭섭합니더.

동만   ······.

풍도   내는 미자 누나를 생각하면서 병순이를 잘 키우고 싶었다.

미자   (동만에게) 지하고 웬수 진 일 있어요?

동만   아입니더. 그게······ 그냥······.

풍도   ······내가 외로우니까······ 친구 삼아 동생 삼아 지내라꼬······
      누나가······ 누나의 진심을 병순이한테 담아······ 선물한 거
      아이가.

미자   하몬.

풍도   그 뜻이 다 박살나버렸다.

미자   어떻게······ 그럴 수가······.

풍도   할배가 병순이를 막 잡으려 할 때도 내 그랬거든? 병순이가 곧
      미자 누나라꼬.

미자   하몬······. 하몬······.

동만   거짓말 말그라, 이노마야. 내가 병순이를 잡아묵을 때 니는 대구
      역전에 가 있었다.

풍도   그런데도······ 그런데도 할배가······.

미자   쯧쯧쯧. 니 마음이 얼마나 아팠겠노?

풍도   (운다.)

미자   울지 마라. 내가 또 사줄게.

풍도   (더욱 서럽게 운다.)

미자   (동만에게) 토해내소 마. 병순이······ 토해내소 마.

동만	(돌아선다.)
미자	어데 갑니꺼?
동만	그냥……. 여기 있기가…… 뭐해서…… 그냥…….
미자	아, 진짜 너무해. 짜증 나!

동만, 울듯이 가버린다.
풍도, 기분이 좋다.

미자	자, 이제 툭툭 털고 일어나그라. 지나간 일은 빨리 잊어버리는 기 상책이다. 풍도야, 여어……. 옳지……. 옳지.
풍도	알았다.

풍도, 미자를 보며 싱긋 웃는다.

풍도	(올인원을 가리키며) 누나야 이거 이쁘지 않나?
미자	올인원이네.
풍도	골라봐라. 내가 선물로 줄게.
미자	공꺼로 준다꼬?
풍도	그래. 이게 인견으로 만든 건데 보통 인견은 자꾸 빨면 쉽게 해지잖아?
미자	그라제.
풍도	이건 안 그렇다. 특수 처리 된 거라 빨아도 끄떡없고 늘어났다 줄어드는 것도 짱이다. 대구에선 이게 올여름 히트 상품이다.
미자	(고르며) 이게 좋겠다.

풍도, 비닐봉지에 싸서 미자에게 준다.

미자   얼마고?

풍도   선물이라니까네.

미자   (돈을 내며) 이거면 되긋나?

풍도   치사하게 와 이라노. 누나하고 나 사이에. 치아라. 안 받는다.

미자   그래도 그라는 게 아이다. 내가 어른인데 그라면 쓰겠나. 일단
              이거 받고 정 찜찜하면 나중에 짜장면 사도. 됐제?

풍도   알았다. 입어보고 좋으면 많이 소개시켜도.

미자   우리 풍도 장사꾼 다 됐네.

풍도   장사가 재밌다.

미자   그래?

풍도   장사로 돈 벌 끼다.

미자   꼬맹이가 돈 벌어서 뭐 할라꼬?

풍도   누나 집 사주고 싶데이.

미자   말만 들어도 든든하다.

풍도와 미자, 힘차게 하이파이브를 한다.

미자, 돌아서서 걸어간다.

복남, 애처롭게 미자를 부른다.

복남   미자야, 우리 빠라사체도 좀 보고 가그라. 내가 불쌍치도 않은가
              베?

미자, 란제리 리어카로 가서 쭈욱 훑어보고는 핵 고개를 돌린다.

복남	와? 마음에 드는 게 하나도 없나?
미자	(쌀쌀맞게) 하나도 없어예. 촌시러버서 몬 입겠어예.
복남	훌렁 보지 말고 찬찬히 좀 보그라. 얘기도 좀 나누고.
미자	아저씨만 보면 김치가 생각납니더.
복남	김치가?
미자	예.
복남	와?
미자	잘 생각해보이소.
복남	미자야, 미자야. 그라믄 이거 하나 갖고 가라. 내가 공짜로 줄게.
미자	(비닐봉지를 흔들며) 아주 멋진 걸로 하나 샀어예.

미자, 약 올리며 가버린다.

| 복남 | 하, 생긴 건 성모마리안데 내한테만 오면 와 드라큘라가 되노. 으잉? |

복남, 화가 나서 풍도를 확 째린다.
풍도에게로 오는 복남.

복남	꼬마야.
풍도	내 이름은 최풍도인데요.
복남	풍도야.
풍도	와요?
복남	아무리 쪼매한 시장 바닥이라 캐도 여기에도 룰이라는 게 있다.
풍도	룰이 뭔데요?

복남	시장의 법칙이라고나 할까.
풍도	점점 어렵네요. 할 말이 뭔데요?
복남	이 시장에서 빤쓰 브라 란제리 일체는 나 혼자 팔거든?
풍도	헌데요?
복남	와 남의 장사를 따라 하느냐 이 말이다.
풍도	따라 하긴 누가 따라 해요. 아저씬 빤쓰 브라, 난 빤쓰 브라 필요 없이 이거 하나만 입으면 되는 올인원. 서로 다르지 않습니꺼?
복남	아, 혈압이야. (걸어둔 올인원을 바닥에 툭툭 던지며) 이 만물상 자전거 때려부수기 전에 집어치우라 마.
풍도	같이 먹고삽시다 쫌!
복남	너 뒈질래?
풍도	잘하면 날 치겠네예?
복남	이 자슥 말하는 것 좀 보소. (머리를 툭 치며) 치면 안 되나?
풍도	또 쳐보소.
복남	(또 치며) 또 쳤다, 왜?

순간, 풍도가 자전거 짐칸에서 도끼를 집어 든다.

복남	하, 이 자슥 정말 안 되겠네. 아주 걸핏하면 도끼 드는 기 특기구만.

복남, 잽싼 발차기로 풍도의 배를 찬다.
욱하고 쓰러지는 풍도.

복남	아유, 이걸 그냥.

복남이 또다시 풍도를 차려는 순간,

술에 취해 비틀비틀 오던 동만이 짐칸에서 삽을 꺼내 복남의 허리를

후려친다.

쓰러지는 복남.

동만   이 새끼가 어데서 내 손주를…….

동만, 부들부들 떨고 있다.

복남, 쓰러진 채로 동만을 째린다.

복남   후후. 날 쳤다 이거제? 내 오늘 니네들을 쌍으로 보내주지.

동만   오냐, 이놈아! 어여 인나서 덤벼봐라, 이 자슥아!

동만, 몽둥이를 치켜들고 복남이 일어서기만을 기다리고 있다.

복남, 씨익 웃으며 툭툭 털고 일어난다.

한 발 한 발 다가오는 복남.

순간, 동만이 저절로 푹 쓰러진다.

7장

병원.
의사가 엑스레이 사진을 손에 들고 보고 있다.
그때 간호사가 들어온다.
의사, 엑스레이 사진을 보며 한숨을 내쉰다.

의사   텅 비었다. 완전 산송장이데이.

간호사   우야꼬, 이런 몸으로도 매일 술이 들어갑니꺼?

의사   (처방전을 주며) 박카스하고 우루사를 사 묵으라 캐라. 값도 싸고
      최고 명약이니까네.

간호사   텅 비었다면서 처방전이 와 필요합니꺼?

의사   그래도 처방전을 주는 거하고 안 주는 거하고는 환자 본인한테
      천지 차이가 있다.

간호사   선생님도 술 그만 드이소, 그러다가 큰일 납니더.

의사   내가 술을 묵나, 술이 나를 묵제. 우리는 죽어라 죽어라
      도망치거든. 근데 밤마다 그놈한테 잡히고 마는 기라. 우리는
      희생자다.

간호사   하이고 참, 말씀은 비단입니더.

의사   술이 내를 부르니 세상이 됴치 아니한가.

간호사   그 말 좀…… 지겹습니더.

의사   하하하하.

간호사   우짜믄 좋습니꺼? 며칠이나 살겠습니꺼?

의사   아이다. 산삼 캐는 심마니 영감씨는 이런 상태로 꽤 오래 살았다.

간호사	사실대로 알릴 깁니꺼?
의사	봐서.

간호사가 나가서 동만과 풍도를 데리고 들어온다.

간장하는 동만과 풍도.

의사	할배요, 어디 아픈 데는 없습니꺼?
동만	전혀 읎다. 완전 쌩쌩하다.
풍도	아니라예. 우리 할배가요, 멀쩡허니 서 있다가 갑자기 푹 꼬꾸라졌어예.
의사	노인 되마 피가 부족해서 가끔씩 그런 증세가 온다. 진찰해보니 별 이상이 없네.
풍도	또 그라믄 우얍니꺼?
의사	아무것도 아이다. 그냥 하루에 박카스 한 병에다 우루사 한 알씩 묵으면 된다.
풍도	휴, 다행이네예.
의사	그냥 지금처럼 세월아 네월아 하며 태평하게 지내시면 벽에 똥칠할 때까지 살 수 있으니까네 아무 걱정하지 말그라.
풍도	앞으로 술 먹으면 절대로 안 되지예?
의사	된다.
풍도	예?
동만	봐라, 이 노마야. 막걸리는 내 간식이고 보약이라니까네.
풍도	하, 이상하네.
동만	짜장면은 기름기가 많아가 몸에 진짜 나쁘제?
의사	아입니더. 짜장면이 뭐 어때서요. 지도 가끔씩 묵습니더.

풍도	봐라, 할배야. 짜장면이 몸에 얼마나 좋은데.
의사	뭐든지 많이 묵으면 안 좋고 적당히 묵으면 괘않습니다.
	일어서시지예.
동만	저어…… 병원비는…… 얼마고?
의사	할배요, 왜 이러십니꺼. 할배하고 지하고 장떡에 막걸리 동지
	아입니꺼.
동만	그럼 공꺼라꼬?
의사	공꺼는 아이지예. 다음 장날에 막걸리 한 사발 사셔야지예.
동만	하, 난 또……. 병원비 때문에…… 땅 꺼지게 고민 안 했나.
의사	진찰비 내라면 낼 돈은 있습니꺼?
동만	읎제. (풍도를 가리키며) 이 노마가 모터 값…….
풍도	(벌떡 일어나 인사하며) 선생님 고맙습니더.
간호사	풍도야.
풍도	예.
간호사	앞으로 할배 말 잘 듣고 할배하고 사이좋게 지내야 된데이.
	그래야 할배가 오래 산다. 알았제?
풍도	알겠습니더.

그들, 만물상 자전거 있는 데로 온다.
동만과 풍도, 자전거에 올라탄다.

동만	고맙구로.
의사	별말씀을요.
간호사	풍도야 잘 가그레이!
풍도	안녕히 계시이소.

만물상 자전거가 출발한다.

의사와 간호사, 손을 흔들며 사라진다.

들길이 나온다.

풍도   병원에서 나오니까 시원하다.

동만   내도.

풍도   그 의사 멋있데. 병원비도 안 받고. 그 의사가 할배 술친구가?

동만   술꾼들은 그 의사를 최고 명의로 친다.

풍도   와?

동만   술을 잘 사주거든. 술꾼치고 그 사람 술 안 얻어먹은 놈이 없다.

풍도   헤헤헤. 진짜 명의 맞네. 인생이 뭔지 제대로 아는 의사구마는.

동만   (뒷통수를 때리며) 도토리만 한 게 발랑 까져갖구서는 뭐 인생?
        하이고, 니가 인생을 우예 아노? 영감씨 흉내 좀 그만 내그라, 이
        자슥아.

풍도   시장 사람들이 그러는데……. 할배 니 별명이 벙어리였다메? 헌데
        지금은 따발총이라메? 내가 온 다음부터 말문이 트였다 카더라.
        내가 그리도 좋나?

동만   시끄럽다, 이 노마야.

풍도   할배 니는 쫌만 불리하면 시끄럽다고 카더라.

동만   여기서 좀 쉬었다 가자. 힘들어서 몬 가겠다.

풍도   또 어디 아프나?

동만   아이다. 피 뽑아서 그런지 힘이 읎다.

동만과 풍도, 자전거에서 내려 텐트를 친다.

116

풍도	할배야, 정 아프면 장사 그만하고 집으로 가자.
동만	안 아프다니까네.
풍도	참말로?
동만	그래.
풍도	앞으로 간식 자주 묵그라. 짜장면 사달라고 안 조를 테니.
동만	웬일이고? 갑자기 훌륭한 사람처럼.
풍도	그게 뭐 훌륭한 사람이고.
동만	내가 니 혼자 놔두고 뒈질까 봐 식겁했나?
풍도	그래. 병원에서 막 울었다.
동만	바보같이 울기는. 장군은 우는 게 아이다.
풍도	장군? 내가 장군이라꼬?
동만	그래.
풍도	(수줍어하며) 와 이라노?
동만	니 애비가 딱 하나 잘한 게 있다.
풍도	뭔데?
동만	손주 낳으면 이름을 풍도라 지으라 캤거든?
풍도	그럼 할배 니가 내 이름을 지은 기가?
동만	그래.
풍도	어쩐지 이름이 촌스럽다 캤다.
동만	아이다. 니가 그 심오한 뜻을 알아야 한다. 일본 식민지 때 풍도 장군이라는 독립군이 있었는데 얼마나 용감한지 일본놈들이 그 이름만 들어도 벌벌 떨었다. 만주 호랑이도 맨손으로 때려잡았다 아이가.
풍도	후와!
동만	내가 그 풍도 장군을 엄청 존경했거든. 헌데 어떤 점쟁이가 나를

보더니 후손 중에 장군감이 있다는 기야. 니 애비 꼴을 보니 약해 빠져가 장군 되긴 틀렸고 그렇담 손주가 장군감이라는 얘긴데……. 해서 니 애비한테 아를 낳으면 풍도라 지으라 한 기다.

풍도   그라믄 내가 풍도 장군과 같은 풍도란 말이가?

동만   그래. 니 이름은 세상에서 제일로 귀한 이름이다.

풍도   그래?

풍도, 어깨를 으쓱한다.

풍도   울 아부지가 나한테 잘한 것도 있네?

동만   하몬.

풍도   ……할배 니는 쉬라 마. 내가 물 떠 와서 밥 안칠게.

풍도, 항고를 들고 나간다.
동만, 낚시 의자에 힘없이 앉는다.
멍하니 들판을 바라보는 동만.
그때 풍도가 온다.
은근히 동만을 살피며 밥을 안치고 반찬을 꺼낸다.
풍도, 강아지풀을 하나 꺾어 온다.

풍도   내가 마술 하나 보여주까? 이거는 손주하고 친할배 사이에서만 할 수 있는 긴데 진짜 신기하다.

동만   우얀데?

풍도   이걸 입에 물고 열까지 세면 최소한 이만큼은 공중으로 뜬다.

| 동만 | 해보그라. |

풍도, 풀을 동만의 입에 넣고 입을 다물게 한 다음 눈을 쓱 감기게
한다.

풍도	콧기름을 바르고……. 이마에 도장을 찍고……. 자, 이제부터 이
	손주의 좋은 점만을 생각하며…… 열까지 세어보그라.
동만	꼭 좋은 것만을 생각해야 되나?
풍도	그렇다.
동만	좋은 게 없는데……. 뭐가 좋을까……. 모터 값 훔쳐 도망친 거?
	미자 품에 앵겨 날 약 올리던 거?
풍도	잘 생각해봐라……. 찾았나?
동만	그래 뭐 대충. 하나 둘 셋 넷 다섯 여섯 일곱 여덟…….

순간, 풀을 확 잡아채는 풍도.
풀잎이 동만의 이에 훑어져 입안에 가득 고인다.
우웩 하고 뱉어내는 동만.

풍도	하하하. 아홉에 뺄라 캤제?
동만	우예 알았노?
풍도	아홉에 뺄 거 생각하면서 혼자 신나 했제?
동만	그런 게 다 보이드나?
풍도	뻔하제.
동만	후와. 니는 정말 천재다, 천재.
풍도	하몬.

동만	실은 말이다. 내가 빠라사체를 몽둥이로 쎄리 갈겼잖아. 니도 봤제?
풍도	봤다.
동만	빠라사체가 쓰러졌잖아. 꽈당 하고. 그래서 그걸로 끝난 줄 알았는데……. 어랍쇼……. 빠라사체가 넘어진 채로…… 나를 째리는 기라.
풍도	그래서?
동만	겁나데. 그런 멀대 같은 놈도 눈이 허옇게 돌아가면 무섭거든. 그래서 머리를 굴렸제. "아홉에서 끝내자. 저노마가 일나서 요만큼 올 때쯤 쓰러지자."
풍도	실제로 핑 했던 게 아이고?
동만	그래.
풍도	정말로?
동만	그래. 그게 빠라사체한테 맞아 죽는 거보다 안 낫긋나?
풍도	그럼 쑈 한 거네?
동만	쑈 한 기지.
풍도	후와. 할배 니도 진짜 천재다, 천재.
동만	하몬.
풍도	천재끼리 잘 만났네.
동만	하몬, 하몬.

동만과 풍도, 하이파이브를 한다.

풍도	할배 니가 빠라사체를 쎄리 갈겼을 때, 그때 나도 쫌 이상했다. 누가 내 편을 들어주니까 소름 끼치더라. 맨날 혼자였거든.

동만, 짐칸에서 까만 비닐봉지를 꺼내 풍도에게 준다.

하얀 운동화가 나온다.

좋아라 하는 풍도.

풍도   내 선물이가?

동만   그래.

풍도   언제 샀노?

동만   병원에 있을 때 하도 갑갑해서……. 밖에 나갔다가.

풍도   (화를 내며) 하얀 운동화를 왜 사노? 금방 때 탈 텐데.

동만   태어나서 맨 처음 하얀 운동화 신었을 때가 생각나서. 하얀
        천사가 되어 구름 위를 막 걸어 다니는 것 같았거든. 함
        신어보그라.

풍도   여기서?

동만   그래.

        풍도, 운동화를 신는다.

동만   걸어보그라.

        풍도, 걷는다.

동만   기분이 어떻노?

풍도   땅이 스펀지처럼 푹신푹신하다. 이상타…….

동만   그리도 좋나?

풍도   하몬.

동만   이리 와서 이렇게 해보그라.

        동만, 기마 자세를 취한다.
        풍도, 옆으로 가서 따라 한다.

동만   사나이는 자기만의 필살기가 하나씩은 있어야 한다. 언제 어떤
        일을 당할른지 모르거든.
풍도   할배 니한테도 필살기가 있나?
동만   그래.
풍도   그럼 어려서도 싸움 잘했겠네?
동만   하몬. 내가 완전 독사였제. 너만 할 때 내는 싸움의 수칙을 백
        개도 넘게 외우고 다녔다. 끊는 주전자 물을 이용하라…… . 여러
        명과 싸울 땐 담벼락에 붙어서 싸워야 한다.
풍도   후와!
동만   자, 이리 해봐라. 상대방의 턱 요기가 급소인 기라. 주먹을 요레
        쥐고 요기를 노려 요렇게 치는 기다. 함 해보그라.

        동만이 시범을 보이고 풍도가 따라 한다.

동만   계속해보그라.

        풍도, 계속한다.

풍도   할배 니는 뭐가 제일 무섭노?
동만   정 드는 거.

풍도   그게 뭐가 무섭노?

동만   그런 게 있다. ……기분이 어떠노? 자신감이 막 생기제?

풍도   겁난다.

동만   와?

풍도   운동화 때 탈까 봐.

8장

장터.

만물상 자전거와 란제리 리어카가 대칭으로 있다.

동만은 낚시 의자에 앉아 목각 인형을 깎다 말고 졸고 있고, 풍도는

심심해서 구슬 찾기를 하고 있다.

구슬을 굴린 뒤, 고양이처럼 첩보원처럼 스파이더맨처럼 배트맨처럼

찾다가 이내 시들해져버리는 풍도.

풍도, 동만을 흔들어 깨운다.

풍도   할배야, 할배야.

동만, 깨어난다.

동만   와?

풍도   한 개도 안 팔린다. 산나물 축제라 캐서 억수로 장사가 잘될 줄
       알았는데 이게 뭐꼬? 이러다가 우리 굶어 죽겠다.

동만   풍도야. 장사를 잘하는 방법 하나 가르쳐주까?

풍도   뭔데?

동만   지나가는 사람과 일일이 눈을 마주쳐야 한다.

풍도   마주쳤다. 그래도 안 사더라.

동만   웃었나?

풍도   안 웃었다.

동만   째리면서 마주치면 손님이 도망치제, 오겠나?

풍도	시끄럽다. 말 시키지 마라. 짜증 나 미치겠다. 할배야 옛날얘기 하나 해도.
동만	니 와 장사 안 되는 화풀이를 나한테 하노.
풍도	(버럭) 하나만 해도!

동만, 풍도를 뒤에서 끌어안고 토닥이며 머리를 쓰다듬으며 얘기를 들려준다.

동만	옛날에 옛날에 도풍이라는 꼬맹이가 있었다. 그 도풍이네 집은 점방을 했었는데 알사탕도 팔고 꽈배기도 팔고 옷핀도 팔고 손거울도 팔았다. 도풍이는 착해가 점방을 지키다가 손님이 와도 도망치지 않았고 옆집 순이가 손거울을 사러 와도 도망치지 않았다.
풍도	지가 주인인데 와 도망치노?
동만	챙피하니까네. 너절한 거 팔아봐라. 그것처럼 챙피스러운 게 어딨는데.
풍도	내 물건 내가 파는데 와?
동만	그러니까 도풍이는 니처럼 손님이 와도 도망치지 않았다꼬.
풍도	그래서?
동만	도풍이는 착해가……. 가게에 있는 알사탕도 안 훔쳐 먹고……. 꽈배기도 안 훔쳐 먹고……. 가게 돈도 안 훔쳤다.
풍도	할배 니 지금……. 내 얘기를 거꾸로 하는 기제?
동만	아이다. 니는 풍도고 쟈는 도풍인데?
풍도	하, 이상하네.
동만	도풍이는 착해가 가게 돈을 훔쳐 도망치지도 않았고……. 대구

역전에서 앵벌이도 하지 않았다.

풍도   내 얘기 맞구마는?

동만   아이다. 니는 풍도고 갸는 도풍인데?

풍도   하, 이상하네……. 도풍이?

동만   그래.

풍도   많이 들어봤는데……? 맞다. 풍도를 거꾸로 해서 도풍이 아이가?

동만   아이다. 니는 풍도고 갸는 도풍인데?

풍도   그래서?

동만   도풍이는 착해가 할배 말도 잘 듣고 돈도 안 훔치고…….
       도풍이는 착해가 도풍이는…… 도풍이는…….

       동만, 또 잔다.
       풍도, 깨울까 하다가 내버려둔다.
       동만에게 담요를 덮어주는 풍도.
       그때 미자가 나타난다.
       풍도, 반가워서 미자한테 달려간다.

풍도   미자 누나!

미자   풍도야!

풍도   난 또 누나가 왜 안 오나 했다.

미자   우리 풍도 운동화 샀네?

풍도   응, 할배가 사줬다. 멋있나?

미자   멋있데이.

풍도   하얀 운동화라 때 탈까 봐 안 신으려고 해도 할배가 막
       신으랜다.

미자	니 할배가?
풍도	응.
미자	니 할배 죽을라는갑다.
풍도	와?
미자	죽을 때가 되면 착해진다 카더라.
풍도	그런가? 하기는 요샌 저렇게 맨날 존다. 술도 안 마셨는데.
미자	농담이다.
풍도	아이다. 요샌 정말 이상타.
미자	팥죽 팔던 욕쟁이 할망구…… 니도 알제?
풍도	안다.
미자	끝내 착해지지 않은 채로 죽었잖아. 죽으면서도 씨부랄씨부랄 안
	했나?
풍도	아 맞네.
미자	거봐라. 내 말이 농담 맞제? 착해지는 거하고 죽는 거하고는
	별개다.
풍도	별개?
미자	서로 다르다꼬.
풍도	알았다.

그때 스님이 와서 목탁을 두드리며 탁발을 한다.

스님	나무아미타불 관세음보살!

미자, 발우에 돈을 넣는다.

스님   (미자에게) 나무아미타불 관세음보살!

        스님, 나간다.

풍도   돈을 와 주노?
미자   본래 스님한텐 주는 기다. 스님들의 왕초는 부처님인데 우리가
        돈을 줘야 부처님이 좋아라 하고 소원도 들어주신다.
풍도   무슨 소원이든 다 들어주나?
미자   그래.
풍도   부처님은 어데 사는데?
미자   절에 산다.
풍도   절은 어딨는데?
미자   요레요레 가면 있다.

        풍도, 절에 간다.

풍도   후와, 되게 뚱뚱하다.

        아까 스님이 했던 것처럼 합장하고 고개를 숙인다.

풍도   부처님요……. 우리 할배가 자꾸 잠만 자고 잘 놀아주지도
        않아요. 심심해 미치겠습니더. 우리 할배 좀 빨리 낫게
        해주이소. 돈은 다음에 많이 갖다 드릴께예. 지금은 외상입니더.
        나무아미타불 관세음보살.

풍도, 절에서 나와 장터로 온다.

졸고 있는 동만을 깨운다.

풍도   할배야, 박카스하고 우루사 묵자. 어여 인나라.

동만, 깨어나 우루사와 박카스를 마신다.

동만   또 자드나?

풍도   그래.

동만   어데 갔다 왔노?

풍도   미자 누나하고 짜장면 사 묵고 왔다.

동만   미자 누나가 사주드나?

풍도   아이다. 내가 샀다.

동만   거짓말 말그라. 돈 통에 돈이 그대로던데.

풍도   확인했나?

동만   했다. 또 돈 들고 튀었을까 봐.

풍도   걱정 마라. 이젠 안 튄다.

동만   에에에!

그때 전도사가 성경을 들고 나타난다.

전도사   예수를 믿으라. 그러면 너희들은 구원을 받으리라. 당신을
         구원할 자, 주 예수뿐이로니 예수를 믿으라! 할렐루야!

전도사, 나간다.

풍도, 잠시 생각에 잠기다가 걸음을 옮기려는데 동만이 부른다.

동만   또 어데 가노?

풍도   미자 누나한테.

동만   미자한테는 또 와?

풍도   물어볼 게 있다.

풍도, 밖으로 나갔다가 미자를 데리고 들어온다.

미자, 휴대전화로 통화를 하고 있다.

미자   (휴대전화에 대고) ……예예 알았어예. 금방 갈게예. (끊고 나서) 또
        무슨 일인데?

풍도   누나야 예수님이랑 부처님이랑 누가 더 쎄노?

미자   하……. 그게…….

풍도   와?

미자   풍도 니는 참 어려운 것만 묻는다.

풍도   그리도 어렵나?

미자   그래. 니 호랑이랑 사자랑 싸우면 둘 중에 누가 이길 것 같노?

풍도   글쎄…….

미자   정답이다……. 예수랑 부처랑도 글쎄다. 우열을 가릴 수 없다 그
        말이다.

풍도   그래?

풍도, 돌아서려는데

미자	근데 말이다, 부처는 아시아권에서 먹어주고 예수는 세계권에서 먹어준다. 그러니까네 엄밀히 말하면 예수가 부처보다 쫌 쎄다 할 수 있다.
풍도	알았다.

풍도, 교회로 간다.
기도하는 풍도.

풍도	예수님요, 안녕하셨습니꺼? 우리 할배가 쫌 이상하다 아입니꺼? 우루사하고 박카스를 맨날 묵고······. 나랑 싸우지도 않고······. 잘 지내고 있는데도····· 낫질 않아예. 우리 할배 쫌 낫게 해주이소. 할렐루야! ······실은 아까 낮에 부처님한테 갔었는데요. 예수님이 더 쎌 거 같아서 찾아온 깁니더. 괜찮지예?

풍도, 장터로 온다.
동만, 아직도 자고 있다.
복남, 란제리 리어카에 있는 플라스틱 의자에 앉아 독서를 하고 있다.
그때 미자가 커피 보자기를 들고 나타난다.

풍도	어데 가노?
미자	(복남을 보며) 저 봐라, 저! 내가 여기 온 줄 뻔히 알면서도 독서 삼매경에 빠진 양 저리 고생하며 쑈 안 하나.
풍도	빠라사체가 커피 시켰나?
미자	그래. 눈알 빠지라꼬 니하고 얘기나 하면서 더 있다 갈까?
풍도	어서 가봐라. 나도 갈 데가 있다.

풍도, 짐칸에서 주전자를 들고 나온다.

미자   할배 간식 멕일라꼬?

풍도   그래.

풍도, 나간다.
미자, 복남에게로 간다.

미자   커피 시켰능교?

복남   (그제야 고개를 들어 미자를 보며) 아, 미자야 어서 온나. 독서에
         빠져가 니 오는 줄도 몰랐데이. (자리를 권하며) 쫌 앉그라.

미자, 플라스틱 의자에 앉아 커피를 권한다.

복남   미자야, 잘 듣거레이. 최후통첩이다.

미자   최후통첩예?

복남   그래. 대구에서 내 큰누님이 마트를 두 개씩이나 하면서
         떵떵거리며 살고 있는데 그 큰누님께서 내보고 선을 보라 칸다.
         노처녀이긴 하지만 곱상하고 복슬복슬한 유치원 선생이라
         카더라. 그쪽에선 내 사진을 보고 내가 맘에 든다꼬 날짜를
         잡자는데 내가 우예 하면 좋겠노?

미자   그 얘기를 지한테 와 하는데예?

복남   그 여자가 내 사진을 보고 좋아했다니까네? 미자 니가 정녕 날
         안 받아들이겠다 하면 내는 더 기다릴 힘도 없고 난 눈 딱 감고
         그리 갈 끼다.

미자	퍼득 가소 마. 누가 잡는다고 이러시능교?
복남	그래도 한 번 더 생각해보그라. 난 니가 나가지 말라 카몬 안 나갈 생각이다.
미자	내는요, 아저씨를 잡을 맘이 요맹큼도 없어예. 알아들었어요?
복남	그래도 미자야……. 그래도 미자야…….

복남, 미자의 두 손을 애원조로 꼭 잡는다.
그때 풍도가 막걸리 주전자를 들고 들어온다.
동만은 아직도 자고 있다.

풍도	할배야, 막걸리 사 왔다. 간식 묵그라. 어여 인나서 막걸리 묵그라.

풍도가 동만을 흔들어 깨우나 동만은 미동도 없다.
슬슬 겁먹는 풍도.
풍도, 헐레벌떡 미자한테로 달려간다.

풍도	누나야 큰일 났다. 저 봐라. 저렇게 꼼짝도 안 한다.
미자	막 흔들어 깨웠는데도?
풍도	그래. 막걸리 소리만 들으면 잠자다가도 벌떡 일어났었는데 지금은 별짓을 다 해도 조용타. 누나가 우리 할배 좀 살려도.
미자	어떻게?
풍도	빨리 와봐라.

풍도, 미자를 끌고 동만한테로 온다.

복남	미자야, 우리 얘기 아직 안 끝났잖노? 미자야, 미자야!
풍도	우리 할배 이마 좀 만져봐라.
미자	알았다.

미자, 동만의 이마를 짚어본다.
복남, 미자의 그런 모습에 안절부절못한다.

복남	미자야, 미자야……. 니 손이 와 그리로 가노……. 니 고운 손이 와…… 그리로 가노 말이다.
미자	(풍도에게) 열도 없는 것 같은데? (동만에게) 할배요, 꾀병 부리는 거 아입니꺼? 일어나보이소.
동만	…….
풍도	한번 안아줘봐라, 쫌!
미자	안아주라꼬?
풍도	그래. 그게 뭐가 힘드나.
미자	알았다.

미자, 동만을 안는다.
복남, 뒤집어진다.

복남	미자야, 미자야……. 니 참말로 미쳤나……. 내가 최후통첩까지 했는데……. 니가 어떻게 그럴 수가 있노 말이다……. 미자야, 미자야.
풍도	숨 쉬는지 가슴에 대보그라.

미자, 동만의 가슴에 귀를 갖다 댄다.

복남, 거의 탈진 상태다.

복남   미자야, 미자야……. 정신 좀 차리거라. ……니가 와 그 자슥의
       가슴에 얼굴을 파묻노 말이다. ……으잉? ……으잉?

미자   걱정 마라. 숨은 쉰다.

풍도   그래?

미자   이상하네. 멀쩡한 것 같은데……?

미자, 동만의 팔다리를 주무른다.

그러면서 미자의 얼굴이 동만의 얼굴 쪽으로 향하는데…….

그때 눈을 번쩍 뜨는 동만.

그걸 보고 미자가 깜짝 놀란다.

미자   옴마야!

동만   헤헤헤.

미자   아우 진짜 이런 법이 어딨어요? 할배가 어떻게 된 줄 알고 깜짝
       놀랐잖아요.

풍도   할배야, 괜찮나?

동만   기분 무지 좋데이.

풍도   쑈 한 기가?

동만   하몬, 이럴 때 아니면 내가 언제 천사 품에 앵겨보겠노.

풍도   할배 니는 천재다, 천재.

동만   아주 홀가분하데이.

동만, 좋아서 팔짝팔짝 뛰어다닌다.

복남, 울상이다.

미자   아우 진짜 증말. 너무해요, 너무해.

풍도   하하하, 누나야 고맙데이. 우리 할배를 누나가 살려낸 기다.

미자   아이다. 내가 니 할배한테 당한 기다.

          미자, 화가 나서 나가려 한다.

          복남, 미자를 막고 선다.

복남   미자야……. 나도 가슴이 이상타. 참말이다. 갑갑하고 먹먹하다.
          나도 좀…….

미자   지는예, 아저씨만 보면 속이 니글니글거려서 김치만 먹고
          싶어집니더. 알겠어예?

복남   그래서? 나만 보면 김치 생각이 난다꼬?

미자   그래예.

          미자, 찬바람을 일으키며 휑하니 가버린다.

복남   미자야, 미자야. 내하고 김치하고 무슨 관계가 있다꼬 그라노.

          복남, 실제로 아픈 듯 가슴을 부여잡고 주저앉는다.

9장

들판. 밤.
풍도, 낚시 의자에 앉아 무료한 듯 구슬을 입에 넣었다 뺐다 한다.
그때 동만이 모래를 담은 양은그릇 두개를 들고 들어온다.

동만   옷 갈아입으라는데 와 안 갈아입노?
풍도   내는 이 옷이 좋다.
동만   빨간 옷은 안 된다 카이.
풍도   와?
동만   사내 자슥이 뭔 말이 그리도 많노. 오늘은 빨간색 입으면 안 된다
       카는데. 퍼뜩 안 갈아입나?
풍도   알았다.

       풍도, 옷을 갈아입는다.
       동만, 모래를 담은 두개의 양은그릇에 목각 인형을 하나씩 꽂는다.
       성냥불로 촛불을 밝힌 후, 무릎 꿇고 목각 인형을 묵묵히 바라보는
       동만.

동만   새 옷으로 갈아입었나?
풍도   그래.
동만   이리 와서 절하그라.

       풍도, 옆으로 온다.

풍도	(목각 인형을 가리키며) 저거에다 절하라꼬?
동만	그래. 저게 니 애비다.
풍도	저게?
동만	비슷하지 않나?
풍도	할배 말 듣고 보니…… 그런 것도 같다. (옆의 목각 인형을 가리키며) 저건 누꼬?
동만	니 할매다.
풍도	울 할매가 저레 생겼노?
동만	그래. 이쁘제?
풍도	이쁘다. 근데 오늘이 무슨 날인데 절하라 카노?
동만	오늘이 니 애비 생일이다.
풍도	생일날 무슨 절을 하라 카노. 죽은 날 절하는 기지.
동만	내는 니 애비 죽은 건 모른다. 내 자식이 아닌 채로 죽었으니까네. 헌데 니 애비가 태어날 때는 내 자식이었다.
풍도	그럼 울 아부지 생일 때마다 목각 인형을 만들어서 지금처럼 절했나?
동만	자식한테 내가 와 절을 하노. 그냥 목각 인형만 만들었제.
풍도	오늘 쓸라꼬 목각 인형을 계속 깎은 기가? 제일 이쁜 걸로 쓸라꼬?
동만	시끄럽다. 퍼뜩 절하그라.
풍도	할매도 오늘이 생일이가?
동만	아이다. 제삿날이다. 니 할매 죽은 날하고 니 애비 생일하고 며칠 상관이지만…… 그냥 같이 지낸다.
풍도	울 아부지가 할매를 좋아했나?
동만	좋아했다. 할매만 보면 아팠으니까네.

풍도	와?
동만	어리광부리느라고. 할매가 죽자 니 애비가 삐뚜루삐뚜루 옆길로 갔다.
풍도	몇 번 절하노?
동만	두 번 반이다.

풍도, 절을 한다.

동만	오늘을 기억했다가 생각나면 절하그라.
풍도	할배 니가 기억해라.
동만	내가 없는 날도 있을 거 아이가.
풍도	어데로…… 도망칠라꼬?
동만	그래. 내도 니처럼 돈 훔쳐가 도망칠 끼다.
풍도	헤헤헤. 잘하는 짓이다. 할배고 아부지고 손주 새끼고 우리 집안은 돈 훔쳐 도망치는 게 특긴가 부네.
동만	헤헤헤. 그런가 부제?
풍도	이 목각 인형 내가 가져도 되나?
동만	하몬.

풍도, 목각 인형을 보자기에 싸 짐칸에 넣는다.

동만	풍도야.
풍도	와?
동만	좋은 소식이 있다.
풍도	뭔데?

동만	놀라지 마라.
풍도	뭔데?
동만	내일 가화장에 가면 이 만물상 자전거에 새 모터를 달 끼다.
풍도	진짜가?
동만	그래, 미리 맞춰놨다.
풍도	그런 돈이 어데 있었노?
동만	술을 안 먹으니까네 돈이 금방 굳는다.
풍도	후와. 그럼 스포츠카처럼 쌩쌩 달리겠네?
동만	그걸 말이라고 하나. 문경새재 같은 것도 콧노래 부르면서 단박에 넘을 수 있다.
풍도	후와. 그럼 내가 몰아도 되겠네?
동만	하몬. 힘들 게 하나도 없는데.
풍도	후와, 신난다. 할배야, 내일 가화장에 가면 기념으로 짜장면도 사 묵자.
동만	알았다. 곱빼기로 사줄게.
풍도	참말이가?
동만	참말이다.
풍도	자, 약속?
동만	약속!

그들만의 제스처로 약속을 하는 동만과 풍도.

풍도	모자도 하나 사야겠다. 이제부턴 오토바이 운전순데 이런 모자는 흉하지 않긋나?
동만	하나 사줄 끼구마. 어떤 모자로 살 낀데?

풍도	챙이 요레요레 된 거.
동만	카우보이모자?
풍도	그래.
동만	가죽 장화는 비싸니까네 고무장화를 신고. 그럼 됐제?
풍도	됐고말고.
동만	내일 미자가 니를 보면 깜짝 놀라겠다. 미국 오케이 목장에서 온 줄 알고. 하하하.

풍도, 동만의 볼에 뽀뽀를 한다.

동만	(떼어내며) 징그럽다, 이노마야.
풍도	뭐가 징그럽노.

풍도, 동만의 볼에 또 뽀뽀한다.

동만	풍도야.
풍도	와?
동만	이제부턴 (자전거를 만지면서) 이것도 니가 몰고 다닐 끼니까네 물건 값도 다 알아야 된다.
풍도	다 안다. 내가 값을 모르는 게 어데 있노? 내가 다 팔구마는. 요새야 할배 니는 졸기만 했제 언제 물건 팔아봤노?
동만	떼 오는 값도 알아야제. 이 나프탈렌은 대구 동성시장에 있는 신신상회가 제일로 싸다. 금성상회보다 개당 5원이 싸다. 그리고 이 식칼은 화양상회 것이 제일로 좋다. 신신상회 것보다 개당 70원 비싸지마는 비싼 값을 한다. 그만큼 짱짱하고 실하다.

풍도	지금까지 같이 가서 떼 왔으면서 왜 갑자기 내한테 다 떠넘기노?
동만	그래도 알아두란 말이다. 니가 운전수니까네.
풍도	알았다.
동만	그리고 이 플라스틱 바가지하고 플라스틱 물뿌리개는 칠성공작소에서 떼 오그라.
풍도	플라스틱 제품이야 아무 데서나 떼 와도 똑같은 거 아이가. 값도 똑같고 질긴 것도 똑같은데.
동만	아이다. 칠성공작소 주인이 암에 걸려 오늘내일한다. 쬐끄만 자식이 하나 있는데……. 그노마 남겨두고 가려니 가는 발걸음이 얼마나 무겁겠노. 세상에 홀로 남을 자식을 위해…… 애쓰는 모습이 안쓰러워서 그러는 기다.

동만, 운다.

풍도	와 우노?
동만	안 운다.
풍도	걱정 마라. 플라스틱 제품은 무조건 칠성공작소 걸 쓰면 되지 않나.
동만	그래……. 그래……. 꼭 칠성공작소 걸 쓰거레이.

서서히 암전되었다가 밝아진다.
아침이다.
동만, 아주 힘들게 잠에서 깨어난다.

풍도	할배야, 퍼뜩 가자. 떠날 채비 다 차렸다.
동만	세수는 했나?

풍도	눈꼽만 떼면 되제.
동만	쯧쯧쯧.
풍도	할배 니도 안 했잖아.
동만	가화장에 가면 미자 누나를 볼 텐데 그런 얼굴로 우찌 보노.
풍도	헤헤헤.
동만	퍼뜩 씻고 온나.
풍도	알았다.

풍도, 뛰어나간다.
잠시 후 짐칸에서 장난감 말을 꺼내 자전거 핸들에 묶는 동만.
그때 풍도가 뛰어온다.

풍도	할배야, 퍼뜩 가자. 안개도 싹 걷히고 날씨 되게 좋데이. 장 서겠다.
동만	알았다.

동만, 짐칸에서 귀 덮개가 있는 모자를 꺼내 풍도에게 씌워준다.

풍도	뭔 모자고?
동만	가만있어봐라, 쫌!

동만, 풍도에게 장난감 선글라스를 씌워준다.
그러곤 보자기 망토와 목장갑과 총채 칼과 다리 보호대를 풍도에게
채워주는 동만.

| 동만 | 풍도 장군! 이제 진격할 시간이 다 되었사옵니다. |
| 풍도 | 알았다. |

풍도, 장군처럼 위풍당당하게 자전거 앞으로 걸어가 주위를 휘둘러본
뒤 운전석에 앉는다.
동만, 옆 칸에 앉는다.
출발한다.

동만	힘들지 않나?
풍도	이까짓 게 뭐가 힘드노. 진작부텀 내가 몰 걸 그랬다.
동만	우리 풍도가…… 어른 다 됐네?
풍도	어른 되기 싫다.
동만	와?
풍도	꼬맹이로 살면서 할배 니하고 이리 다니고 싶다.
동만	내는 이제 힘도 없고…… 돈도 못 벌고…… 그저 짐인데?
풍도	아이다. 내는 할배 니가 좋다.
동만	미자 누나하고 내하고 누가 더 좋노?
풍도	유치하게 그런 말 좀 묻지 말그라. '애비가 좋노 에미가 좋노?' 이런 말을 아들은 제일로 싫어한다.
동만	그래도 미자 누나가 더 좋제?
풍도	하몬. 나도 사나인데.
동만	나쁜 놈.
풍도	할배야.
동만	와?
풍도	미자 누나하고 셋이 같이 짜장면 묵자. 식구처럼. 좋제?

동만	하몬.
풍도	헤헤헤.
동만	빨리 가라 마.
풍도	할배가 자꾸 말 시키니까네 힘들어서 그런다. 말 시키지 마라.
동만	알았다 입 다물고 있을께.
풍도	헤헤헤.

풍도, 힘차게 페달을 밟는다.

동만, 서서히 졸기 시작한다.

고개가 꺾이는 동만.

풍도, 이도 모른 채 쌩쌩 달려 나간다.

가벼운
스님들

등장인물 지월스님

    우남스님

    총무스님

    원주스님

    종팔

    괴한

1장. 총무스님 방

탁자를 가운데 두고 마주 보고 앉아 있는 우남과 총무.

총무, 돈을 세고 있다.

우남, 총무의 표정을 살피고 있다.

총무, 돈을 다 세고 나서 한숨을 푹 쉰다.

우남, 죄인처럼 고개를 숙인다.

총무   4천 원이 비네유?

우남   그럴 규.

총무   왜 비쥬?

우남   막걸리 사 먹었슈.

총무   그게 얼만디유?

우남   2천 원유.

총무   그럼 나머지 2천 원은유?

우남   안주로 부침개도 사 먹었슈. 부침개 값이 2천 원유.

총무   부침개가 맛있었남유?

우남   예. 부침개는 송원식당이 제일 잘휴.

총무   그럼 막걸리하고 부침개를 매표소에서 드신 규, 식당에 가서 드신 규?

우남   매표소를 비우고 워치케 간대유?

총무   그럼 매표소에서 드신 거네유?

우남   예.

총무   관광객들이 표를 사다가 스님 술 마시는 걸 다 봤겠네유?

우남   뭇 보쥬. 몰래 마셨으니께.

총무   냄새가 날 거 아뉴?

우남   뒷문을 활짝 열어놨는디유?

총무   저는유, 백 미터 밖에서도 술 냄새 담배 냄새 다 맡는디유?

우남   그류?

총무   그류. 여덟 시간 전에 피운 담배 냄새도 귀신같이 잡아내는
        사람이유, 지가.

우남   잘못했슈.

총무   매표소도 절이유. 위치케 생각하면 매표소가 봉국사의 얼굴일
        수도 있슈. 관광객이 제일 먼저 대면하는 곳이니께. 그만큼
        중요한 곳이라 사무 직원을 안 쓰고 스님을 매표 직원으로 쓰는
        건디 그런 디서 스님이 막걸리 마시고…… . 참 잘하는 짓이네유.

        총무, 한숨을 토해낸다.
        우남, 난처해한다.

총무   막걸리를 왜 마셨슈?

우남   추워서유. 매표소는 한여름 빼놓고는 다 추워유. 볕이 안
        들어와서 그런개 뷰. 하루 종일 앉아 있다 보면 사방 군데가
        마취 주사 맞은 것처럼 결리구 떨리구 오한이 들구 그래유.

총무   마취 주사 맞어봤슈?

우남   아뉴.

총무   마취 주사 맞으면 결리구 떨리지도 않구유, 오한도 읎슈. 그냥
        무감각해져유.

우남   깰 때는 안 그렇다던디유?

152

총무   그럼 깰 때라고 말을 했어야쥬.

우남   잘못혔슈. 고칠게유. 총무스님한티 말할 때는 정확하게 할게유.

총무   그런 건 고칠 필요 읎슈. 이런 걸 고쳐주셔유.

우남   뭘유?

총무   왜 맨날 거짓말이래유?

우남   지가유?

총무   막걸리는 지월스님이 마셨잖유. 우남스님은 옆에서 구경만

       했잖유. 근디 왜 스님이 마셨다고 그런대유?

우남   봤슈?

총무   봤슈.

우남   얼랴려? 총무스님이 매표소에 왔다 갈 때까지 전 뭐 하느라

       그것도 못 봤데유?

총무   지월스님 얼굴만 넋 놓고 보고 있던디유.

우남   설마유.

총무   지월스님을 매표소에 오지 못하게 하라고 지가 혔슈, 안 혔슈?

우남   혔슈.

총무   그런디유?

우남   워치케 못 오게 한대유. 저보다 열 살이나 위신디.

총무   시방 나이가 문제유? 관광객 입장에서 생각해보란 말유.

       지월스님같이 험악하게 생긴 사람이 매표소에 떡 버티고

       있어봐유. 들어오고 싶겄나.

우남   좋은 것두 있슈.

총무   뭐가유?

우남   오늘도 술에 취해 시비 거는 사람이 있었슈. 절은 안 보고 산만

       볼 건디 왜 입장료 받느냐, 중놈들이 표 판 돈으로 외제 차 끌고

고기 먹으러 다닌다면서 "닝기미! 쏭구벌!" 고래고래 욕지거릴
해댔슈.

총무　　그래서유? 그 취객하고 지월스님이 한판 붙었슈?

우남　　아뉴. 지월스님이 그런 사람들을 일일이 상대허겠슈? 지월스님은
　　　　고개를 쳐들지도 않고 그냥 묵묵히 듣기만 혔슈. 그런디 뭘 서로
　　　　주고받았는지 겁먹고 서둘러 그냥 가버렸슈.

총무　　거봐유. 지 말이 맞쥬? 인상이 더러워서 간 규. (걸레 씹은 듯한
　　　　표정으로) 탁기가 줄줄 흐르잖유.

우남　　탁기에 대해선 지가 잘 아는디유, 지월스님은 꼬장은 있어도
　　　　탁기는 읎슈.

총무　　글쎄! 지 말을 들을 뀨, 안 들을 뀨! 지월스님을 매표소에
　　　　절대로 오지 뭇하게 하란 말유. 우남스님이 만만하니깨 돈
　　　　뜯으러 오는 거 아뉴.

우남　　참 총무스님도 너무하시네유.

총무　　뭐가유?

우남　　아, 총무스님도 무서워서 뭇 허는 말을 지가 워치케
　　　　지월스님한티 헌대유.

총무　　출가해서 수행하는 사람이 뭐가 무서워서 그 정도 말도 뭇
　　　　헌대유?

우남　　총무스님도 수행자지만 뭇 허잖유.

총무　　지가 왜 뭇 해유?

우남　　그럼 해보셔유.

총무　　알었슈. 지가 말할게유.

우남　　그러셔유. 그런 얘긴 윗선에서 잡아주셔야지 저더러 하라면
　　　　난감허쥬. 저는 못났잖유. 오죽 못났으면 스님을 매표소

직원으로 쓰겄슈. 나이는 처먹고 수행력은 읎고 마땅히 써먹을

데도 읎고 허니깨 그냥 밥값이나 하라고 시키는 거 아뉴.

총무 매표소가 중요해서 시키는 거라니깨유.

우남 그냥 듣기 좋으라고 허는 소린 줄 다 알유. 해서 허는

얘긴디……. 매표소 소임 좀 바꿔주셨으면 좋겄네유.

총무 왜유?

우남 저도 할 만큼 했잖유. 총무스님 말씀마따나 매표소가 그리도

중요한 소임이면 1년에 한 번씩 돌아가면서 해야지, 그 좋은 걸

왜 저 혼자 독탕 때린대유. 안 그류?

총무 갑자기 왜 그류? 저한티 뭐 섭섭헌 거 있슈?

우남 그걸 워치케 말로 다 헌대유.

총무 그래도 혀봐유. 하나씩. 시간도 있는디.

우남 다들 매표소를 거저먹기로 아는디 막상 해보면 증말 힘들어유.

아침 8시부터 저녁 6시까지 열 시간 넘게 매표 근무 봐야쥬,

장부 정리 끝내고 총무스님한티 당일 결재까지 끝마치면 보통

저녁 8시유.

총무 그건 알쥬.

우남 그러구 나서 부랴부랴 서전까지 헉헉거리며 올라가서 방청소하고

빨래하고 밥해 먹고 씻고 누우면 빨라야 밤 12시유. 다음

날 새벽밥 해 먹고 점심 도시락까지 싸서 부랴부랴 내려와

매표소 실내 청소하고 앞마당까지 쓸고 나야 또 하루 소임이

시작돼유. 눈 와봐유. 혼자서 눈 치우다 보면 참 서러워유.

이 짓을 하루도 빠짐없이 8년이나 혔슈. 헌디 대중스님들이

얼마나 저를 무시하는지 진짜 가구도 안다유. 새벽 예불에도 안

나온다, 발우공양도 안 한다, 운력도 안 한다면서 저를 월매나

무시하는지 물류. 보온 도시락 고장 난 지가 6개월도 넘었슈, 고쳐달라는데도 감감무소식이유. 춥고 결리고 떨면서 찬밥을 먹을 때마다 울컥울컥 눈물이 다 나와유. 이게 무슨 짓인가. 봉국사는 날 개똥으로 아는디 난 봉국사를 위해 무슨 일을 이리도 많이 하는가. 내가 하는 일이 뜨슨 밥 한술도 못 얻어먹을 것들인가.

총무 개인 돈으로 먼저 사서 쓰지그랬슈.

우남 돈이 있어야쥬. 월급 2만 원 중에 만 5천 원은 아프리카 난민 기금에 보내거든유.

총무 원주스님한티 말했남유?

우남 예.

총무 그런디유?

우남 원주스님이 그러는디 총무스님한티 말했다는데유?

총무 말했대유?

우남 예.

총무 그럼 또 말했어야쥬.

우남 세 번, 네 번 말했다는데유?

총무 그랬대유? 아이구 지가 정신이 읊었나 부네유. 하는 일이 얼마나 많은지 저야말로 진짜 가구두 안다유. 대외 대내 정치·사회·경제 문제들을 지가 다 해결해야 하거든유. 봉국사의 미래가 다 지 손에 달려 있단 말유. 그러니 정신이 있겠슈? 몸이 열 개라도 감당 뭇 해유.

우남 알쥬 알쥬.

총무 미안휴. 보온 도시락 건은 당장 결재해드릴게유.

우남 안 사줘도 돼유. 진짜 섭섭한 게 있슈.

총무 또 있슈?

우남	예.
총무	또 뭔디유?
우남	1, 2차 때는 저도 바라지도 않았슈. 훌륭한 스님들이 많으니깨유. 그런디 이번 3차 때도 저를 또 뺐데유?
총무	인도 성지순례 말하남유?
우남	예.
총무	그건 지도 당당하게 말할 수 있슈. 한 살이라도 어린 스님들이 인도에 가서 보고 듣고 배우고 와야쥬. 그래야 우리 한국 불교의 미래가 밝을 거 아뉴. 안 그류?
우남	나이 먹은 것이 뭐 하러 추하게 맛있는 거 먹으러 덤비느냐 이거쥬? 한 살이라도 어린것이 맛난 거 맛있게 먹고 힘쓰게 내버려둬라 이거쥬?
총무	그류 그류. 섭섭혀도 할 수 읎슈. 뭐 지 말이 틀렸남유?
우남	틀렸슈.
총무	뭐가유?
우남	한 살이라도 어린 스님들은 이미 1, 2차 때 다 갔다 왔슈. 이번 3차 명단에 빠진 스님은 지월스님하고 저하구 딱 둘뿐유. 이번엔 하다못해 처사님, 보살님, 불목님 들까지 끼어 있던디 왜 저하구 지월스님만 쏙 뺀대유. 못났다고 무시하는 규? 정말 해도 해도 너무하는 거 아뉴? 전국 사찰 중에 스님이 매표하는 데가 이 절 말고 또 어딨겠슈? 그렇게 8년간이나 부려먹었으면 미안해서라도 보내주겠네유. 저도! 부처님 태어나신 데를 보고 싶단 말유! 왜 저는 안 되냔 말유! 왜!

우남, 서러워서 큰 소리로 엉엉 운다.

우남, 기타를 치며 노래를 부른다.

지월, 괴상한 자세로 행공을 하고 있다.

노래가 끝나고…….

우남, 괴로운 듯 고개를 팍 숙인다.

지월, 재밌다는 듯 싱긋 웃는다.

우남   아이 참, 왜 그때 괜히 울적해가지구……. 전 말유, 총무스님이
요 말 할 때가 제일 싫유. 아주 아무것두 물르는 애기 달래듯
"매표소가 말유 봉국사의 얼굴유. 그래서 사무 직원 안 쓰고
스님을 쓰는 규. 알쥬?"

지월   하하하하.

우남   총무스님은 지가 바본 줄 아나 뷰. 사무 직원 쓰면 월급 나가야
되는디 난 공짜니까 쓰면서.

지월   하하하하.

우남   (허공에다) 아이구, 내가 니 머리 꼭대기에 앉아 있다, 요년아.

지월   하하하하.

우남   (총무에게 말하듯) 욕한 건 미안헌디 사과는 못 허겄다.
아니꼬우면 짤라, 짤라! 매표소에서 짤리면 나야 더 좋지 뭐!

지월   3천 배 시키면?

우남   하쥬 뭐. 하루에 5백 배씩 일주일간 그것도 못 허겄슈?

지월   나가라면?

우남   예?

지월	절에서 나가라면 종팔이한티 갈 껴?
우남	지가 그 인간한티 왜 가유?
지월	그럼 워쩔 껴? 갈 데가 있남?
우남	아이고, 이를 워쩐댜. 거기까지는 미처 생각을 못 혔네. (발을 동동 구르며) 괜히 말했나 벼. 가서 사과할까? 화났으면 워쪄!
지월	가서 사과햐.
우남	총무스님한티요?
지월	이.
우남	사과하면 받아줄까유?
지월	물러.
우남	아이고, 나도 증말 물르겄네유.

우남, 신나는 곡을 연주하며 노래 부른다.

지월	참 아깝다. 그 실력 가지고 중노릇뿐이 못 하구.
우남	중이 워때서유?
지월	재미읎잖여. 맨날 그날이 그날이잖여.
우남	전 중노릇이 좋아유.
지월	왜?
우남	전 기필코 깨우칠 뀨.
지월	깨우쳐서 뭐 하려구?
우남	멋지잖유. (환희에 불타) "이제 어둠은 타파되었다. 내 이제 다시는 고통의 수레에 말려들지 않으리라. 이것을 고뇌의 최후라 선언하며 이제 부처의 세계를 선포하노라!" 고타마 싯다르타가 깨우치고 나서 이렇게 외쳤슈.

우남, 기타를 케이스에 넣어 밖에 있는 창고에 넣어두고 들어온다.

우남   지월스님은 후회 같은 거 잘 안 하쥬?

지월   안 햐.

우남   왜유?

지월   뒤돌아보기 싫어서.

우남   뒤돌아보면 뭐가 끔찍하게 더럽남유?

지월   이, 지저분햐.

우남   월매나유?

지월   아이구, 워치케 그걸 다 말로 형용하겄어. 그냥 넘어가.

우남   ……스님은 인도에 가고 싶지 않으셔유?

지월   이.

우남   왜유?

지월   덥잖여.

우남   또유?

지월   거기가 거기겄지 뭐. 뻘건 황무지에 나무 몇 그루 있겄지 뭐.

우남   전 가구 싶어 미치겄슈. 제일 보고 싶은 데가 워디냐면유…….
        시탈림유. 옛날에 인도에서는 시체를 숲에다 그냥 버렸는디
        그런 데를 시탈림이라고 불류. 부처님은 시탈림에서 수행하길
        좋아했슈. 공동묘지 같은 데라 조용하니깨유. 하루는 동네 꼬마
        녀석들이 나무 아래에서 수행하는 부처님을 보고 '저건 죽었다!'
        '아니다. 아직 살아 있다!' 이렇게 서로 다투었슈. 며칠째 꼼짝도
        안 하고 정진만 하니깨유. 나중엔 부처님한티 돌멩이도 던져보고
        막대기로 때려도 보고 쇠꼬챙이 같은 걸로 귀를 푹푹 쑤시기도

160

	하고 그랬슈. 그런데도 부처님은 눈조차 뜨지도 않고 정진 또 정진. 정말 대단하지 않유?
지월	대단햐.
우남	지는유 부처님 일대기가 이 세상에서 제일 재밌슈.
지월	그려?
우남	(지월을 흉내 내며 시큰둥하게) "그려? 대단햐……." 아니 무슨 중이 그런대유? 고타마 싯다르타 얘기가 나오면 졸립다가도 눈이 반짝반짝해져야지 이렇게 시큰둥할 거면 왜 중이 됐데유?
지월	또 삐진 겨?
우남	참 어이가 읎네유.
지월	아니 무슨 중이 그렇게 삐지기도 잘헌댜.
우남	말 시키지 마유.
지월	지가 먼저 말할 거면서.
우남	그리구유 저는유 스님을 위해서 하루하루 최선을 다하는디 스님은 너무 저한티 안 그류. 잘 생각해봐유. 질문은 꼭 저만 허잖유.
지월	그게 왜?
우남	궁금한 게 읎으니께 질문을 안 하겄쥬 뭐. 무관심이 제일 섭섭헌규.
지월	그러니깨 우남이 니가 인도에 가고 싶다 그거잖여?
우남	됐슈.
지월	미치도록 가고 싶다 이거잖여?
우남	됐슈.
지월	내가 인도에 갈 수 있는 방법을 가르쳐주까?
우남	됐다니깨유.

지월	막걸리 한 사발 마시고 (몽둥이를 건네며) 이걸 들고 총무 방으로 가. 가서 안 보내주면 이걸로 대가릴 워치케 하겠다고 햐.
우남	대중스님들이 '깡패스님, 깡패스님' 하던디 그랬던 이유를 이제야 여실히 알겠네유.
지월	할 껴, 안 할 껴?
우남	됐슈. 저만치 가유.
지월	안 할 거면 인도 포기햐. 그 정도 열정도 읎이 가긴 워딜 가.
우남	포기할게유.
지월	그려 그려. 다시는 내 앞에서 인도 얘기는 꺼내지도 마.
우남	알았슈.
지월	불쌍해서 워쩌. 중이 인도도 못 가보고. 고타마 싯다르타가 뛰어놀던 룸비니동산과 갠지스강가! 운다! 운다! 운다!

진짜로 울음을 터뜨리고 마는 우남.
그때 종팔이가 까만 비닐봉지를 들고 들어온다.

종팔	아니 왜 그려, 왜 그려, 왜 그려? (지월에게) 아니, 우리 난영이가 왜 이런대유?
지월	물러. 지 딴엔 속상한 게 있나 벼.
종팔	아니, 난영아 왜 이랴. 울지 마. 니가 우니깨 내 가슴이 미어터지는 거 같다, 난영아.
우남	(눈물을 뚝 그치고 종팔을 째리며) 너 내가 난영이라고 부르지 말랬지?
종팔	그럼 뭐라고 부른댜?
우남	넌 내 법명도 물러?

종팔	우남스님?
우남	그려.
종팔	그렇게는 뭇 부르지. 아 누가 지 마누라를 스님, 스님 하고 부른다냐. 매일매일 아침마다 미역국에 수면제 타 먹었으면 물를까.
우남	누가 니 마누라여?
종팔	아이구, 또 왜 이랴? 기분 좋게 순대까지 사 가지고 왔구만.
우남	순대를 내가 왜 먹어?
종팔	순대라면 사족을 뭇 쓰잖여.
우남	순대가 돼지 피로 만드는 것도 물러? 그런 걸 스님이 워치케 먹어? 넌 불살생도 물러?
종팔	에이, 그런 게 워딨어. 그럼 무, 배추는 워치케 먹어? 그건 뭐 불살생 아니간디? 아 참, 지월스님 절 받으셔유.
지월	아녀 됐어. 절은 무슨.
종팔	무슨 말씀이시래유. 섭섭하게.

종팔, 지월에게 삼배를 한다.

지월	삼배는 큰스님한티만 하는 겨.
종팔	아이고, 지가 큰스님이라고 믿으면 큰스님인 규.
우남	지월스님한티 아부 떨지 말어.
종팔	아부가 아녀. 그냥 인사한 겨. 지월스님한티 인사도 뭇 허남?
지월	각오들은 혔지?
종팔	예.
우남	예.

지월	둘 다 이리 앉아봐.

우남과 종팔, 지월 앞에 앉는다.

지월, 눈을 감는다.

긴 침묵이 흐른다.

종팔, 안절부절못한다.

지월	이 긴 침묵은 무엇이냐. 그만큼 고민이 많았다, 이거여.
종팔	예 예.
지월	이제 결심이 섰어. 앞으로…… 우남이하고 종팔이가…….
종팔	예 예.
지월	잠깐. 물 좀 마시고.
종팔	아이고, 저야말로 속 타서 미치겠네유.
지월	한잔 줄까?
종팔	예. (벌컥벌컥 마시고 나서) 스님의 한말씀에 지 목숨이 왔다 갔다 한단 말유.
우남	공갈치지 말어. 지금까지 나 없이 잘만 살아왔으면서.
종팔	그동안 사는 게 사는 게 아니었어, 난영아. 만약에 다른 결정이 나온다면 난 죽을지도 물러. 스님은 지 맘을 아시쥬?
우남	압력 넣지 말어.
종팔	압력이 아녀. 내 진심이란 말여.
우남	진심 좋아하네. 지월스님, 이런 말에 넘어가지 말고 소신껏 하셔유.
지월	시끄럽고, 앞으로 우남이하고 종팔이하고……. 아이구 아이구, 왜 이렇게 목이 메인댜.

164

우남	스님 진짜 왜 이러세유. 지 맘을 물러서 이류?
지월	알지. 알어.
우남	지금 설마.
종팔	너야말로 압력 넣지 말어.
우남	장난치면 안 돼유.
지월	나도 장난 아녀. 목이 실제로 메서 그랴.
종팔	지월스님, 마지막으로 한말씀만 드려도 돼유?
우남	안 디야. 그런 법이 워딨어. 지난번에 다 했잖여.
종팔	딱 한말씀만!
지월	알어 알어. 그 맘 다 알어.
종팔	(애타게) 아시쥬?
지월	이.
우남	얼라려? 진짜루 불안하게 자꾸 왜 이런대유?
지월	그 맘도 다 알어.
우남	알쥬?
지월	이.
우남	그럼 됐슈.
지월	(우남과 종팔을 번갈아 보며) 딴말하기 읎기여?
우남	예.
종팔	예 예.
지월	앞으로 우남이하고 종팔이하고 만나지 않는 게 좋겄어.
종팔	……?

종팔은 고개를 꺾고 우남은 좋아라 한다.

우남 (종팔에게) 들었지? 들었지? 종팔이 너, 이젠 절대로 내 앞에
     나타나지 마. 너만 보면 짜증 나 죽겄어. 알았지? 대답햐!

종팔 싫어. 찾아올 껴.

우남 그런 법이 워딨어?

종팔 이런 법은 또 워딨어. 지월스님이 어떤 판결을 내릴지 고민할 때,
     넌 지월스님 옆에 있었구, 난 뚝 떨어져 있었어. 그랴서 지월스님
     마음이 너한티로 기울 수밖에 읎었던 겨. 이건 불공평햐.
     다시 한번 햐. 3일 후에 지월스님이 판결을 내리는디 이번엔
     지월스님을 내가 모시고 갈 껴. 워쪄?

지월 그래봤자 소용읎어. 내 맘 안 변햐.

우남 거봐, 이 멍충아.

종팔 전 지월스님만 믿었슈. 헌디 정말로 실망이 크네유.

지월 실망이 커도 할 수 읎어. 내 맘이 그리로 쏠렸으니깨.

종팔 다시 한번 위치케 안 될까유?

지월 안 댜. 넌 보고 싶다, 넌 보기 싫다…… 맨날 이걸로 둘이
     다투다가 이 문제를 나한티 떠넘긴 겨. 이제 판정이 났어.
     났으니깨 종팔이 넌 앞으로 우남이 앞에 나타나지 마.

종팔 나타나면유?

지월 그때는 나두 물러.

우남 지월스님 건드렸다간…… 알지?

종팔 그럼 앞으로는 우리 난영이를 뭇 본다는 규?

지월 이.

종팔 그건 저더러 죽으라는 소린디유?

지월 죽어도 할 수 읎어.

우남 니가 왜 날 뭇 보면 죽어? 지금까지 송가 년하구 잘도 붙어

살아왔으면서.

종팔　나 이제 변했어.

우남　변해?

종팔　모든 건 변하잖여. 영원한 건 읎잖여. 불교에도 그런 말이
　　　있잖여. 그게 뭐랬쥬, 지월스님?

지월　제행무상!

종팔　맞다, 제행무상. 모든 건 다 변한다 이거여. 부처님도 그랬잖여.
　　　"모든 건 다 변하고 변할 때 고통도 따른다." 나 이제 너 없인 못
　　　살어. 맨날 니 꿈 꾸고 너만 생각하고 너만 보고 싶고 그랴.

우남　앞으로 내 꿈 꾸지 마.

종팔　그게 내 맘대로 되간디?

우남　꾸지 말라면 꾸지 마. 넌 내 꿈 꿀 자격 읎어.

종팔, 우남 앞에 무릎 꿇는다.

종팔　손님들이 맛이 읎댜. 우리 광천곰탕을 니가 되살려줘.

우남　내가 왜 광천곰탕을 되살려야 되는디?

종팔　살릴 사람은 너뿐이 읎으니께.

우남　너 지금 바보라서 이러는 겨 바보인 척 떼쓰는 겨?

종팔　물러.

우남　종팔아, 내가 너하고 20년간 살면서 광천곰탕을 일으켰어.
　　　그런디 니가 주방장 송가 년하고 눈이 맞아 놀아났어. 난 그런
　　　추잡한 니가 싫어 홀연히 집을 나와 출가했어. 그런 지가 벌써
　　　10년째여. 용서가 되겠남?

그 말에 갑자기 눈물 콧물 흘리며 펑펑 우는 종팔.

지월   아이고, 또 우네 또 울어. 니네들은 우는 게 특기냐? 이?

종팔   난영아, 잘못했어. 용서햐.

우남   용서 뭇 햐.

종팔   왜?

우남   용서가 안 디야.

종팔   그런 법이 워딨어.

우남   널 용서해주라는 법은 또 워딨어.

종팔   사내가 이렇게 무릎 꿇고 빌잖여. 사내가 이렇게 빌면 용서해야
                허는 겨. 안 그럼 안 되는 겨. 지월스님 안 그류?

지월   그건 니 말이 맞어.

종팔   거봐!

우남, 종팔 앞에 무릎을 꿇는다.

우남   나도 이렇게 빌게. 제발 내 앞에 나타나지 마. 보기 싫어
                미치겠어. 가! 어서!

종팔   뭇 가!

우남   이럴 시간 있으면 송가 년이나 찾아봐. 워디 숨어 사는지.

종팔   송가 걔는 불여시여. 있는 거 다 빼먹구 집까지 저당잡혀 빼먹구
                주방장 박가 놈하구 눈 맞어 도망쳤어.

우남   니가 나헌티 한 것처럼 똑같이 당했구먼.

종팔   이.

우남   심정이 워쩌?

종팔	처참햐. 다 아는 얘기를 왜 자꾸 묻는댜.
우남	재밌으니깨.
종팔	이젠 걔 싫여. 지 발로 돌아온대두 싫여. 이젠 송가 성을 가진 것들은 다 싫여. 송사리도 싫고 송아지도 싫고 송년회 송별회 다 싫여. 니가 좋아. 난, 난영이 널 사랑햐.
우남	난 종팔이 널 사랑 안 햐. 넌 나의 웬수여. 가! 어서!
종팔	진심이여?
우남	그려. 진심이여.
종팔	알았어. 그럼 가기 전에 끝으로 나 소금 좀 뿌려줘.
우남	왜?
종팔	재수 옴 붙은 놈이니깨 불순한 것들을 니가 싹 다 떼어달라 이거여. 부탁햐.
우남	그려 그려. 그 정도야 나도 해줄 수 있지.

우남, 바가지에 소금을 퍼 가지고 와서 종팔에게 뿌린다.
또 뿌리려는데…… 순간 몸이 딱 굳고 만다.
저쪽에서…… 총무가…… 아주 천천히…… 독사눈을 하고 들어서고
있다.
총무가 한 발 내디딜 때마다 겁에 질려 한 걸음씩 뒤로 빼는 우남.
점점 간격이 좁혀지는 우남과 총무.
절망의 그 순간!
원주가 헐레벌떡 뛰어 들어온다.

원주	총무스님! 총무스님, 큰일 났슈!
총무	?

원주	큰 법당 뒤뜰에다가 누가 평장을 썼슈!
총무	?
원주	큰 법당 뒤뜰에다가 누가 시체를 파묻었다구유!
총무	어머, 뭐예유?
원주	주지스님이 찾으셔유. 빨리 가유. 어서유.

총무, 깜짝 놀라 밖으로 나간다.

원주, 뒤를 쫓아 나간다.

3장. 큰 법당 뒤뜰

원주, 마치 수사관이라도 된 양, 평장한 곳을 노려보고 있다.

그저 평평한 땅을, 이쪽에서 보다가 저쪽에서 보다가, 일어섰다 앉았다

이 각도 저 각도에서 살핀다.

심각한 표정의 원주, 생각에 잠긴다.

보다 못한 지월, 한마디 한다.

지월   뭐 햐?

원주   총무스님 흉내 한번 내봤슈.

지월   총무가 맨날 그러남?

원주   예. 요 평평한 땅을 일어났다 앉았다 이 각도 저 각도에서 맨날
살피는 규. 현장에 답이 있대나 뭐래나.

지월   왜?

원주   괜히 그냥 똥폼 잡는 거쥬 뭘. 지가 세상에서 제일 잘났잖유.

지월   너 그러다 총무가 나타나면 워쩔 껴? 굽실굽실 싹 돌변할 거
아녀?

원주   그거야 당연하쥬 뭐. 오면 바짝 엎드려야쥬 뭐. 그게 원주가 살길
아닌감유? 빽 없구 힘없는디 그럼 워쩔 규.

지월   그래도 한번 붙어봐.

원주   맘속에서야 맨날 붙쥬 뭐.

지월   거기선 맨날 이기남?

원주   (가소롭다는 듯이) 아이구 걔유? 아이구 고거야 뭐……. 일으켰다
앉혔다 팼다 조졌다 지 맘대로쥬 뭐.

지월   그런디 실제로는 잘 안 되남?

원주   실제로야 위치케 그러겄슈. 가라 하면 가고, 오라 하면 와야쥬.
          ……아주 정말 밤마다 웃긴다니깨유. 코미디가 따로 읎슈.
          잠자려고 누우면 총무스님이 지 방문을 마구 두들긴다니깨유.
          "원주스님, 현장으로 가유. 분명 현장에 답이 있을 규." 졸린
          눈으로 따라오잖유. 그럼 또 이건 규.

          원주, 또 일어났다 앉았다를 반복한다.

원주   …… 저기 저, 명부전 정자나무 보이시쥬?

지월   이.

원주   밤마다 행자들이 저기로 올라가서 두 시간씩 교대로 망봐유.

지월   왜?

원주   총무스님이 시켜서유. 누가 여기에 나타나는지 쥐새끼까지
          체크하래유. 범인은 꼭 한번 현장에 나타나게 되어 있다나
          뭐라나.

지월   지랄 옘병.

원주   진짜로 지랄 옘병이라니깨유.

지월   평평하게 묘를 썼다 해서 평장이라는 겨?

원주   예.

지월   여기다 왜 묘를 쓴 겨?

원주   명당이니깨유. 후손들 잘되라고 쓴 거쥬.

지월   누가?

원주   요 아랫마을 사람들 중 누구 짓이겠쥬.

지월   평장을 하려면 땅을 팠을 것이고 그럼 땅 팔 때 삽 소리라도

	들렸을 거 아녀.
원주	강풍이 불거나 폭우가 쏟아지면 안 들리쥬. 그러니깨 여러 명이 와서 삽시간에 해치웠다고 봐야쥬.
지월	워치케 알았어?
원주	큰스님이 지나가다가 땅이 물컹물컹하다고 파보라고 해서 팠더니 그만…….
지월	시체가 많이 썩었담?
원주	예. 오래전에 썼나 뷰.
지월	다시 원 상태대로 흙을 덮고?
원주	예. 함부로 손상시키면 안 된대유.
지월	앞으로 워치케 해야 혀?
원주	읎슈. 그게 문제유. 제일 좋은 건 시체 주인이 스스로 파 가는 건디 그건 기대할 수 읎고, 우리가 파버리면 시체유기죄로 잡혀가고, 그럼 재판을 하는 수밖에 읎는디 우리가 승소를 한다 혀도, 요 주위에 말뚝을 박은 다음 펜스를 치고 '이 시체의 후손은 모월 모일까지 파 가시오' 이렇게 쓴 경고문을 붙여서 모월 모일까지 파 가지 않으면 그때 법원에서 나와 시체를 화장해준대유.
지월	확실햐?
원주	총무스님이 그랬슈.
지월	…….
원주	이젠 끝난 규. 아, 청정 도량에 말뚝을 박고 펜스를 치고 경고문까지 붙여봐유. 워치케 되겠슈. 누가 오겠슈. 소문이 금세 확 퍼질 텐디. 선방 수좌들도 여기서 한철 나는 게 께름칙할 거고, 신도들도 기도드리러 오기가 거북할 테고, 관광객들이야

아예 쳐다도 안 볼 테고, 그야말로 청정 도량 천년 고찰이
순식간에 폐허가 되는 거쥬 뭐. 벌써 강 보살하고 정 보살하고
후원 일 그만두고 다 도망갔슈. 저도…… 여긴…… 어째……
으시으시해서…… 오기가 싫어유.

지월   그럼 워치켜?
원주   방법이 읎다니깨유.

그때 총무가 온다.
원주, 총무 앞으로 달려가 연신 굽실거린다.

원주   아이구, 총무스님 나오셨슈? 오른쪽 어깨가 결리신다는 건
        워치케 됐슈?

총무, 손으로 쉬잇 한다.
그러고 나서 원주가 말한 대로, 일어났다 앉았다 이 각도 저 각도에서
살피는 총무. 가관이다.

총무   원주스님.
원주   예예.
총무   지가 말한 대로 조치가 이행되고 있겠쥬?
원주   행자들 나무에 올라가는 거 말유?
총무   예.
원주   아이고 그럼유.
총무   그리고!
원주   예 예, 말씀하셔유.

총무	여기 현장은 어떤 일이 있어도 훼손되는 일이 읆어야 돼유.
원주	예 예.
총무	분명 이 현장에 답이 있거든유. 범인은 꼭 이 현장에 나타나게 되어 있슈.
원주	아, 예.

그때 지월, 평장한 곳으로 가서 반듯이 눕는다.

총무	어머? 아니, 지월스님! 시방 뭐 하는 규?
지월	나?
총무	현장을 훼손하면 안 된다는 말 뭇 들었슈?
지월	들었어.
총무	그런디유?
지월	눕고 싶어서.
총무	뭐예유?
지월	왜? 누우면 안 디야?
총무	안 돼쥬 그럼. 현장은 무슨 일이 있어도 그대로 보존되어야 한단 말유. 빨리 일어나셔유.
지월	싫어.
총무	그럼 푹 주무세유. 찬 기운에 턱이 삐뚤어지든 말든!

총무, 또 일어섰다 앉았다 이 각도 저 각도에서 살핀다.
그러다가 하늘을 보며 해답을 얻은 듯 고개를 끄덕인다.

지월	아상아, 똥폼 좀 그만 잡거라. 측은해서 못 봐주겠다.

총무	아상이라고 부르지 좀 말랬쥬!
지월	아상이를 아상이라고 뭇 부르면 뭐라고 불러야 되는디?
총무	지가 왜 아상이에유?
지월	수행자는 얼굴을 감추어야 하잖여. 헌디 넌 어디서고 얼굴을 내밀고 다니잖여. '내가 제일 잘나가. 내가 제일 잘나가.' 맨날 잘난 척하느라고.
총무	지가 언제 그랬슈. 증거를 대봐유! 어서유!
지월	한번 볼텨?
총무	그류.

지월, 일어섰다 앉았다 이 각도 저 각도에서 살피면서 총무와 똑같이
한다.
원주, 속으로 웃는다.

지월	봤어?
총무	봤슈.
지월	니가 무슨 천재 수사관이라도 되냐?
총무	지는 뭐 생각도 뭇 해유?
지월	무슨 천재 수사관이 그래? 아는 게 두 개밖에 읎고. '현장이 중요하다. 범인은 현장에 꼭 나타난다.'
총무	왜 또 시비세유?
지월	아니, 이 평평한 땅을 니가 일어섰다 앉았다 이 각도 저 각도에서 살펴보면 뭐 할 껴. 뭔 답이 나와?
총무	지가 언제 답이 나온댔슈?
지월	답이 나오는 것처럼 하늘을 보고 고개를 끄덕이며 똥폼

	잡았잖여. 원주야 너도 봤지?
원주	아뉴, 지는 뭇 봤슈.
총무	아니, 지는 뭐 일어났다 앉았다도 뭇 해유? 지 나이가 몇인디 지 맘대로 일어났다 앉았다도 뭇 헌대유?
지월	넌 그냥 중이여. 중은 그냥 중노릇만 잘허면 돼. 아는 척 좀 그만햐.
총무	꼴 보기 싫으면 여길 떠나셔유. 중이 절이 싫으면 떠나야쥬.
지월	내가 왜 떠나? 떠날 것 같으면 니가 떠나야지.
총무	막걸리 마셔대며 틈만 나면 행패 부리는 괴각보다는 지가 여기에 남아 있는 것이 우리 봉국사의 미래를 위해 나은 일 아니겠슈? 원주스님, 안 그류?
원주	그럼유 그럼유. 그야 그렇구말구유.
지월	선방에서는 괴각도 소임이라는디?
총무	괴각의 입에서 워치케 그런 말이 나온대유?
지월	그러게 말여.
총무	스님 같은 괴각한티 삼시 세끼 꼬박꼬박 밥 챙겨 드리는 걸 보면 참 우리 봉국사가 자비문중 맞네유.
지월	암 자비문중 맞지. 우리 봉국사가 너 같은 걸 총무 시키는 걸 보면.
총무	뭐예유? 진짜 진짜 말 다 했슈? 듣자 듣자 허니깨 증말. 아랫스님 있는 데서 너무하는 거 아뉴?
지월	원주가 니 아랫사람인감?
총무	그류.
지월	원주 너 들었어?
원주	뭇 들었슈. 잠시 딴생각했슈.

지월	중이 위아래가 어딨냐 이것아.
총무	엄연히 있지 왜 읎슈.
지월	주지스님이 일인자고 니가 그럼 이인자냐?
총무	그류 그류.
지월	그럼 큰스님은? 큰스님은?
총무	(당황해서) 그건……. 그건…….
지월	그러니깨 니가 돌대가린 겨.
총무	스님은 왜 저만 보면 갈구세유?
지월	갈굴 짓을 하니깨.
총무	스님은 천벌 받을 뀨.
지월	그려 그려, 그럴 껴.
총무	스님은 불지옥에 떨어질 뀨.
지월	그려 그려, 그럴 껴.
총무	스님은!
지월	아상아. 무슨 말을 들어도 마음에 두지 말라니깨. '한마디만 더 하면 입을 확 찢어서! 쇠꼬챙이에 끼워서! 불구덩이에 구워서!' 이런 말을 듣더라도 흘려보내. 흘려보내. 가볍게 살아.
총무	(더욱 화가 나서 소리친다.) 스님은! 스님은!

4장. 서전

비바람 소리가 세차게 들려온다.

원주, 자고 있다.

우남, 일어났다 앉았다 밖으로 나갔다가 이내 들어와 원주 옆에 도로
앉는다.

다시 벌떡 일어나 초조한 듯 서성인다.

그러다가 시계를 본 다음 원주를 흔들어 깨운다.

우남   스님……. 원주스님.

원주, 소스라치게 놀란다.

원주   누구여! 어떤 놈이여! 무슨 일이여!

우남   원주스님.

원주   이? 이?

우남   여기 서전이에유.

원주   아, 그렇지 그렇지. (자기 뺨을 마구 때리고 나서) 지가 깜빡 졸았나
뷰.

우남   존 게 아니라 네 시간 동안 푹 주무셨슈.

원주   히익, 네 시간이나유?

우남   예.

원주   요샌 끽해봤자 한두 시간뿐이 뭇 자는디 뭔 일이랴. 내가 미쳤나
벼, 미쳤나 벼. 그럼 시방 몇 시래유?

우남	새벽 4시유.
원주	(깜짝 놀라) 히익, 새벽 4시유?
우남	예.
원주	얼라려 큰일 날 뻔했네유. 새벽 예불에 뭇 갈 뻔했네유.
우남	안 그려도 그래서 깨운 규. 고단하게 주무시는디 미안휴.
원주	아뉴 아뉴, 아주 잘혔슈. 평장 사건 이후론 주지스님까지 신경이 아주 날카로와져서 아주 숨도 뭇 쉬겠슈.
우남	그래서 잠도 편히 뭇 주무시는 규?
원주	제가 요새 고해 한가운데 둥둥 떠 있슈. 그러다 보니 오늘은 이 파도가 와서 치고 내일은 저 파도가 와서 치고…….파도한티 얻어맞느라 정신이 읎다니깨유. ……저 가볼게유.
우남	예. 가끔씩 들르셔서 토막잠이라도 주무시고 가세유.
원주	예 예. 그럴게유. 헌디 지월스님은 아직도 안 들어온 규?
우남	예.
원주	별다른 기별도 읎었구유?
우남	예.
원주	또 워디 가서 술 드시구 주무시나.
우남	그러면 큰일인디. 이 비바람에.
원주	걱정 마셔유.
우남	걱정이 되네유 쫌.
원주	그건 지월스님을 물러서 그류. 지월스님은 어디다 내놔도 살아서 와유.
우남	그래두유.
원주	난 생전 생전 그런 건 처음 봤슈. 지월스님이 공중으로 붕 뜨더니 이따만 한 깡패들을 다다다다 쓰러뜨리는 규. 뭇 봤쥬?

우남	예.
원주	아이구 그것두 뭇 보구 워디서 뭐 했대유?
우남	광천곰탕에서 국물 냈슈.
원주	국물 내느라고 그것도 뭇 봤단 말유?
우남	예. 헌디 지월스님이 그렇게 싸움을 잘하남유?
원주	아이구, 오죽하면 봉국사의 전설이겄슈.
우남	그게 뭔 말유?
원주	그 얘기 물류?
우남	뭔디유?
원주	전설 얘기 말유.
우남	물류.
원주	군산 꼬마가 자기 부하 5, 60명을 끌고 찾아왔슈.
우남	군산 꼬마유?
원주	예, 유명한 깡패 있슈.
우남	깡패가 왜 절에 찾아와유?
원주	일제 시대 때 일본놈들이 지들 멋대로 매봉산에 갱을 뚫고 금을 캤거든유. 해방 후에 스님들이 나서서 금광을 폐쇄시켰슈. 매봉산이 망가지니깨유. 헌디 수십 년이 지나서 군산 꼬마가 느닷없이 나타나 다시 금광을 개발하겠다는 규. 그러니 서로 충돌할 수밖에유.
우남	그래서유?
원주	군산 꼬마가 지월스님하고 맞짱 까서 졌슈.
우남	맞짱이유?
원주	일대일로 하는 거 있슈.
우남	그래서유?

원주	지니깨 낫을 두 개 들고 와서 하나는 자기 목에 걸구 하나는 지월스님 목에도 거는 규. 하나 둘 셋에 땡기자고 하면서.
우남	그래서유?
원주	지월스님이 물러날 사람인감유?
우남	그래서유?
원주	하나 둘 셋에 땡겼쥬.
우남	그래서유?
원주	지월스님 목에서 피가 질질 나는 규.
우남	그래서유?
원주	헌디 웃고 있는 규.
우남	지월스님이유?
원주	예. 군산 꼬마 목은 말짱하구유. 보니깨……. 군산 꼬마는 땡기구 지월스님은 안 땡긴 규.
우남	그래서유?
원주	군산 꼬마가 무릎을 꿇었슈. 그러니깨 5, 60명이 다 무릎을 꿇은 규, 지월스님한티. 아주 장관이었다니깨유.
우남	워디서 쌈질을 따로 배웠남유?
원주	설이 난무혀유. 우리나라도 평양에 간첩을 보내는디 거기 갔다 왔다는 설도 있고, 계룡산에 뼈를 마디마디 다 꺾는 도사가 있는디 그 사람 수양딸이라는 설도 있고……. 하여튼 보통 사람은 아뉴.
우남	예.
원주	(깜짝 놀라) 얼라려 얼라려 얼라려 얼라려! 나 진짜 미쳤나 벼. 내가 진짜 왜 이런댜. 시방 새벽 예불에 늦었쥬? 늦었쥬?
우남	(시계를 보며) 예, 빨리 내려가보셔유.

원주	아이구, 참. 내가 왜 이런댜. 그러니깨 나 같은 칠푼이한티는 말 시키는 게 아니란 말유.
우남	알았슈. 담부턴 안 시킬게유.
원주	예 그럼.
우남	총무스님이 정 뭐라시면 지월스님하고 같이 있었다구 하셔유. 그럼 되잖유. 지월스님 앞에서는 꼼짝도 뭇 허잖유.
원주	그럼유 그럼유. 걔는 그냥 그냥 지월스님 밥이쥬 뭐.

원주, 어깨를 딱 펴고 보무도 당당하게 천천히 밖으로 나간다.
잠시 후, 종팔이 배시시 웃으며 들어온다.

종팔	난영아, 난영아. 나 잘했지?
우남	뭘?
종팔	원주스님 계실 때 안 들어오고 내내 기다렸다가 가고 나서 들어온 거.
우남	혹시 지월스님 뭇 봤남?
종팔	뭇 봤는디. 왜, 무슨 일 있남?
우남	아녀 아녀. 너 안 오기로 해놓고 왜 또 왔어. 빨리 가.
종팔	안 디야.
우남	왜?
종팔	하냥 집으로 가야 혀.
우남	왜?
종팔	(갑자기 심각해지며) 영순이가 입원했어. A형 간염이랴. 캄보디아 갔다가 더러운 물 먹고 그랬나 벼. 열이 40도를 오르내려. 걔 잘못될지도 물러.

종팔, 고개를 꺾으며 괴로워한다.

우남, 잠시 보고 있다가…….

우남　　뻥치지 마.

종팔　　뻥?

우남　　그래 뻥.

종팔　　너 생각해봐라. 오죽 급했으면 이 꼭두새벽에 비바람을 뚫고
　　　　차를 몰고 여기까지 왔겠냐. 내 이럴 줄 알고 사진도 찍어 왔다.
　　　　자, 봐.

종팔, 휴대전화를 열어 동영상을 보여준다.

종팔　　한일병원 318호실이여. 환자복 입고 있는 애가 니 딸 영순이
　　　　아닌감?

우남　　종팔아.

종팔　　맞지?

우남　　너 진짜로 왜 이려? 이젠 딸년을 환자복까지 입혀서 사기극
　　　　펼치는 겨?

종팔　　얼라려?

우남　　환자복은 워치케 구혔어? 돈 주고 샀남? 아니면 이젠 한일병원
　　　　간호사허구 만나는 겨?

종팔　　얼라려? 난영이 너 진짜 독하다, 이? 워치케 딸이 아퍼서
　　　　죽어가는디도 눈 하나 꿈쩍 않는댜.

우남　　영순이하고 부칭개 부쳐 먹다가 사기 치기로 짜웅 했남?

종팔　　얼라려? 얼라려? 우와, 귀신이다 귀신.

184

우남	딱 맞는 겨?
종팔	그걸 위치케 알았어?
우남	이 바보 멍충아. 딸년이 병원에서 사경을 헤매는디 급한 마음에 총알처럼 나헌티 왔겄지, 밖에서 원주스님 가길 기다렸겠냐? 또 위치케 배시식 웃으면서 들어와?
종팔	우와, 넌 천재다 천재! 내가 배시시 웃으면서 들어오담?
우남	이.
종팔	아이구 이런 멍충이. 바람은 불고 비는 쏟아지는디 원주스님이 당췌 가야 말이지. 기다리다 기다리다 지쳐서 다 죽어가는디……. 진짜로 가니깨 반갑고 좋아서 그랬나 벼. 에이 산통 다 깨졌네.
우남	너 군산 꼬마라고 들어봤어?
종팔	군산 꼬마 물르면 간첩이게.
우남	누구여? 말해봐.
종팔	키가 꼬맹이처럼 작고 손도 조막만 한 유명한 깡패 있어. 왜?
우남	그 군산 꼬마가 지월스님한티 큰형님이라고 부른댜.
종팔	왜?
우남	주먹이 쎄니깨. 너 빨리 가. 지월스님한티 걸리면 넌 국물도 읎어.
종팔	뭇 가.
우남	지월스님 앞에서 약속했잖여. 이젠 안 오기로.
종팔	나 결심혔어.
우남	뭘?
종팔	매표소 밑에 동국여관 있잖여?
우남	그런디?
종팔	나 거기 방 좀 알아보려구.
우남	왜?

종팔	장기 투숙 하려구.
우남	왜?
종팔	그동안 지월스님을 엄청 믿었는디 잘못 생각했나 벼. 난 딱 내 편인 줄만 알았거든. 헌디 니 편이었나 벼. 그래서 이제부턴 내 혼자 힘으로 하기로 했어.
우남	뭘?
종팔	너 속퇴할 때까지 최선을 다해볼 참이여. 매일같이 절에 올라와서 널 괴롭히면 니가 꺾어지든지, 절에서 너한티 '제발 나가달라'고 하든지 무슨 구정이 나겠지.
우남	광천곰탕은 워치케 하고?
종팔	광천곰탕? 국물 맛도 읎다는디 뭐. 니가 읎는 한 광천곰탕은 애써도 망하구 냅둬도 망햐! 나도 이판사판이여!
우남	맘대로 햐.
종팔	나 참말이여.
우남	맘대로 하라니깨.
종팔	맨날맨날 징그럽게 널 찾아올 껴.
우남	이, 그려. 그려봐. 나도 이판사판이여. 총무스님은 지금도 나헌티 나가랴. 내가 뭇 나가겠다고 버티는 겨.
종팔	그렇게 천대받으면서 뭐 하러 여기서 산댜. 매표소에서 표 파는 거하고 광천곰탕에서 곰탕 파는 거하고 별반 다를 것도 읎는 거 같은디.
우남	나도 깨우쳐보려구.
종팔	넌 절대루 뭇 깨우쳐.
우남	왜?
종팔	넌 정도 헤프고 먹는 것두 밝히구 또 잘 울잖여.

우남	앞으로 고칠 껴. 앞으로는 정도 딱 끊구 먹는 것도 안 밝히구 절대루 안 울 껴.
종팔	참말로 깨우치고 싶은감?
우남	그려.
종팔	그럼 나하고 같이 가. 내가 널 깨우치게 해줄게.
우남	워치케?
종팔	깨우칠 재료들이 광천곰탕 가마솥에 가득이여.
우남	가!
종팔	뭇 가.
우남	가!
종팔	너는 '가' 소리밖에 뭇 허남. '와' 소리 좀 혀봐.
우남	(두 팔을 벌리며) 와!
종팔	그려 그려, 그래야지.

종팔, 한 발 한 발 다가가는데
우남, 몽둥이를 잡고 팰 기세를 취한다.
그때 지월, 우비를 입고 나타난다.

우남	아이구 지월스님, 이제 오셔유?
지월	이, 이.
종팔	그동안 안녕히 기셨슈?
지월	이. 근디 왜 또 왔댜? 오지 않기루 기껏 약속해놓구서.
우남	좀 혼내주셔유.
종팔	참다 참다 왔슈. 난영이가 보고 싶어서유.
지월	뭇 참겄담?

종팔   예.

지월   워디가 보고 싶어서?

종팔   눈이 이쁘잖유.

지월   눈이?

종팔   예. 아주 깊고 신비스럽잖유.

지월   그려?

종팔   광천곰탕 내실에 누워 있다가 난영이 저 깊은 눈이 떠오르면
        아주 미치고 환장허겠슈. 방바닥에 그냥 마빡을 마구마구
        짓찧는대니깨유.

지월   보고 싶은 걸 참느라구?

종팔   예.

지월   그럼 우남이 두 눈을 뽑아서 널 주면 다시는 안 찾아오겠네?

종팔   그럼유 그럼유. 제발 뽑아 주셔유.

지월   우남이 너 이리 와봐.

우남   (뒤로 빼며) 대체 왜 이러세유?

지월   뽑아 줘버리자.

우남   아이구, 싫어유.

지월   저렇게 간절헌디도?

우남   싫다니깨유.

지월   그럼 워치켜. 종팔이는 니 두 눈 읎인 못 살겄다고 하고, 넌
        죽어도 종팔이하구는 못 살겄고 하니, 그냥 니 두 눈을 뽑아서
        줘버리면 다 되는 거 아녀. 두 눈이 읎다고 중노릇 못 하는
        것도 아니고, 또 보는 게 보는 게 아니고, 또 본다고 해서 다
        보이는 것도 아닌디, 그냥 쓸데읎는 거 달고 다닐 필요 읎이
        줘버리자니깨.

우남	진짜루유?
지월	이.
우남	알았슈. 생각 좀 해보구유.
지월	생각허구 말 것도 읎다니깨. 당장 햐.
우남	아, 그래도 워치케 아무런 각오도 안 하고 막 뽑아 준대유? 안 그류?
지월	죽으면 다 먼진디, 먼지 주제에 뭔 각오를 하고 말고 그랴.
우남	아, 그래두유.
지월	(종팔에게) 워치켜? 우남이가 각오를 다질 시간이 필요하다는디.
종팔	기다릴게유.
지월	그래줄 수 있남?
종팔	있구말구유. 저는 있는 게 시간뿐이 읎슈.
지월	그려 그럼. 각오가 끝나면 곧바로 실행하는 겨.
우남	예.
종팔	예.
우남	헌디 이 두 눈을 워치케 뽑을 뀨?
지월	그건 걱정 말어. 손으로 푹 찌르면 그냥 튀어나와.
우남	……예?
지월	막상 뽑았는디, 후회되면 말햐. 도로 넣어줄 테니깨.
우남	아프겄쥬?
지월	3초도 안 걸려.
종팔	많이 해보셨나 봐유?
지월	이.
종팔	언제유?
지월	아이고 그런 걸 워치케 다 말햐. 그냥 넘어가.

종팔   헌디 이 비를 맞고 밤새 워디 있다가 이제 오시는 규?

지월   이, 일이 좀 있었어.

지월, 주전자째로 물을 벌컥벌컥 마신다.

우남, 불안한 시선으로 지월을 살핀다.

우남   ……일이 있었다구유?

지월   이.

우남   ……무슨 일유?

지월   비 오니깨 딱 좋드만.

우남   무슨 일인데 비 오니깨 좋아유?

지월   큰 법당 뒤뜰에 평장한 거 있잖여.

우남   예.

지월   그 시체 캐서…… 지게에 메고…… 금광 폐광한 데로 가서……

        불태우고 오는 길여.

우남   예에?

5장. 매표소

지월, 괴상한 자세로 행공을 하고 있다.

우남, 입이 툭 튀어나온 채 대걸레를 밀고 있다.

우남   지도 한번 확 받아버릴까 봐유.

지월   누구를?

우남   자기는유 갓난애기 때 절에 왔기 때문에 깨끗하구유, 지는유

             결혼해서 자식까지 낳은 다음에 출가했기 때문에 더럽대유.

지월   누가?

우남   누군 누구겠어유, 총무스님이쥬. 아니 부모가 먹고살기 힘들어서

             버리면 깨끗하고 정상적인 코스를 밟아 살면 더러운 규?

지월   그래서…… 생각해논 말이 있남?

우남   뭘유?

지월   총무를 확 받아버리겠다면서?

우남   있쥬.

지월   뭔디?

우남   고타마 싯다르타도유 결혼해서 애까지 낳은 다음에 출가했슈!

             이거 왜 이러슈!

지월   하하하하.

우남   오늘 아침에 총무스님 방에 들러서 매표소가 너무 추우니깨

             난로 좀 놔달라고 혔더니 냉장고에서 홍삼 엑기스를 얄밉게 꺼내

             가위로 모서리를 툭 짤라 쪽쪽 빨아 먹으면서 얄밉게 이러는 거

             있쥬. (총무 흉내 내며) "용봉스님은유 깨우치기 전엔 하산하지

　　　　　않겠다고 선언하고 6년째 토굴에서 면벽 수행 하고 계시구유,

　　　　　평산스님은유 말기 암 환자인데도 죽기 전에 깨우치겠다고

　　　　　동굴 속에서 오늘도 정진 중이셔유. 헌디 조금 춥다고 난로를

　　　　　놔달라니 그 스님들 보기 창피하지도 않으세유?"

지월　　　하하하하.

우남　　　그런데유, 총무스님 방은 밤새 장작을 워찌나 땠는지 방바닥이

　　　　　지글지글 끓고 있었슈.

지월　　　하하하하.

　　　　　그때 매표 창구에서 소리가 들려온다.

종팔(음성) 여기유 여기. 표 한 장 주세유.

우남　　　한 장만유?

종팔(음성) 예.

　　　　　우남, 표를 끊어 창구 밖으로 건넨다.

종팔(음성) 월마래유?

우남　　　3천 원유.

종팔(음성) (돈을 건네며) 여깄슈. 날씨 한번 끝내주네유.

우남　　　예, 날씨가 좋쥬?

종팔(음성) 예. 아이구, 스님이 아주 복스럽게 생기셨네유.

우남　　　예?

종팔(음성) 워쩌다 스님이 되셨슈?

우남　　　(창구로 보고 나서) 야! 종팔이 너!

종팔(음성) 얼라려? 저를 아시남유?

우남   너 죽을래? 아직도 집에 안 간 겨?

종팔(음성) 큰법당에서 하루에 3천 배씩 매일매일 하기로 했슈. 속퇴 기원
            3천 배! 또 봐유.

우남   야! 야!

            종팔, 멀어진다.

우남   하, 저게 진짜! 진짜 왜 저런댜.

지월   이번엔 각오가 대단한가 벼.

우남   그런개 벼유.

지월   그러니깨 눈을 뽑아 주자니깨.

우남   됐슈.

지월   중이 왜 눈이 필요햐. 걸리적거리기만 하지.

우남   아이구 됐슈.

지월   아니면 종팔이 따라 내려가든가.

우남   미쳤슈?

지월   중이 뭐가 좋다고 그랴.

우남   전 좋아서 죽겠슈.

지월   중이 뭐 별건감?

우남   별거쥬 그럼.

지월   어떤 이가 청정한 마음으로 논두렁에 고요히 앉아 있으면 그
            사람이 중이고, 거기가 절이고, 그게 불교여. 뭐 별거 있는 줄
            알어?

우남   전 반드시 깨우칠 규.

지월	종팔이 워디가 그렇게 싫어?
우남	종팔이 워디가 그렇게 좋으세유?
지월	밉지가 않잖여.
우남	한번 살아봐유. 그런 말이 나오나.
지월	널 또 이뻐하잖여.
우남	그냥 하는 소리쥬 뭐.
지월	또 니 눈이 깊다잖여.
우남	걔도 보는 눈은 있는 거쥬 뭐.
지월	내가 볼 땐 개뿔 깊을 것도 읎드만.

우남, 지월에게 2천 원을 준다.

지월	뭐랴?
우남	얼추 시간이 그렇게 됐쥬?
지월	뭐여?
우남	절 갈구시는 거 보니깨 막걸리 생각이 나시나 보네유.
지월	(비굴하게) 아이구, 이러다 또 총무한티 한소리 들으면 워쩔라구 그랴.
우남	이골 났슈. 맨날 듣는디유 뭘.
지월	복 받을 껴.
우남	지는 복 필요 읎슈.
지월	나헌틴 우남스님뿐이여. 우남스님이 읎었으면…… 좀…… 그랬을 껴.
우남	(한숨을 쉬며) 댕겨오셔유.
지월	이.

지월, 우남에게 공손히 합장한 후 나간다.

잠시 후, 원주가 황급히 뛰어 들어온다.

원주   스님, 스님, 스님!

우남   왜, 왜, 왜유?

원주, 경쾌하게 스텝을 밟으며 매표소를 몇 바퀴 돈다.

우남   아이, 왜 그류?

원주   워쩌면 이런 일이 다 있데유.

우남   뭐가유?

원주   평장이 읎어졌슈.

우남   아, 예.

원주   시체가 읎어졌다구유.

우남   아, 예. 누가 읎앴는지 아셔유?

원주   몰류 몰류. 하여튼 읎어졌슈. 사라졌슈. 깜쪽같이유.

우남   그럼 아주 잘된 거겠쥬?

원주   그럼유 그럼유. 잘되고말구유. 그동안 절이 얼마나
         무거웠다구유. 하여튼 너무너무 기쁜 나머지 오죽했으면
         총무스님을 확 껴안았다니깨유.

우남   하하. 정말 좋았었나 부네유.

원주   말도 마유. 오늘 주지스님하고 총무스님하고 저하고, 이렇게
         셋이서 홍성으로 변호사 만나러 가기로 했었거든유. '할 수 읎다!
         재판으로 가자!' 이렇게 결심은 했지만 죽을 맛이었쥬.

우남   정말 잘됐네유.

원주	오늘 밤 워뜌?
우남	뭐가유?
원주	서전에서 한판 할튜?
우남	뭘유?
원주	라면 파티 말유.
우남	저야 좋쥬.
원주	죄짓는 김에 계란도 한 개 넣을까유?
우남	죄짓는 김에 두 알 넣어유. 지가 사 가지고 올라갈게유.
원주	벌써부터 흥분되는데유. (느끼하게) 그럼 이따가 봐유.

원주, 경쾌하게 스텝을 밟으며 매표소를 몇 바퀴 돌고 나서 밖으로
나간다.

순간 "꺄악!" 하는 비명 소리와 동시에 손을 들고 뒷걸음쳐서 다시
들어오는 원주.

뒤이어 탄띠를 요란하게 휘감은 괴한이 사격용 복장과 망원렌즈까지
끼고 최신식 장총을 들고 들어선다.

우남, 깜짝 놀라 두 손을 번쩍 든다.

괴한의 지시로 구석에서 두 손 들고 서 있는 원주와 우남.

원주	왜…… 왜 이러세유. 무슨 일이세유. 돈 때문에 이러세유?
우남	돈이라면 저기 저 서랍 안에 표 판 돈이 꽉 찼슈.
괴한	앉아! 일어나! 앉아! 일어나!

괴한이 시키는 대로 따라 하는 우남과 원주.

괴한, 혀가 짧다.

원주	혹시 기독교 신자세유?
괴한	아녀.
원주	그럼 불교 신자세유?
괴한	아녀. 난 무신론자여.
원주	예에……. 헌디 불교하고 뭐 안 좋은 일이 있으셨슈?
괴한	내 말을 들었어야 혔어.
원주	무슨 말씀이세유?
괴한	내가 분명히 멧돼지를 보냈단 말여.
원주	뭐라구유?
괴한	멧돼지!
원주	멧돼지유?
괴한	멧돼지! 멧돼지! 멧돼지!
원주	아하, 메시지유?
괴한	근데 왜 내 말을 안 들어 처먹는 겨!
원주	뭐라고 보냈는디유?
괴한	절을 3일 내로 싹 비워라. 안 그러면 다 죽인다.
원주	뭇 들었는디유?
괴한	봉국사 홈페이지에다 올렸단 말여.
원주	우린 컴퓨터 뭇 해유. 컴퓨터는 몇몇 간부스님만 해유. 아랫스님들은 컴퓨터가 읎슈. 그러니깨 우린 알았을 리가 읎쥬.
괴한	너 이리 와.
원주	저유?
괴한	그려.

원주, 괴한 앞으로 부들부들 떨며 다가간다.

괴한, 수화기를 준다.

괴한	주지 오라고 햐.
원주	주지스님은 출타 중이신디유?
괴한	그럼 그다음은 누구여?
원주	총무스님이유.
괴한	총무 오라고 햐.
원주	헌디 뭐라고 하면서 오라고 한대유. 어지간해서는 오실 양반이 아니신디.
괴한	안 오면 다 죽이겠다고 햐.
원주	그러다 총무스님이 경찰서에 신고하면유?
괴한	상관읎어. 니들 죽이고 나도 죽을 거니깨.
원주	(생각하다가) 아, 이게 좋겠네유. 도지사 비서실장이 지나가는 길에 잠깐 들렀다구. 그럼 금방 쌩하고 달려올 뀨.
괴한	그려 그럼.
원주	총 좀…… 저쪽으로 좀……. 겁나서유……. (통화한다.) 시방 도지사 비서실장께서 매표소에 와 기셔유. 출장 가시는 길에 잠깐 들르셨다네유. (괴한에게) 아이구, 벌써 끊었네유. 거봐유. 지 말이 맞쥬? 총알처럼 달려올 뀨.
괴한	저쪽으로 가 있어.
원주	예.
괴한	손 들고.
원주	예.

원주, 양손을 들고 우남 옆에 선다.

원주	헌디 절을 왜 싹 비우라고 하셨슈?
괴한	떡었으니깨.
원주	떡유?
괴한	떡!
원주	떡?
괴한	떡! 떡! 떡!
원주	아아, 썩었다구유?
괴한	그려.
원주	절이 썩었슈?
괴한	그려.
원주	그럼 우리도 썩었슈?
괴한	다 떡었어.
원주	워치케유?
괴한	불상만 있고 부처는 읎잖여.
원주	그게 무슨 뜻이래유?
괴한	묻지 마 씨발. 한 번만 더 물어보면 다 쏴 죽일 껴. 무릎 꿇어!

우남과 원주, 얼른 무릎 꿇는다.

잠시 후, 창구 밖에서 소리가 들려온다.

여자(음성) 표 두 장만 주셔유.

괴한 그냥 가세유.

여자(음성) 표 안 팔아유?

괴한 오늘부터 안 팔기로 했슈. 그냥 올라가도 돼유.

여자(음성) 그류? 아이구 고마워유.

괴한	아뉴 아뉴. 그동안 우리가 미안혔슈.

여자, 멀어진다.

괴한	개새끼들! 지들 맘대로 길 막아놓고 돈 받아 처먹고. 그 돈으로 고기 먹고 외제 차 타고 계집질이나 하면서.
원주	여긴 비구니 절인데유.
괴한	뭐여?
원주	여긴 비구니 절인디 워치케 계집질을 헌대유. 혹시 잘못 오신 거 아뉴?
괴한	너 일어나!

원주, 하얗게 질려 일어난다.

괴한	아까 내가 뭐랬어. 한마디만 더 하면 쏴 죽인댔지.
원주	봉국사가 있구 경국사가 있어유. 경국사가 비구 절이유. 경국사가 남중, 봉국사가 여중!

괴한, 찰카닥 하며 안전장치를 푼다.

우남	한 번만 봐주셔유. 워치케 하다 보니깨 말이 톡 나왔겠지 일부러 말 안 들으려고 한 건 아니잖유. 예?
괴한	어쭈! 너도 일어나!
우남	지두유?
괴한	그려.

우남	아이구, 이를 워쩐댜.

우남, 하얗게 질려 일어난다.
괴한, 둘을 향해 조준을 한다.
우남과 원주, 식은땀이 흘러내린다.
그때 총무가 활짝 웃으며 들어선다.

총무	아이구, 우리 비서실장님께서 워쩐 일로……. (그제야 사태를 파악하고) 엥? 아니 이게 뭐래유? 비서실장님은 워디 가시구 이 사람은 또 뭐래유? 예? (원주와 우남에게) 말씀 좀 하셔봐유 좀!
괴한	아이구, 시끄럿! 좀 조용히 뭇 햐?
총무	어머? 당신은 누구슈?
원주	(속삭인다.) 괴한이유.
총무	괴한?
원주	(끄덕인다.)
총무	그래서 시방 손 들고 벌서고 있는 규?
원주	(끄덕인다.)
총무	(괴한에게 당당하게) 비구니들끼리 모여 산다고 당신이 우릴 우습게 보는 모양인디, 우린 세속을 끊고 오로지 수행을 위해 목숨까지도 버린 몸! 아무것도 두려울 게 읎고 아무것도 무서울 게 읎다 이 말유.
괴한	하, 고년 고거 말 더럽게 많네.
총무	뭐 고년? 스님한테 고년? 에라 이 몹쓸……!
괴한	어쭈!
총무	마음을 비운 수행자가 그까짓 총에 떨 것 같여?

괴한　　　이거 미제여. 한번 발사했다 하면 쫘르륵이여.

총무　　　모름지기 수행자는 총알이 눈앞에 날라와도 한 치의 주저함도
　　　　　없이!

　　　괴한, 총무를 조준한다.
　　　총무, 고개를 푹 숙이고 우남과 원주가 있는 데로 가서 두 팔을 번쩍
　　　든다.

괴한　　　앉아! 일어나! 앉아! 일어나! 무릎 꿇어.

　　　스님들, 그렇게 한다.

총무　　　 왜 그류, 왜? 지하고 협상해유. 지가 총무거든유. 요구 조건이
　　　　　뭐예유? 도대체 우릴 워쩔 셈유? 우릴 다 죽일 셈인감유? 예?
　　　　　예?

괴한　　　야 너!

원주　　　지유?

괴한　　　그려. 니가 저년 처리햐.

원주　　　(총무에게) 입 닥쳐, 이년아! 한 번만 더 물어봤다간 총을 확 갈길
　　　　　껴! (괴한에게) 맞쥬?

　　　원주가 괴한을 쳐다보자 괴한이 잘했다는 듯 고개를 끄덕인다.
　　　그때 지월, 들어온다.
　　　지월, 괴한을 보고 고개를 돌려 스님들을 본다.
　　　다시 고개를 돌려 괴한을 본 다음 뒷짐을 지고 스님들한테로 간다.

우남, 총무, 원주와 하나하나 시선을 맞춘 후, 괴한한테로 가는 지월.

괴한   거기 서! 오지 마! 쏜다! 쏜다! 쏜다! 쏜다!

지월, 성큼성큼 다가가 괴한의 총구를 자기 가슴에 대고 선다.
지월, 나직하게 말한다.

지월   쏴. 셋 세기 전에 쏴. 안 그럼 니가 죽어.
괴한   ?
지월   하나…… 둘…… 셋!

셋과 동시에 머리로 괴한의 얼굴을 받아버리는 지월.
괴한, 얼굴을 감싸며 풀썩 무릎 꿇고 만다.
지월, 괴한의 총을 빼앗아 개머리판으로 괴한의 머리를 찍어 내리려
한다.
그때 울부짖는 소리.

우남   스님! 지월스님! 그러지 마셔유! 제발유! 제발유!

우남의 울부짖음에 생각을 바꿔 총을 던져버리는 지월,
괴한, 힘없이 쓰러진다.

6장. 서전

우남과 원주, 기타를 치며 노래를 부르고 있다.

간드러진 원주의 노래와 율동.

그때 총무가 인상을 부욱 쓰며 들어온다.

총무의 등장에도 태연자약 노래를 계속하는 우남과 원주.

총무, 싸늘히 째린다.

노래가 끝나자 그제야 총무에게 반갑게 인사하는 원주.

원주   아이고, 총무스님 오셨어유? 홍성 경찰서에서 오는 길인감유?
그 연쇄 살인범은 워치케 된대유? 표창장은 받으셨슈? 기자들이
사진 찍고 그랬남유?

총무   시방 뭐 하시는 규?

원주   예?

총무   시방 뭐 하냐구유? 시방 저한티 도전하는 규? 반항하는 규?

원주   예?

총무   도전하는 게 아니라면 뭐래유. 절에서 노래 부르게 되어 있슈?

원주   그게 아니라유.

총무   그게 아니긴 뭐가 아녀유. 그리구유 지가 나타났으면 보자마자
중단했어야 되는 거 아뉴. 지가 누구유. 봉국사 대총무유.
봉국사의 규율과 질서를 책임지는 자리란 말유. 그런 총무가
나타났는데도 계속 부르는 그 심보는 또 뭐래유? 한번 해보자
이규? 아이구, 우리 원주스님을 그렇게 안 봤디 그새 엄청나게
커버리셨네유. 지하고도 맞먹으려 들고.

원주	글쎄 그게 아니라유…… .
총무	노래 부르고 싶으면 서울 이태원으로 가셔유. 좋잖아유. 어깨
	넓은 사내 품에 안겨 밤새 띵까띵 띵까띵. 춤추고 노래 부르고.
	여긴 수행하는 디유. 수행하겠다고 약속해놓구선 왜 엄한 짓
	하고 그런대유. 추잡스럽게시리. 그 심보를 물르겠네 진짜.
	총무가 용감한 시민상을 받았으니깨 오늘 하루쯤은 제껴도 될
	것이다 이건감유? 하지만 그럴 순 읎슈. 수행은 중단이 읎슈.
원주	지월스님이 연습하라고 했슈.
총무	지월스님이유?
원주	예.
총무	지월스님이 하라면 무조건 하는 규? 그 양반이 주지유 총무유?
원주	그게 아니라유…… .
총무	주지 총무 허락도 읎이 그냥 막 해도 되는 규? 주지 총무는
	핫바지인감유? 봉국사가 언제부터 이랬대유?
원주	박 보살님이 오늘내일하신대유.
총무	박 보살님유? 홍성 양로원에 계신 박 보살님 말유?
원주	예.
총무	그런디유?
원주	지월스님이 엊그저께 문병 갔는디 박 보살님이 그랬대유. 죽기
	전에 저희 노래를 듣고 싶다고. 그래서 지월스님이 약속하셨대유.
	꼭 들려드리겠다고. 그래서 시방 연습한 규.
총무	별일이네. 박 보살님이 왜 두 분 노래를 듣고 싶어 하신대유?
원주	후원에서…… 같이 설거지하면서…… 흥얼흥얼거렸던 추억이
	생각나셨나 봐유.
총무	그럼 원주스님이라도 지한티 이만저만 사정이 이렇게 됐으니

　　　　　허락해달라고 사전에 양해를 구했어야쥬. 봉국사의 위계질서를
　　　　　다 아는 분께서 왜 이러신대유. 안 그류?

원주　　　그류. 안 그랴도 지가 지월스님한티 물어봤거든유. 총무스님께
　　　　　말씀드렸냐구유.

총무　　　그랬더니유?

원주　　　말씀드리겠다고 하더라구유.

총무　　　아이 참, 원주스님도……. 말씀드린 거하고 말씀드리겠다고 하는
　　　　　거하고 같유?

원주　　　틀류. 잘못혔슈. 지라도 사전에 결재를 득했어야 하는 건데.
　　　　　노여움 푸세유.

총무　　　노여움이 풀릴지 워쩔지는 며칠 지나가봐야 알겠네유.

원주　　　(조아리며) 총무스님께 반항할 생각은 꿈에도 읎었슈. 그
　　　　　점만큼은 명백하니깨 절대로 오해하지 마셔유. 총무스님은 이
　　　　　세상에서 지가 가장 닮고 싶은 롤 모델이셔유.

총무　　　아이구 됐슈. 그만하셔유. ……헌디 왜 우남스님은 지한티 단
　　　　　한마디도 안 하세유? 잘못한 게 하나도 읎다 이건감유?

우남　　　잘못했슈. 용서하셔유. 워낙 느리다 보니깨 끼어들 찬스가
　　　　　읎었슈.

총무　　　진짜루유?

우남　　　예.

원주　　　워낙 느리시잖유.

총무　　　이 기타는 워디서 났슈?

우남　　　빌려온 규.

총무　　　아닌 거 같은디……?

우남　　　진 거짓말 뭇 허잖유.

206

총무	여기 어디다 숨겨놓고 밤마다 치는 거 아니구유?
우남	아뉴. 이번에 박 보살님 때문에 홍성 악기점에서 잠시 빌려온 규.
총무	(은근히 떠보며) 많이 다뤄본 솜씨던디……?
우남	어렸을 때 좀 배웠슈.
총무	이 기타를유?
우남	아버지가 악사셨슈. 기생집에 불려 다니면서 노래도 하고 이것도 하고 그러셨슈.
총무	(싸늘히 웃으며) 악사셨슈? 기생집에서유? 내일 당장 악기점에 도로 갖다주세유.
우남	예?
총무	안 그랬다간 지가 불태워버릴지도 물르겠네유.
우남	……저어…….
총무	대답 안 휴?
우남	그럴게유.
총무	그리구유 절에선 노래 부를 수 읎슈. 연습도 안 되구유. 박 보살님한티 가서 노래 부르는 것도 안 돼유. 절대루유. 아셨쥬?
원주	예.
우남	예.
총무	우남스님!
우남	예?
총무	앞으로 조심해야 할 규. 또 한번 노래 부르다 들켰다간 아예 이 서전을 폐쇄해버릴지도 물르니깨유. 아셨쥬?
우남	예.
총무	원주스님!
원주	예 예.

총무	앞장스셔유.
원주	예?
총무	내려가야쥬.
원주	예 예.

원주, 어쩔 수 없이 앞장서서 걸어간다.

그때 들어오던 지월과 딱 마주친다.

지월	워디 가?
원주	저어…….
지월	연습 안 하고 뭐 햐?
원주	저어…….
총무	지가 하지 말라구 혔슈.
지월	왜?
총무	스님이 기생유? 노래 부르고 춤추게.
지월	노래 부르면 다 기생인감?
총무	그류.
지월	그럼 산사음악회는 왜 여는디?
총무	그거야 가수들이 부르는 거지 스님들이 부르는 게 아니잖유.
지월	기생 노래를 스님들은 왜 듣고?
총무	그거야…….
지월	지랄 옘병!
총무	(괜히 다른 말로 핏대 세우며) 용봉스님은유 깨우치기 전엔 하산하지 않겠다고 선언하고 6년째 토굴에서 면벽 수행 하고 계시구유, 평산스님은유 말기 암 환자인데도 죽기 전에

208

깨우치겠다고 동굴 속에서 오늘도 정진 중이셔유. 헌디!
스님들이 하라는 수행은 안 하고 노래 부르고 춤추고! 그 스님들
보기 창피하지도 않으세유?

지월   박 보살님이 그 용봉이하고 평산이를 위해 40년간 후원에서
         공양을 짓고 또 젖먹이인 널 키운 분이여. 니 엄마여, 이것아.
         엄마가 돌아가시는디 뭘 못 햐!

총무   그랴도…… 스님이…… 워치케…….

지월   체면이 그렇게 중요햐? (우남과 원주에게) 노래햐!

         지월의 기세에 확 눌리는 총무.

총무   그랴도…… 스님이…… 워치케…….

지월   나 이제 더 이상 말 안 한다! (우남과 원주에게) 햐!

총무   (할 수 없이 우남과 원주에게) 하세유……, 그럼.

         우남과 원주, 노래할 준비를 한다.

지월   (총무에게) 아상이 너도 햐!

총무   예?

         지월, 눈을 부라린다.

총무   아이 참…….

         총무, 할 수 없이 우남과 원주 옆으로 투덜투덜 간다.

노래가 시작된다.

쮸삣쮸삣…… 뻣뻣하게 따라 하는 총무.

지월   어깨 흔들어!

총무   아이 참…….

총무, 할 수 없이 흔든다.

지월   손 흔들어!

총무   아이 참…….

총무, 할 수 없이 흔든다.

지월   엉덩이 흔들어!

총무   아이 참…….

총무, 할 수 없이 흔든다.

지월   전체 다 흔들어!

총무   아이 참…….

총무, 할 수 없이 흔든다.

그러다가 은근히 부아가 난 총무…….

총무   헌디 지월스님은 왜 안 하셔유?

지월	나?
총무	그류. 엄마가 돌아가시는디 뭘 뭇 헌대유. 원주스님, 안 그류?
원주	그류 그류 그렇구말구유.

지월, 무대를 빙빙 돌며 잠시 생각하다 결심이 선 듯 밖으로 나갔다가
바랑을 들고 들어온다.

지월	자, 하나씩 써봐.

스님들, 까만 털모자를 쓰고 흰 장갑을 끼고 선글라스를 낀다.

지월	자, 이제부턴 본격적으로 하는 겨! 틀려도 좋으니깨 기분 좋게들 햐! 박 보살님이 신이 나서 벌떡 일어나시게끔!

춤을 추며 노래 부르는 지월, 우남, 총무, 원주.
총무, 이내 동화되어 신나게 따라 한다.
공연을 방불케 한다.

7장. 서전

비어 있는 무대.

총무가 가부키 배우처럼 살금살금 나타나 주위를 살핀다.

눈알을 굴리며 생각에 골똘하다.

마치 수사관이라도 된 양.

이윽고 여기저기 뒤지기 시작하는 총무.

막걸리 병을 찾아내고 노래 테이프와 악보집을 찾아내고 드디어 밖에서

기타를 찾아 들고 온다.

획득한 전리품들을 보며 흡족해하는 총무.

그때 우남, 힘없이 들어온다.

총무   이게 다 뭐쥬?

우남, 그제야 전리품들을 본다.

총무   막걸리에, 노래 테이프에, 악보집에, 기타에.

우남   …….

총무   여기다 기생집 차렸슈?

우남   (시큰둥하게) 말씀 계속 하셔유.

총무   제가 이 기타! 홍성 악기점에 갖다주라고 혔슈, 안 혔슈.

우남   혔슈.

총무   그런디유?

우남   시간이 읎었슈.

총무	그류?
우남	예.
총무	저는유 지금까지 하늘을 우러러 한 점 부끄럼 읎이 정숙하게 살아왔거든유.
우남	그런디유?
총무	헌디 그날, 일생일대에 치명적인 오점을 남겼슈.
우남	언제유?
총무	양로원 그 사람 많은 디서 궁뎅일 흔들면서 온갖 요괴 짓을 다 했잖유. 그 뒤론 아주 치욕스러워서 잠도 안 오구유 아주 창피해서 얼굴을 들고 다닐 수가 읎어유.
우남	그런 얘길 왜 지한티 한대유.
총무	오늘부터 대중스님들의 계율을 다잡기로 했거든유. 막걸리 마시는 스님에…… 노래 부르는 스님에…… 이건 뭐 절이 완전 개판 아뉴? 스님들이 이렇게 개판이니깨 괴한도 나타나고 평장 사건도 터지고 그러겠쥬. 어떤 스님 남편은 아예 동국여관에서 장기 투숙 한다고 하대유.
우남	지는 첨 듣는 얘긴디유.
총무	진짜루유?
우남	지는 거짓말 뭇 허잖유.
총무	이 기타는 약속대로 지가 가지고 가서 불태울 뀨. (기타를 들며) 우리 봉국사가 수행하기 좋은 청정 도량이길 바라는 마음에서 이러는 거니깨 이해하셔유.
우남	맘대로 하셔유.
총무	이해해주시니깨 고맙네유.
우남	그건 지 거 아녀유.

총무	알유 알유. 홍성 악기점에서 빌려온 거라면서유.
우남	지월스님 거유.
총무	지월스님유?
우남	예.
총무	진짜루유?
우남	못 믿겠으면 한번 가져가보셔유. 워치케 되나.
총무	흥!

총무, 망설이다가 할 수 없이 기타를 내려놓는다.

우남	아니, 계율을 다잡기로 했다면서 왜 내려놓는대유.
총무	하 참!
우남	가져가셔유.
총무	(약 올라서) 지는유 우남스님이 계 받을 때 강력히 반대했던 사람유.
우남	알쥬 알쥬.
총무	왠지 알유? 수행할 사람 같아 보이지 않았거든유. 외려 수행의 물을 흐릴 사람처럼 보였거든유. 아, 결혼해서 애까지 낳은 여자가 맛볼 건 다 맛봤는디 수행은 무슨 수행이겠슈. 안 그류?
우남	수행하지 뭇헐 사람이라 매표를 시키남유?
총무	그야 뭐……. 맘대로 생각하셔유.
우남	언제는 매표소가 중요해서 시키는 거라메유?
총무	뭐든, 이 뜻 저 뜻 다 있는 거지, 뭐 그런 거 가지고 트집 잡는대유.
우남	먼저 트집 잡은 사람이 누군디유.

총무	지가 뭘유?
우남	결혼해서 애까지 낳은 여자가 워치케 수행을 하겠냐면서유.
총무	그랬슈. 왜유? 지가 뭐 틀린 말 했남유?
우남	틀린 말 했구말구유.
총무	뭐가유.
우남	고타마 싯다르타도유 결혼해서 애까지 낳은 다음에 출가했슈.
	왜 이런대유.
총무	(당황해서) 뭐예유?
우남	왜유? 지는 뭐 틀린 말 했남유?
총무	내 참······. 내 참······. 흥!
우남	지두유 절 밥 좀 먹다 보니깨유 총무스님이 왜 이러시는지
	조금은 알 것 같네유.
총무	뭐가유?
우남	3차 인도 성지순례단이 오늘 떠났잖유.
총무	그래서유?
우남	지가 불만을 터뜨릴까 봐 총무스님께서 미리 선수 치는 거 아뉴.
총무	선수유?
우남	그류.
총무	제가 뭐 야바위꾼유? 선수 치고 속여먹게?
우남	아님 말구유.

우남, 휭하니 돌아선다.

총무도 휭하니 돌아선다.

마치 황야의 건 맨이 등을 맞대고 선 거 같다.

우남	등 기대지 마세유. 불쾌해유.
총무	(떨어지며) 하 진짜! 진짜!

그때 원주가 헐레벌떡 뛰어 들어온다.

원주	총무스님 총무스님, 큰일 났슈.
총무	(신경질적으로) 아이구 됐슈.
원주	얼른 내려가보셔유.
총무	아이구 됐다니깨유.
원주	형사들이 지월스님을 잡으러 왔슈.
총무	예?
원주	평장한 시체를 읎앤 게 지월스님이래유. 누가 그걸 봤대유.
총무	어머나! 어머나! 지월스님이 그랬단 말유?
원주	예.
총무	지월스님은 시방 워디 계시는디유?
원주	물류.
총무	우남스님도 물류?
우남	예…….
총무	아이고 이 일을 워쩐댜.
원주	형사들이 시방 주지스님을 따라 쭉정이 바위 쪽으로 빙 돌아오구 있슈. 지는 앞질러 왔구유.
총무	(우남에게) 일단은유, 지가 시간을 최대한 끌 테니깨유, 지월스님 만나면 도망치라구 하세유. 금강암으로유. 아셨쥬?
우남	예 예.
총무	잡히면 큰일 나유. 감옥살이해야 한단 말유.

우남	예, 알았슈.
총무	아이구 왜 그러셨댜……. 왜 그러셨댜…….
원주	아이구 왜 그러시기는유……. 우리 봉국사를 위해서 그런 거쥬…….
총무	알쥬 알쥬. 그러니깨 고맙기도 허구 미안하기도 해서 그러쥬. 괴각도 소임이라더니……. 괴각도 소임이라더니……. 아이구 참 왜 그러셨댜…….

　　　총무, 눈물을 와락 쏟으며 달려 나간다.
　　　원주, 뒤따라간다.
　　　안절부절못하는 우남.
　　　그러다가 정신을 차리고, 지월의 옷가지를 바랑에 챙겨 넣기 시작한다.
　　　잠시 후 지월, 태평하게 들어온다.

우남	스님, 스님 큰일 났슈. 스님 잡으러 형사들이 오고 있슈. 빨리 도망가셔유. 금강암으로 가시래유. 빨리유.
지월	물이나 한잔 줘.
우남	알았슈.

　　　우남, 물을 떠다 준다.
　　　지월, 천천히 물을 마신다.

우남	짐은 대충 지가 싸났슈. (바랑을 건네며) 이럴 시간 읎다니깨유. 어서유.

지월, 바랑을 받아서 옆으로 놓는다.

지월   나도 봤어. 형사들이 오는 거.

우남   봤는디 왜 이러신대유.

지월   진짜루 종팔이한티 안 갈 껴?

우남   안 가유. 지가 왜 가유.

지월   감옥에 갔다 와서 나하고 같이 인도 가자.

우남   감옥 갔다 와서유?

지월   이.

우남   아, 고집 부릴 게 따로 있지 왜 자꾸 이러셔유.

지월   감옥이 뭐 별건감. 그냥 선방이여. 나 같은 땡초가 정식 선방에야
       언제 가보겠어. 이럴 때 한번 가보는 거지.

       우남, 운다.

지월   노래나 한 곡 혀봐. 마음 내려놓는 데는 우리 우남이 노래가
       최고여.

우남   스님!

지월   할 말 있는 거 다 알어.

우남   지월스님!

지월   하지만 워치케 다 하고 산다냐. 그냥 노래나 불러봐.

우남   부를게유.

지월   이, 이.

       우남, 기타를 어깨에 멘다.

218

지월, 칼로 나무를 다듬는다.

우남, 노래를 부른다.

우남의 볼에 눈물이 줄줄 흘러내린다.

암스테르담

등장인물 박장수

          뚱보

          째보

          횡보

          낭보

곳   암스테르담의 어느 호텔방

1장

박장수에게 한정된 불빛.

박장수, 의자에 앉아 졸고 있다.

꿈을 꾸고 있다.

누군가가 박장수의 목을 거대한 힘으로 조이는 듯.

괴로워하는 박장수.

소리 없이 발버둥 친다.

순간 깨어난다.

분열되어 나오는 분신들.

뚱보   야!

째보   야!

횡보   야!

낭보   야!

부를 때마다 그들을 쳐다보는 박장수.

안도의 한숨.

박장수   휴우.

뚱보   또 가위눌렸구나?

째보   정신 차려.

횡보   꿈꾼 거야. 떨쳐버려.

낭보   아! 또 왔어. 무서워.

박장수	(이마의 땀을 닦으며 연신 고개를 흔든다.) 어쩌면 그렇게 생생하지? 매번.
째보	물 마셔.
낭보	술 마셔. 독한 걸로.
뚱보	마리화나 피워. 어서.
횡보	그만 피워. 입이 깔깔해서 죽겠어.
째보	한국 경찰한테 걸리면 어쩌려고 그래?
뚱보	암스테르담에 한국 경찰이 왜 있냐?
째보	만약에.
뚱보	만약에? 만약에 저 커피에 쥐약이 들어 있다면, 만약에 저 서랍에 코브라가 들어 있다면, 만약에 이 시계 속에 시한폭탄이 들어 있다면…… 할 게 뭐 있누?
째보	다 아는 수가 있어. 피검사 하면 한 달 전 것도 다 나온댔어. 나이 50에 까만 시계 차고 잡지에 나오고 싶어서 그래? (까만 시계를 풀어서 눈을 가린다.)
뚱보	쯧쯧쯧. 또 저느무 허구망상.

박장수, 마리화나를 피운다. 깊숙이 빨아들인다.

횡보	사흘 동안 여기서 꼼짝도 안 하고 마리화나 피우다 졸고 고민하다 졸고.
낭보	이젠 진정이 좀 돼?
박장수	응. 그놈이 대체 누굴까? 숨 쉴 틈도 없어. 몸부림칠수록 (목 조르는 시늉) 더욱 죄어와.
낭보	전생에 니놈하고 원수진 놈일 거야.

뚱보	회사 때문에 골치 아파서 그래.
횡보	아냐. 대가 약해서 그래.
째보	아냐. 정강수 그년 때문이야.

다른 분신들, 째보를 노려본다. 해서는 안 될 얘기이기 때문이다.

박장수	(바 스탠드로 가서 물을 마신다.) 이게 다 니들 때문이야.
횡보	뭐가?
박장수	머리가 복잡하고 자꾸 가위눌리는 거.
횡보	그게 왜?
박장수	해라 마라 이래라저래라……. 자꾸 헷갈리게 쑤셔대니 머리가 터질 것 같잖어.
횡보	너만 그런 줄 아냐? 다른 사람들도 분신들이 있어. 많어. 꼭 남 핑계대고 그래.

박장수, 장식장에서 술을 고른다.

째보	술 마시려구?
박장수	응.
뚱보	위스키가 어때?
낭보	난 코냑.
째보	아예 보드카를 왕창 마시고 뻗어버려.
횡보	소주 없냐?

그때마다 헷갈리는 박장수.

술병을 골라 잔에 따른다.

횡보   쬐끔만.
뚱보   까득.
낭보   하프라인.
째보   니 멋대로 해.

가득 따른 다음 단숨에 마셔버린다.
술을 마실 때 분신들 각자의 표정이 다르다.

뚱보   아, 달콤하다.
째보   난 싫어. 빈속에 독한 걸 부어대면 어떡해.
박장수 이리 와서 한잔씩들 해.

일동 온다.

뚱보   배고파 죽겠다 야.
횡보   그래. 암스테르담 구경 좀 하자.
째보   식구들 선물도 살 겸 쇼핑하러 가자.
박장수 밖에 나가자구? 싫어.
뚱보   파리에 가서 에펠탑도 안 보고 온 놈이 있다면 그게 사람이냐?
        암스테르담이 어떻게 생겨먹었는지 구경은 좀 해야 할 게 아냐.
박장수 저기 커튼 열고 실컷 봐.

뚱보, 창문으로 간다.

째보	또 알어? 거리를 쏘다니다 보면 다른 기분도 들지.
낭보	그렇게 와보고 싶었던 곳이었으면서.
뚱보	(창가에 서서) 마리화나와 콜걸과 안락사가 있는 그대 암스테르담이여! 나 그대를 요맹큼도 못 보았노라. (장수에게) 야, 우리 콜걸 부를래?
째보	미친놈. 또 저 소리.
뚱보	파리에서 에펠탑이 암스테르담에선 콜걸이야.
째보	시끄러.

각자 취향대로 술을 마신다.

뚱보와 낭보는 흐느적거리고 째보와 횡보는 오히려 또렷한 자세.

뚱보	째보야. 아까운 술 이기려 하지 말어. 술은 취하려고 마시는 거지 정신 차리려고 마시는 게 아냐. 어깨 힘 빼. 목에 깁스 풀고.
째보	난 술 마시면 정신이 더 또렷해.
뚱보	횡보야 너두.
횡보	어림도 없어. 술 마시면 너희들 내가 다 책임져야 돼.
낭보	장수야. 우리가 있으니까 좋은 것도 있지?
박장수	뭐?
낭보	혼자 있어도 안 심심한 거.
박장수	그건 그렇지.
낭보	헤헤헤. 나 취하나 봐. (박장수 품에 안긴다.)

박장수, 잠시 골몰하다.

낭보	장수야.
박장수	응?
낭보	무슨 생각 하니?
박장수	아냐 아무것도.
낭보	뭔데?
박장수	가끔씩 이상하다. 왜…… 녹음기로 내 목소리를 들으면 남들은 다 내 목소리라는데 나는 아닌 것 같은 때가 많잖어? 요즘 들어 부쩍 거울에 비친 내 얼굴이 낯설어. '이게 난가? 내 얼굴 맞나? 내가 누구더라? 내가 지금 뭘 하고 있는 거지?'
뚱보	너 지금 혼자서 술 마시고 있잖아. 히히힉.
박장수	농담 아냐.
낭보	그럴 땐 남들도 이상하게 보이지, 응?
박장수	응. '저 사람이 미선 엄마 맞나? 쟤가 미선이구? 이상하다……. 처음 보는 사람 같은데…….'
횡보	너 그러다 돌아버리는 거 아니냐?
박장수	글쎄, 돌기 직전인가?
횡보	한국에 가면 정신병원부터 가보자.
뚱보	아이구, 겁쟁이들 같으니라구. '악성 종양인가? 에이즈?' 턱밑에 여드름 하나 난 거 가지고 호들갑들 떨기는……. 쯧쯧쯧. 내가 볼 때 넌 지극히 정상이야. 너 이렇게 이렇게 해봐.
박장수	(손을 오므렸다 폈다 한다.)
뚱보	이렇게 이렇게 해봐.
박장수	(눈과 코를 벌렁거린다.)
뚱보	거봐. 잘 알아듣네, 뭘.
박장수	헤헤헤. 잠시 이러다 말겠지? 낯설게 보이는 거 말이야.

낭보	그럼 너도 사람인데 그 큰일을 당하고 그 정도 후유증도 없겠어?

다른 분신들, 낭보를 째린다.

박장수	죽일 놈들.
횡보	용서해.
박장수	용서 못 해.
횡보	먼지떨이로 훌훌 털어버려.
박장수	못 털겠어. 회사놈들 생각하면 이가 갈려.
횡보	너 초등학교 5학년 때 니 짝 명철이하고 딱지치기하다가 싸웠어. 해서 공부 시간에 책상에 금 그어놓고 넘어오면 죽이겠다면서 연필을 칼 잡듯이 잡고는 서로 으르렁거렸어. 그 미운 감정이 도대체 얼마나 가디? 하루도 못 가서 헤헤헤거리며 같이 놀았잖아.
박장수	그거야 작은 거였지. 딱지치기 같은 거라면 내 백번이고 천번이고 참겠다.
횡보	큰 거나 작은 거나 다 니 마음먹기에 달려 있어. 이 세상에 영원한 건 없다. 회사 사람들 미워하는 마음도 봄이 오면 강물이 풀리듯 풀어지게 돼 있어.
박장수	"원수를 사랑하라. 그 원수에게 떡 하나 더 주거라." 훌륭한 사람들 얘기지. 난 그런 말 듣기도 따르기도 싫어. 앞으론 독하게 살 거야.
째보	그럼. 독한 마음을 먹고 정강수를 도려내야지.
박장수	회사 얘기 하고 있는데 정강수가 왜 나와?
째보	정강수가 자꾸 널 혼란스럽게 만드는 거야.

박장수   아냐.

째보   너 솔직히 말해봐. 미선 엄마랑 이혼하고 싶지, 응?

박장수   …….

째보   그런데 옛날 일들이 발목을 붙잡지? 미선이도 걸리고.

박장수   응.

째보   정강수 어디가 그렇게 좋은데?

낭보   싱싱하잖아.

박장수   돈을 벌면 뭔가 다른 생활이 기다릴 줄 알았다. 그런데 아무것도
        없어. 정말 딱하지 않냐? 이 삶이.

째보   그래서 이제부턴 연애질로 채우시겠다?

횡보   남들이 하면 스캔들이고 니가 하면 로맨스지?

째보   미선 엄마는? 밥하고 빨래하고 니 뒤치다꺼리 다 하고 무슨
        낙으로 살까? 게다가 너는 젊은 기집한테 푹 빠져서는 걸핏하면
        집에 안 들어오고. 니가 정강수 만난 거 미선 엄마가 며칠 전에
        알았다고 생각하면 큰 오산이다. 여자는 잠자리에서 남편
        숨소리, 돌아눕는 타이밍만 봐도 다 알아. 이미 초장에 다
        알았어. 니 스스로 돌아오길 기다린 거야. 일주일이고 열흘이고
        외국 출장 간다 속이고 정강수하고 놀아날 때…… 그거?
        김포공항에 전화 한 통화만 하면 다 알어. 654-7114.

횡보   너 미선 엄마한테 그러면 벌 받는다, 너? 미선 엄마가 얼마나
        마음고생이 심한 줄 알어? 이혼한 남자와는 재혼해도 사별한
        남자와는 재혼하지 말라는 말이 있어. 죽은 여자가 자꾸
        생각나거든. 사사건건 비교하거든. 인석아, 미선 엄마처럼
        한결같은 사람도 세상에 없어.

박장수   그래. 이번에 정강수하고 속초에 놀러 갔다가 집에 들어갔을 때

미선 엄마가 말없이 오래오래 내 발을 씻겨주더라고.

째보   아는 놈이 왜 그래?

박장수   그러게나 말이다.

         …….

         새벽에 일어났습니다.

         호텔 창을 통해 설악을 봅니다.

         설악이 비안개에 젖어

         장승처럼 가까이에 서 있습니다.

         담요를 뒤집어쓰고 베란다로 나가

         의자에 앉습니다.

         난 신화를 봅니다.

         당신이 설악입니다.

         바람에게 나를 실어 당신께 보냅니다.

횡보   정강수 생각 그만해.

째보   미선 엄마한테 좀 그래봐라.

박장수   헤헤헤. 감격해서 엉엉 울겠지?

째보   나쁜 놈.

횡보   정강수랑 같이 산다 치자. 그 미래가 뭐겠냐. 그것 역시 일상이야.
         권태고 후회고 허무한 거야.

박장수   차라리 내가 건달이었으면 좋겠다. 아무렇게나 막 행동하게.
         50줄에 들어서니까 가슴 밑바닥부터 끓어오르는 신명이
         없어졌어. 시원스레 웃을 일도 없고 만사가 다 심드렁해.
         괜히 우울해지고. 어떨 땐 떳떳한 공인보다 모든 사람들한테
         손가락질당하는 죄인이 되고 싶다.
         몸에 좋다고 평생 쓴 약 먹고 사느니 아이스크림, 초콜릿, 사탕,

설탕 몽창 먹어버리고 사흘 만에 죽어버리는 게 더 안 좋냐?

횡보 　느닷없이 찾아와 운명을 바꾸는 사랑도 좋지만 지 스스로의
　　　의지로 키워가는 사랑도 값진 거야.

째보 　……장수야. …… 추운 자리에 미선 엄마 너무 오래 앉아 있게
　　　하지 말어.

박장수 　그럼 내가 죄인이지. 미선 엄마한테 잘해주고 싶은데 그게 잘 안
　　　돼. 정강수하고 있다가 집에 들어가면 미선이가 "아빠 왔어?"
　　　하고 와락 안겨. 그럼 머리가 복잡해져……. 앞의 시간은 뭐고
　　　지금 이 시간은 뭔가? 미선이가 지 방에 들어가고 나면 다음은
　　　미선 엄마 차례잖아. 할 말이 없어. 눈을 못 마주치겠는 거야.
　　　캥기니까. TV부터 켠다. 회사 일로 피곤한 척하고 어떨 땐 똥 싼
　　　놈이 성낸다고 괜히 심통만 부리게 돼. 미선 엄마가 쓸쓸해하는
　　　거 보면 내가 나를 콱 패죽이고 싶은 거 있지?

째보 　그래, 고 마음 고대로 갖고 한국에 가자.

박장수 　근데 정강수를 보면 그게 아냐.

횡보 　허헛!

뚱보 　쯧쯧쯧. 한심한 자식들.

째보 　누가?

뚱보 　(째보와 횡보를 가리키며) 너! 너! 둘 다 끊어버리면 어떻고 둘 다
　　　거느리고 살면 또 어때. 능력이 있으면 둘이구 셋이구 데리고 살
　　　수도 있는 거지. 계집 문젠 흐르는 물결 따라 노를 저어 가기만
　　　하면 돼.

째보 　이런 비도덕적인 놈.

뚱보 　제비족의 십팔번이 뭐냐. "사모님! 도덕과 인격을 던져버리세요.
　　　그럼 이 세상이 얼마나 즐겁고 행복하겠습니까. 그 해방감을

움켜잡으셔야 합니다, 사모님.”

째보 왜 사니? 그냥 죽어버리지 않고. 비도덕적인 일은 무의식중에

    찔린 가시와도 같은 거야. 빼지 않으면 화농 돼.

낭보 난 째보 너한테 불만 있어. 넌 틈만 나면 이렇게 말해.

    “박장수는 나쁜 놈이다. 죄인이다. 벌 받아 마땅하다. 죽어야

    된다.”

    반성이 지나치면 그냥 병들게 돼 있어. 스스로 내린 벌 때문에

    열등감이 생기고 무력해져. 내 생각은 달라. 비록 아무리

    쓸모없는 인간이라도 자신을 가치 있는 사람이라고 생각해야 돼.

    필요하면 생활 스타일도 바꾸고 스스로 신바람을 일으켜야 돼.

    애한텐 지금 그게 필요해.

째보 흥!

박장수 캬오 캬오!

박장수가 갑자기 골을 넣은 축구 선수처럼 누빈다.

박장수 헤헤헤. (문득 회상에 잠긴다.)

낭보 왜?

박장수 안현숙이가 여길 되게 오고 싶어 했는데. 풍차 보고 싶다구.

뚱보 그런 거 보면 안현숙이가 참 신식 여자였어, 응?

횡보 왜?

뚱보 그 옛날에 여길 오고 싶어 했으니.

째보 제재소집 외동딸이 그 좋은 집 놔두고 왜 널 따라 가출했을까?

낭보 사랑했으니까.

박장수 나 만나 죽도록 고생만 했지.

째보	산동네로 산동네로 리어카 끌며 싸구려 옷이나 팔러 다니다가…… .
낭보	(안현숙 역을 맡는다.) "제가 죽은 뒤에 너무 오랫동안 이 안현숙이를 기억하며 그리워하는 거 바라지 않아요. 죽은 사람은 적당한 시간이 되면 잊는 것이 순리죠. 당신은 큰 나무가 돼서 많은 이에게 풍성한 그늘을 만들어주어야 해요. 죄송해요. 저한테 그동안 매두었던 거. 가슴속의 숱한 질곡을 거쳐 이제야 시원한 들판을 보게 되었답니다."

일동, 고개를 떨군다.

뚱보	그래. 우리가 어떻게 안현숙이를 잊을 수가 있겠어.
박장수	…… .
횡보	야 야, 정리 좀 해보자.
낭보	아 지겨워. 3일 꼬박 쟤는 저 소리만 해.
횡보	너 삼화금속 어떻게 할 거야?
박장수	때려치운대두.
횡보	정말?
박장수	그래.
횡보	누구한테 넘길 건데?
박장수	양인순 회장.
뚱보	생각 잘했어.
횡보	니 모든 걸 삼화금속에 다 바쳤는데…… 아쉽지 않겠어?
박장수	안 아쉬워. 요만큼도.
횡보	후련하냐?

박장수	후련해.
횡보	그럼 회사 직원들은?
박장수	아휴, 몰라 몰라 몰라.
뚱보	인수하는 쪽에서 알아서 하겠지. (박장수에게 다정하게) 안 그래?
박장수	그럼.
횡보	지금 이 순간 우리한테 가장 중요한 건 방향지(方向知)야. 어떤 방향으로 뛰어가느냐.
뚱보	삼화금속 팔아서 그 돈으로 빌딩을 사. 박장수! 앞으로 임대업을 하는 거다.
째보	잘들 논다.
뚱보	얼마나 좋냐. 노사분규 없고 정리해고도 없고 시끄러울 게 하나도 없는데. 월말이면 쫙 빼입고 가서 수금만 해오면 되는 거야.
째보	이놈아. 단편소설에도 줄거리가 있듯이 인생에도 줄거리가 있어야 되는 거야. '40엔 이렇게 살고 50엔 이렇게 살고 60엔 이렇게 살 것이다.'
뚱보	'지금부턴 골프나 치고 낚시나 하러 댕길 것이다.' 이 말이야, 내 말은. 왜 떫어?
째보	떫다.
뚱보	길게 말할 거 없어. 이제부턴 너 하고 싶은 거 다 하면서 니 맘껏 자유롭게 사는 거야.
박장수	이렇게 외국 여행이나 다니면서, 응?
뚱보	그럼.
횡보	이놈아 우리가 여기 놀러 왔냐?
박장수	놀러 왔지.

낭보   암스테르담 구경 왔지.

횡보   내가 여기에 오자고 한 것은 심기일전해서 회사 살릴 궁릴
        해보자는 거였어.

째보   난 콜걸, 마리화나, 안락사 중에서 안락사가 제일 마음에 들어.
        그래서 온 거야. 여차하면 여기서 죽어버리려구. (속주머니에서
        칼을 찾는다. 허나 없다.)

뚱보   이제부턴 신나게 놀면서 사는 거야. 말이야 바른 말이지 그게
        어디 사업하는 거냐?

낭보   벌서는 거지. 직원들 눈치나 보면서.

뚱보   그럼. 내가 내 돈 가지고 내 맘대로 쓰겠다는데 누가 그걸 말려.

박장수   정강수 집을 여기 암스테르담에다 장만하는 거야. 바다가 보이구
        석양 들판이 보이구. 난 6개월은 여기서 살고 나머지 6개월은
        한국에서 살고.

뚱보   좋지.

박장수   <u>흐흐흐.</u>

째보   기가 막혀서 말이 안 나온다.

박장수   눈 흘기지 말어. 그 정도 상상도 못 하나?

째보   장수야, 우리 나가서 안락사 주사 한 방 맞고 올까? (거품 흘리며
        죽는 시늉.)

박장수   아이구 아이구, 욕하려면 욕하라고 그래. 사람은 어설픈 데도
        있고 실수도 있는 거야. 평생을 돈과 바꿔 먹기 할 그 무엇이
        있는가 끙끙끙 냄샐 맡으며 살아왔다. 아, 저놈은 언젠가 이익이
        발생하겠다. 아, 저놈은 평생 돈이 안 될 놈이다. 이젠 싫어. 이런
        와중에서도 콧노랠 흥얼거리면서 춤이나 추고 싶어. (춤추며)
        핫싸 핫싸 버닝 러브. 핫싸 핫싸 버닝 러브……. 어때 나 푼수지?

횡보	너 진짜 삼화금속 때려치울 거야?
박장수	다 보기 싫어. (잠시 생각하다가) 헤헤헤. 솔직히 아직도 모르겠다. 공장 생각하면 꼴도 보기 싫다가도 또 때려치운다 생각하면 뭔가 송두리째 날아가버리는 것 같고. 그냥 외롭고 쓸쓸해.
횡보	이 대목에서 왜 외롭고 쓸쓸한 게 나와?
박장수	그냥! 그냥 나온댔잖아!
횡보	팔어 말어?
박장수	아휴, 몰라 몰라 몰라. 더러운 놈의 세상……. 이제 회사 얘기 그만하자. 계속 그 얘기만 했더니 머릿속이 하얘졌어.
횡보	야, 무슨 얘기가 나오면 그 즉시에서 매듭을 져. 뒤로 미루지 말고.
박장수	아이구, 그래. 니네들 잘났다 잘났어. 잘난 거 아니까 이젠 그만해.
횡보	또 꽁무니 빼는 거야?
째보	저 자식 꽁무니 빼는 덴 선수잖아.
박장수	(엉덩이를 뒤로 빼서 흔들어댄다.)
횡보	좋아. 한 가지만 약속해.
박장수	뭔데?
횡보	우리가 암스테르담에 온 이유는 딱 한 가지야. 옛일을 정리하고 새판을 짜는 것.
박장수	알어.
횡보	우린 내일 출발한다.
박장수	알어.
횡보	오늘 밤 안으로 정강수 문제, 삼화금속 문제 답 내려.
박장수	알았어.

횡보	건성으로 대답하지 말고.
박장수	알았다니까.
횡보	그럼 한국에 도착하자마자 척척 착착 모두 정리하는 거야.
박장수	알았대두.
뚱보	어휴, 답답한 저 친구. 그냥 만세 부르면 끝날 일을.
박장수	돌다리도 두들기고 가거라.
뚱보	두들길 데 가서 두들기거라. 평평한 맨땅일 땐 그냥 가시고.
박장수	양인순 회장이 나를 얼마나 양아들처럼 이뻐하냐. 그 양 회장도 나 답답한 거엔 두 손 두 발 다 들었잖어.
째보	쯧쯧쯧.
박장수	난 하나도 안 답답한데. 내가 답답해 보이는 건 한 가지 문제도 여러 갈래로 생각하기 때문이야. 너희들 모두의 의견을 일일이 존중하는 거지.
낭보	난 너의 그런 점이 좋아.
째보	하지만 맥아리가 없잖니.
뚱보	야, 양인순 회장 선물 하나 사 가지고 가자.
박장수	뭐가 좋을까?
뚱보	목걸이?
낭보	핸드백?
박장수	아, 떠올랐다. 롱부츠.
뚱보	야 야, 나이가 몇인데. 내년이 칠순이다.
박장수	양인순 회장이 밥 먹다 말고 정색하며 나한테 이런다.
	"박 회장. 나말이우 일생 동안 꼭 한번 해보고 싶었던 게 있는데 결국 못 했다우."
	"뭔데요?"

"짧은 미니스커트에 무릎까지 오는 롱부츠 신고 거리를
활보하고 싶었다우."

"아이. 지금이라도 하시지 그러세요."

"아유, 이 나이에 무슨. 젊어서도 용기가 없어서 못 해봤는걸."
그까짓 게 뭐라고 그래 고걸 한번 못 해보고 한이 되셨나그래.

뚱보	이놈아. 넌 더해.
째보	자기표현을 확실하게 하면서 살 필요가 있어.
횡보	말로 행동으로 표현해가며.
뚱보	사장이 맘 약해서 점심때마다 운전기사한테 "이리 와라. 같이 먹자" 해봐. 나중엔 중요한 모임마다 신발 벗고 먼저 올라온대두.
박장수	헤헤헤.
째보	웃지만 말고, 인석아.
횡보	사람은 세 부류야. 공격형, 수비형, 심판형. 박장수 넌 너무 수비형이야. 수비형의 특징이 뭔지 알어?
박장수	뭔데?
뚱보	여러 명이 식사를 했다. 지가 괜히 제일 먼저 나오면서 밥값을 치르고 집에 와서 끌탕해. "여보, 오늘 만난 그 새끼들 말이야. 아, 이 자식들 내가 그렇게 여러 번 낼 동안 지네들은 한 번도 안 내는 거 있지. 염치도 없는 자식들이야. 쩨쩨하게 누가 내나 눈치나 보고. 거기서 나보다 못 사는 놈이 누가 있어."
낭보	여자들은 더해. 누가 저더러 혼자 밥 먹으랬나. 남편 출근시켜놓고 식은 밥에 김치 하나 놓고 청승 떨며 밥 먹는다. "흥! 내가 이렇게 고생하며 살았는데 자기는 밖에서 따뜻한 밥 먹고 잘 살았으면서 왜 나한테 큰소리는 큰소리야 엉?"

횡보   그렇다고 남편이 "오늘도 꼭 식은 밥에 김치만 놓고 먹어야
         된다, 응?" 그랬나? 지가 괜히 그래놓고는 꽁하게 있다가 나중에
         남편 탓 결혼 탓.

뚱보   그러니까 너도 중간 투쟁 좀 하며 살란 말이다.

횡보   맨날 꽁한 채로 꾹꾹 참고 있다가 나중엔 있는 성질 없는 성질
         다 부리면서 판 깨지 말고.

뚱보   과속으로 치닫다 사고 치지 말고 중간 중간에 급브레이크를
         밟아주란 말이다.

박장수   어떻게?

횡보   할머니 제사 때 사촌 형수가 친척들 다 있는 자리에서 미선
         엄마한테 뭐랬어. "우리 미선 엄마는 못 배워서 그렇지 사람은
         다시없이 좋아요." 그랬을 때 미선 엄마가 사과 깎다 말고
         "형님, 저 좀 뵙죠." 옆방으로 불러내 "사람 많은 자리에서
         왜 못 배웠다고 그러세요. 저 그런 말 듣기 싫어요. 다음부터
         조심해주세요." 낯 붉히지 않고 조곤조곤 말했어. 그다음부터
         사촌 형수가 얼마나 조심했어.

째보   중간 투쟁이 없어봐. 꾹꾹 참다가 나중에 화가 북받쳐서 뭐라고
         했겠냐. "에이 씨팔. 지가 배웠으면 얼마나 배웠다고. 다시는 안
         본다. 꼴도 보기 싫다구." 결국엔 판 깨고 사촌 형수와 갈라설
         수밖에.

뚱보   "어머님, 젖꼭지 막히면 이렇게 흔들어서 멕이세요. 입으로 쭉쭉
         빨지 마시구요. 헤헤헤. 죄송해요." 작은 것부터 싸워야 돼. 더
         큰 평화를 위해서.

낭보   그래. 신중은 소심을 낳고 소심은 실패를 불러들여.

박장수   야! 싸워서 평화가 될지 전쟁이 될지 누가 아냐.

242

뚱보	박장수.
째보	박장수 씨!
횡보	박장수 사장.
낭보	박장수 선생님.
박장수	알았어. 노력해볼게.
뚱보	꼭이다?
박장수	응.
일동	헤헤헤.

사이.

박장수	세상은 참 아름다워……. 해서 너무 슬프고. 내가 지나친가?
낭보	아냐. 아직도 소년 같아서 그래.
박장수	요즘 말이 아프대.
뚱보	누가?
박장수	정강수가.
째보	말? 무슨 말? 타는 말?
박장수	아니 그냥 하는 말.
횡보	왜?
박장수	자기 온갖 힘을 모아 나한테 말한대. "사랑해, 영원히!" 그럼 내가 "나두" 한대. 힘없이 건성으로 내뱉는 내 말이 아프고 젖 먹던 힘까지 다 바쳐 말한 자기 말이 아프대. 그래서 요샌 말하기가 싫대. 감정이 실리지 않은 말이 싫고 메마르고 타성에 젖은 말이 싫대. 말이란 홍어찜처럼 삭히고 삭혀서 나와야 한다나.
째보	그런 여자가 왜 며칠 전엔 세 시간이고 네 시간이고 구석에

처박혀 울었대?

박장수   저도 답답했겠지.

횡보   혹시 중간 투쟁인 거 아냐?

째보   아냐. 게임의 법칙 같애.

박장수   게임의 법칙?

째보   왜 우리 학창 시절에 많이 겪었잖니. 여자들 특유의 늘컸다가
         땡겼다가 하는 고무줄 게임.
         "히야, 이런 사랑이 찾아오다니⋯⋯. 우와, 있을 수 없는 일이야.
         그처럼 멋진 애가 우하하하하." 사내 녀석은 마냥 좋아하지.
         여잔 안 그래.

낭보   여잔 사내들보다 소극적이고 자기 방어 보호 본능 같은 게
         많거든.

째보   "아니야. 난 지금 점점 늪에 빠지고 있는 거다. 이런 행복감은
         결코 영원할 수 없어. 왜냐? 난 늘 불행했었잖아. 육육이도
         그랬고 칠칠이도 그랬고 팔팔이도 그랬다. 지혜롭게 이겨내자.
         준비하고 예방하자."

낭보   다음 날 남자 친구한테서 전화가 왔어. 만나자고. "아니야.
         우리의 관계를 잠시 생각해보기로 해. 찰크덕."

째보   그럼 사내 녀석은 난리법석 뒤죽박죽이 되는 거야. "아니,
         어젯밤 라면 먹을 때 침 튀겼던 게 그렇게 싫었었나. 혹시 잇새에
         고춧가루라도 끼었던 건? 필시 방구 소리를 들은 것이?"

낭보   다음 날부터 사내 녀석은 학교로 집으로 쫓아다녀. 밤늦게
         전화하고, 비 오는 날이면 으레 비 맞고 기다리지. 초라한 걸로
         동정받으려고.

째보   여자 쪽에선 이젠 정말 싫어진다. 그냥 한번 해본 건데 밥맛 없는

	짓들만 하고 다니니까. 사내 녀석은 친구나 지 엄마까지 동원해서
	지 상사병이 얼마나 심한가를 전해 와.
낭보	"가출하겠어. 죽어버리겠어."
째보	으름장을 놓지만 떠난 기차가 빠꾸해서 되돌아오는 법은
	없거든. 게임의 법칙에선 당한 거지.
횡보	그래 그래. 그럴 땐 남자가 한 발짝 물러서서 해볼 테면 해보라는
	식으로 의연하게 대처해야 하는데.
뚱보	야, 그 나이에 그게 뜻대로 되냐. 한 발 담그면 두 발 담그는 게
	자연의 이치. 사내자식이 한 발 담갔다가 은근슬쩍 뺀다? 우린
	그 짓 못 해. 뛰었다 하면 골대까지 줄창 뛰어가는 거야.
째보	그러니까 뚱보 너 같은 앤 맨날 당하고만 사는 거다. 여자들이사
	심경 변화가 잦거든. 짜증 나고 신경질 나는 거기다 대고
	"코 푸는 모습이 이토록 청순하게 보인 적은 단 한 번도
	없었습니다. 참말입니다." 아무리 사탕발림해봐라. 문신처럼 살
	속까지 박히겠나.
뚱보	여자들은 이상해. 단순한 건 복잡하게 만들고 복잡한 건 더
	복잡하게 만들어.
낭보	내가 상대를 사랑한다 함은 나의 숭고함을 사랑하는 거야.
횡보	뭐, 뭐라고?
낭보	얼굴이 이쁘다 해서 마음씨가 곱다 해서 사랑하는 게 아니야.
	그렇다면 얼굴이 미워지거나 마음씨가 나빠지면 사랑하지
	않겠다는 건가. 아니지. 사람은 변하게 돼 있어. 누구나 쪼글쪼글
	늙어가고 교통사고를 당할 수도, 얼굴에 화상을 입을 수도 있어.
	하지만 내 마음은 안 변할 거거든. 영원히 사랑할 거거든. 이런
	내 자신이 대견스러운 것, 결국 내가 상대를 사랑한다 함은

순결하게 사랑하고 있는 내 자신이 사랑스러운 거야.

박장수   그럴까?

낭보   아암.

횡보   물론 사람은 지 생각대로 나름대로 사는 거야. 본능대로 살고
         싶을 때가 좀 많냐. 하지만 거기엔 규칙이 있고 질서가 있어.
         남의 집에 놀러 가서 똥 마렵다고 응접실 마루에다 똥 쌀
         순 없는 거야. 안 그래? 따라서 사람이 산다는 건 지 멋대로
         사는 게 아니라 사람답게 산다는 전제가 깔려 있어. (뒷걸음질
         치며) 이렇게 걸으면 어때? 이동하긴 마찬가진데. (두 팔 올리고
         걸어가며) 또 이렇게 걸으면 어때? 여기서 저기까지 가는 건
         똑같은데. 이때 우린 이런 사람들을 뭐라고 말하니? 사람은
         사람인데 사람답지 못하다고 그래. 그래, 바로 그거야. 박장수가
         정강수를 좋아하는 건 사람답지 못한 거야.

박장수   아. 1995년 3월 31일, 버스 정류장에 서 있는 정강수를 보았어.

         상큼한 음악과 함께 정강수가 노란 레인 코트에 노란 우산을 쓰고
         등장.
         박장수, 비를 피하기 위해 정강수의 우산 속으로 뛰어든다.

박장수   우산 좀 같이…….

         순간, 표정이 굳어지는 박장수.
         정강수, 잠시 박장수를 보다가 미소를 머금고 사라진다.

박장수   보는 순간, 뚱보, 째보, 횡보, 낭보 할 것 없이 다 빨려 들어갔어.

246

낭보	박장수는 정강수를 사랑하는 데 있어서만큼은 인간이고 싶지 않은 거야.
째보	순간적으론 그럴 수 있어. 나도 가끔씩 착각에 빠진다. 남자들이 침을 질질 흘리면서 나를 향해 떼거지로 오는 거야. (감격해서 다가오는 무리를 막는 양) "아아, 이러면 안 돼. 이렇게 한꺼번에 오면 어떡해. 줄 서! 줄 서!"
뚱보	째보야, 째보야.
낭보	어떤 시인이 나이 60에 시를 썼어. "사랑이 왔세라. 기똥찬 사랑이 찾아왔세라." 이거 미친놈 아니냐? 백 살, 2백 살엔 사랑이 안 올 거 같애?
횡보	아니야. 지금은 그런 사랑이 온대두 참아야 돼.
박장수	참아도 참아도 빨려 들어가면?
째보	나쁜 놈 되는 거지 뭐.
박장수	나쁜 놈 되면서도 외면할 수 없다면?
횡보	뒈질 놈 되는 거지 뭐.
째보	(박장수를 가리키며 경상도 억양으로) "당신 뭐 하는 사람이야? 나 양다리야."
횡보	히히히.
박장수	(버럭 화를 낸다.) 싫어. 시끄럿. 저리 가. (분신들, 숨어버린다.) 빈정거리지 마. 아무리 농담이라도 그런 말은 싫어.

잠시 썰렁한 분위기.

박장수, 욕실로 간다.

째보	어디 가?

박장수   오줌 누러.

횡보   별로 마렵지도 않잖아.

박장수   습관이다, 왜?

박장수, 들어간다.

뚱보   또 정강수 보고 싶은 모양이지 뭐.

횡보   저 녀석도 참 희한한 놈이야, 응?

정강수   생각나면 무조건 화장실행이니. 물 틀어놓고 구석지에 박혀서 (턱을 괸다.) 별을 헤는 소년처럼.

박장수(소리) 안 한다 안 해.

째보   안 마렵지? 이리 나와.

뚱보   꼬리뼈 있는 데를 살살 긁어봐. 머릿속으론 냉수탕에 잠겼다고 생각하고. 나올 거야.

횡보   그러면서 30까지 세.

이윽고 오줌 줄기 소리.

횡보   물 틀어.

째보   손 씻고. 불결한 건 질색이야.

뚱보   씻지 마. 똑같은 살인데 뭐. 여자는 왜 오줌 누고 손 닦는지 몰라.

째보   비누칠까지 해. 지퍼 열렸나 다시 확인하고.

박장수가 나온다. 지퍼를 확인하며.

정강수가 상복 차림으로 타월을 들고 서 있다.

낭보가 정강수를 맞는다.

박장수　　언제 왔어?

정강수　　방금 전에.

박장수　　강수야, 미안하다. 못 도와줘서.

정강수　　깜짝 놀랐다. 메시지 확인하려다 자기가 직접 받길래. 웬일이야?

박장수　　어제 여기서 잤어.

정강수　　뭐야? 혼자서?

박장수　　응.

정강수　　밥은?

박장수　　생각 없어.

정강수　　왜 그랬어. 나 없는 줄 뻔히 알면서.

박장수　　그냥.

정강수　　잠깐만 기다려. 내가 밥해줄게.

박장수　　아냐 됐어. 잘 끝났어?

정강수　　그럼. 다들 호상이래. 흙이 어찌나 보들보들한지 이모들도 다들
　　　　　좋아하더라고.

박장수　　강수야.

정강수　　둘째 이모가 "넌 불효자야." "예. 알고 있어요." "살아생전 엄마
　　　　　한 좀 풀어주면 안 됐누?" "어머 어머, 이모는. 시집가는 게 뭐
　　　　　맘먹은 대로 된답디까?"

박장수　　미안해.

정강수　　자기야, 세컨드가 좋은 거래. 이 꼴 저 꼴 안 보고 사랑만 받고.
　　　　　헌데 조건이 있대. 착해야 된대. 난 안 착하지?

박장수   미안하다. 늘 그늘에만 있게 해서.

정강수   배고파. 사흘 꼬박 아무것도 안 먹었어.

박장수   하관할 때 많이 울었지?

정강수   응.

박장수   마음이 착잡하지?

정강수   아니. 이럴 때 스스로 깨끗이 청소하는 법을 알고 있걸랑.

박장수   뭔데?

정강수   사랑해.

박장수   이리 와.

        정강수, 거기서 빠져나와

정강수   낙산사에 올라 기왓장에 당신의 이름을 올립니다.

        주문진 강릉을 거쳐 삼척에 다다릅니다.

        그렇고 그런 식당에서 콩나물국밥을 시킵니다.

        국밥에도 당신이 있습니다.

        당신이 따뜻한 미소로 더 먹으라고 그럽니다.

        푼수처럼 시키는 대로 더 먹습니다.

        잠시 떨어져 있으면 새로워지는 당신.

        당신이 마련해준 시원한 그늘에서

        난 이처럼 고달픈 나그네 길을 쉬어가나 봅니다.

뚱보   크흐. 정강수가 미국에 갔을 때 카드에다 간단하게 써서 보낸

        거야. 절묘하잖아.

        "첫눈 내리던 날 밤 무작정 거리로 나갔어요.

250

이제는 그리움의 대상이 당신뿐이라는 걸 알았어요.

다시 첫눈이 내리면 따뜻한 군고구마 가슴에 안고

뉴욕에서 서울까지 걸어갈까 해요."

횡보	야, 뉴욕에도 군고구마 장수가 있을까?
뚱보	에이그 에이그 에이그.
째보	괜히 피곤하게 만드는 여자 있다 너. 정강수가 그래. 끼가 너무 쎄. 딴따라라 그래.
낭보	연극배우가 어때서. 니가 무식해서 그렇지 연극이란 고급 예술이야.
째보	그래 나 무식해. 무식하게 좀 묻자. 연극이 어떤 생산적인 일을 하는데?
낭보	관두자.
째보	그래 관둬.
횡보	째보야, 그건 니가 말 잘못 했다.
째보	뭐가?
뚱보	나도 좀 묻자. 서울놈들은 비만 오면 풍년이래. 왜 그럴까?
째보	말하는 의도가 뭐야?
뚱보	그건 무식해서 그래. 앞으로 그런 질문 하지 마.
째보	흥!
낭보	너도 좀 모자란 건 보고 듣고 배워. 꼭 닫고 살지만 말고.
째보	아유 징그러. 지네들만 잘났고 나만 못났대. (잉잉 운다.) 박장수 빨리 결정해.
박장수	뭘?
째보	정강수 보내버려.

박장수	왜 나한테 화풀이냐.
째보	정강수 싫어.
낭보	가장 아름다운 것은 가장 사랑하는 것일 수밖에 없다. 누구나 사랑하면 절망에 빠지게 된다. 절망 속에 사는 것이 아름다운 것이다.
째보	아픈 추억 안 만들면 될 거 아냐. 젊은 년이 유부남을 살살 꼬드겨서는.
낭보	그만해.
째보	더 들어봐.
낭보	뭐든 다 절실한 거야. 한마디로 동강내지 마. 왜 만났을까, 왜 가버려야 했을까, 왜 훔쳐야 했을까, 왜 사랑해야 했을까. 상대방의 절실한 내력을 알게 되면 그 누구도 함부로 욕 못 해.
뚱보	야 야 야 야. 배고파 미치겠다. 뭣 좀 먹어가면서 생각하자. 넌 배 안 고프냐?
박장수	글쎄 그런 것도 같고.
뚱보	하루 종일 커피 한 잔 마시고는 아무것도 안 먹었다. 뭐 좀 시켜먹재두? 째보야, 우리 정답게 밥 먹을까?
째보	그만 좀 처먹거라. 맨날 먹고 자고 싸고 먹고 자고 싸고. 처먹는 게 지겹지도 않냐.
뚱보	다 먹고살자고 하는 짓 아니가서?
째보	돼지 배때기 속에는 똥으로 꽉 차 있지 않았어?
뚱보	니놈 배 속에는 라일락 꽃향내로 꽉 차 있고, 응?
째보	그럼 그럼.
뚱보	항상 덜 먹고 덜 찌고 그러니까 째보지.
째보	그래 나 쫀쫀해. 그래서 머리카락 잡고 한 올씩 한 올씩 홈 판다,

252

	왜. 할 말 있냐, 인마?
뚱보	인마라니. 조금 과하시구만.
째보	너 참 못생겼다, 응? 하긴 돼지 인물 보고 잡아먹는다디?
뚱보	넌 참 잘생겼다, 응? 근데 미친년 잘생긴 건 얻다가 써먹는다니.
째보	내 앞에서 니글니글거리지 말어. 우욱 올라오니까. 꼴값 떨고
	나니까 배고프냐?
뚱보	허어, 이런 후레자식 봐라.
째보	후레자식? 이 새끼 이거 막 가자네.
뚱보	뭐 새끼?
째보	그래 이 상열의 자식아.
뚱보	너 말 다 했어?
째보	말 다 해놓고 시침 뚝 떼고 들어오는 개자식이 누군데 이
	개자식아.
뚱보	우와.

둘이 싸운다.

낭보. 달려들어 째보를 말리고

박장수	야 야 야 야! 다들 저리 가. 차렷 열중쉬엇. 차렷 열중쉬엇. 쉬어.
일동	휴우.
박장수	무릎 꿇어. 두 손 들어.
일동	(그대로 한다.)
박장수	조용히 해. 알았어? 대답해봐!
뚱보	예.
째보	예.

횡보	예.
낭보	예.
박장수	싸우지 마. 나 진짜 화났어.
뚱보	알았어.
째보	나두.
박장수	나 솔직히 힘들어. 복욕 한번 할래도 양말부터 벗어라 바지부터 저고리부터. 술 한잔 마실래도 부어라 마셔라 버려라 토껴라. 시끄러워 미치겠어.
째보	미안해.
횡보	정말이야.
뚱보	다음부터 진짜로 조심할게.
낭보	약속해.
박장수	그럼 됐어. 손 내려.
째보	기합 끝이야?
박장수	시끄러. 나한테 말 시키지 마.

잠시 침묵이 흐른다.

뚱보	너무 신경 쓰지 말어. 우리야 치고받고 싸우는 게 일인데 뭘. 성장통이잖어. 야 야, 마리화나 피워 마리화나.
낭보	그래.
횡보	그만 피워.
째보	인 박히면 어쩌려고 그래.
뚱보	걱정도 팔자다. (박장수에게) 야, 너 이거 피우면 기분이 달라지잖아.

박장수	헤헤헤.
일동	헤헤헤.
뚱보	자폐기가 또 도지나 부다야.
낭보	쟨 지금 산소 공급이 필요한 거야.
째보	저 자식은 꼭 궁지에 몰리면 허둥버둥이다.
횡보	아예 사장실 옆에다 밀실까지 만들어놓고 저 혼자 소릴 지르며 지랄발광하며.
낭보	누구나 밀실을 갖고 싶어 해. 아무도 모르는. 무슨 짓을 해도 면책 특권이 있는 장소.
째보	그렇다고 면피가 되누?
횡보	밖에서는 자길 찾느라 난리법석인데 저는 혼자 짱 박혀 "미친놈 개새끼 미친놈 개새끼" 궁시렁궁시렁대고.
째보	개다리춤까지 추잖아.
박장수	할머니는 지금쯤 하늘나라에서 뭘 하고 계실까?
뚱보	할머니?
박장수	응.

째보, 할머니 역을 맡는다.

째보	언제 서울로 갈 겨?
박장수	모레 안짝으로유.
째보	제재소집 딸년 이름이 뭐랬쟈?
박장수	안현숙이유.
째보	그년도 같이 가남?
박장수	예.

째보	하긴 그 안가 놈이 그 귀헌 딸을 장수 니놈헌티 대낮에 줄 리 읎지.
박장수	할머니도 싸게 싸게 짐 챙기슈.
째보	미친놈. 똥 뭉개고 자빠졌네. 안 갈 텨. 젊었을 때 앞질러 가야지 늙은이 땜에 자꾸 뒤돌아보는 꼴 보기 싫여. 갈라서. 난 천문사로 갈 겨.
박장수	할머니.
째보	중놈들 고기 못 잡긋게 심술부리러 가는 겨. 여긴 나도 싫여. 니놈 징역 산 게 니 에미 앞세운 것보다 더 챙피스러웠다, 이 급살 맞은 놈아.
박장수	할머니.
째보	안 잘 겨?
박장수	머릿수건 좀 치워봐유. 머리칼 팔아 여비 마련한 거 다 알아유.
째보	이놈아, 깡총허니 신식이구 시원헌디 뭘 그려. 여비는 선반 위에 놔뒀으니 떠날 때 갖고 가. 에미 이슬 못 받고 자라 '저리도 못났나' 싶은 겨.
박장수	할머니 하냥 가유.
째보	싫여.
박장수	그럼 1년 안에 자리 잡고 모시러 올게유.
째보	올 것두 말 것두 읎서. 본래 오감이 읎는 겨.
박장수	할머니.
째보	그 금반지는 안가 놈 딸년 손꾸락지에 꼭 끼워줘.
박장수	명심헐게유.
째보	팔아서 술 처묵지 말고. 다른 기집년 밑구녁에 밀어 넣지도 말고.
박장수	예.

째보	니 엄마가 죽기 전에 혀준 금가락지여 이놈아, 그것이.
박장수	…….
째보	울 것 읎서 이놈아. 다 잘된 겨. 참기름집 헌답시고 니놈 먹기 싫다는 깻묵 안 멕여서 시원허구, 지름에다 뭐 섞었다 안 섞었다 안 싸워서 시원허구, 욕쟁이 할망구 도망쳐서 다들 시원타 헐 것이여. 왜 염전 날려버려 속 아픈감?
박장수	지도 소금 팔아 떼부자 될 생각은 안 혔슈.
째보	나도 그려 이놈아. 죽기 전에 거지들헌티 다 나눠주려고 혔는디 하나밖에 읎는 손주 새끼가 홀라당 날려버려 시원하다 이 육시랄 놈아. 그렇다고 창색이 아저씨 탓허지 말어. 자꾸 미워하다 보면 니 갈 길 못 가.
박장수	알어유.
째보	인생의 반은 오르막길인 겨. 울어보지 않은 사람은 바닥이 부실헌 겨. 모진 바람에 맞서는 낭구만이 큰 낭구가 되는 겨.
박장수	예.
째보	배고프쟈?
박장수	할머니허구 살면서 배고픈 적 읎었슈. 욕먹어서 맨날 배불렀슈.
째보	그것도 뚫린 구녁이라고 얻다가 말대거리여 대거리긴. 아, 안 잘 겨?

2장

박장수와 뚱보와 낭보가 바 스탠드에 걸터앉아 마리화나를 피우고
있다.
음악에 젖어 몸을 흐느적거리며,

박장수　　암스테르담 술집들 끝내주더만.
낭보　　　여자들도 삼삼하고.
뚱보　　　우와, 쭈욱 뻗은 다리가…… 다리가…… 아 숨 막혀. 난 더 이상
　　　　　말 못 해.

박장수, 휘파람을 불고 콧노래도 부른다.
무척 흥겹다.
거울 앞에 서서 빗질도 하고 향수도 뿌린다.

째보　　　바르고 뿌리고 무슨 준빌 하시는가?
박장수　　글쎄.
째보　　　상당히 명랑해 보이는 걸입죠?
박장수　　야야, 무엇부터 해야 되지?
횡보　　　왜?
째보　　　저 자식 킹카 불렀잖아.
낭보　　　샤워부터 해.
뚱보　　　아냐 아냐. 혼자 하기 아깝잖아. 여자 오면 그때 같이해. 서로 등
　　　　　밀어주고 얼마나 좋냐 야.

째보	(심술이 나서) 마리화나, 콜걸……. 이젠 안락사만 하면 되겠다, 응?
뚱보	째보야 김새게 왜 이래. (박장수에게) 신경 쓰지 마. 똥개 못된 건 꼭 주인 보고 짖어대잖디?
째보	너 나서지 마. 이 자식은 내가 뭔 말만 하면 쌍심지 켜고 덤벼들어.
횡보	뚱보는 너한테 부분적인 콤플렉스가 있어서 그래. 콤플렉스가 있으면 말끝마다 발끈하걸랑.
뚱보	인간은 어차피 세상 밖으로 내던져진 자들이야. 벌벌 떨다 갈 필요 없다. 지 꼴리는 대로 살다 가는 거다.
째보	그런 짓을 왜 해? 부끄럽게시리.
낭보	펼쳐놓으면 누구나 부끄럽다. 너절한 이삿짐처럼.
째보	넌 인생이 뭔지나 아니?
박장수	그거? 아침에 다방 들어가서, 점심 먹고 다시 들어가서, 저녁 먹고 또 들어가 고민했던 문제 아니냐. 20대 초장에. 그걸 지금 이 나이에 다시 생각해보자? 정말 피곤하지 않누?
박장수	그럼 조용히 마주 앉아 담소나 나누다가 보낼까?
째보	잘도 그러겠다.
박장수	그럼 딩동딩동 하면 그 자리에서 돈만 주고 보내지 뭐.
째보	개자식. 낭보 넌 반대 안 해?
낭보	인생은 두 가지다. 작용과 반작용. 아버지도 두 종류다. "이렇게 이렇게 나처럼 착하게 살아라" 이런 사람과, 나쁜 행동 실컷 해놓고 "제발 이렇게 나처럼 살진 말거라 으윽!" 자고로 쓸데없는 경험은 없다는 게 내 소신이다.
뚱보	맞어.
째보	하다못해 이 짓까지, 응?

뚱보	그럼. 아무리 하찮은 끈도 곱게 접으면 리본 된다, 너.
째보	다들 돌았군 돌았어.
뚱보	초 치지 말어. 우린 여기 쉬러 왔다.
째보	쉬러 왔으면 쉬었다만 갈 것이지 왜 일을 벌여?
뚱보	야, 이게 쉬자고 하는 거지 (다리를 벌리며) 벌리려고 하는 거냐?
째보	잔말 말고 취소해.
뚱보	니는 모른데이. 인생이 고것만은 아닝 기라.
횡보	(박장수와 뚱보에게 눈을 찡긋한 뒤) 에 또, 그건 째보 말이 옳아. 하지만 째보야.
째보	왜?
횡보	알고 보면 박장수 저놈도 굉장히 불쌍한 놈이다, 너? 맨날 이럴까 저럴까 이쪽에 오면 저쪽이 아프고 저쪽으로 가면 이쪽이 걸리고. 사방 천지가 다 아픈 놈 아니냐. 그래도 인간적인 놈 아니더냐.
째보	핑계 핑계 도라지 캐러 간다.
횡보	그런 양다리 박장수가 오늘 드디어 결심했어. 한쪽 다리를 잘라내기로.
째보	알어.
횡보	그래서 정강수를 마음속에서 지웠어.
째보	응.
횡보	살을 도려내는 아픔이었어. 그치?
째보	응.
횡보	그 아픔을 달래려면 뭔가가 필요할 거야.
째보	그래도 그건…….
횡보	쉬잇. (작은 소리로) 아직 회사 문제가 남아 있어. 우리 뜻을 얻어내기 위해선 이 정돈 봐주자구.

째보	헤헤헤. 알았어.
횡보	(째보의 어깨에 양손을 올리며) 허전하니까 저러는 거야.
째보	아니, 콜걸 얘는 왜 이렇게 늦는 거야.
일동	하하하하.
횡보	(박장수와 뚱보에게) 자식들……. 이렇게 논리적으로 설득 좀
	해봐라. 알았나?
박장수·뚱보	옛썰!
횡보	좋아 쉬어.
째보	황불사에 이런 스님이 있었어. 여자만 보면 서는 거야. 생각해봐.
	도 닦겠다고 세속을 끊은 중이 여자만 보면 끼가 발동하니 지
	자신 얼마나 싫었을 거야. 어느 날 작심했지. 잘랐어.
횡보	댕강?
째보	그 얘길 전해 들은 큰스님이 댕강 스님을 다음 날 절에서
	쫓아냈어.
횡보	왜?
째보	있을 거 다 있는데 하루하루 이겨내는 게 수도지, 어쩔 수
	없이 참아야만 한다면 그게 무슨 수도냐는 거지……. 오늘은
	봐주겠어. 박장수 너 다음부터는 무조건 참아야 된다, 알겠지?
박장수	알았어. 오늘로 노는 것도 끝이야. 앞으로 한눈 안 팔아.
	한국에 가자마자 미선 엄마한테 선포하겠어. "당신만을
	사랑하겠소. 이 맹세가 깨지는 날은 북두칠성이 북두팔성 되는
	날일 것이외다."
뚱보	쯧쯧쯧.
박장수	또 왜?
횡보	그냥 행동으로 서서히 말해.

뚱보   좋은 걸 먼저 발표하면 결과는 나쁜 것뿐이라니까.

횡보   박장수, 일에는 순서가 있어. 작은 것에서 큰 것으로. 악조건에서
         좋은 조건으로 옮겨 가야 돼.

낭보   맛있는 건 설에 먹는다고, 좀 좋은 게 있으면 사내자식이
         진득하게 아끼고 숨기는 맛도 있어야지. 첫째 날 둘째 날에
         사랑한다 소리 다 해버리고, 금반지 다이아 진주목걸이 다
         줘버리고, 보름 뒤부턴 찍소리도 못 하고 줄 것도 없고. 더
         능가하는 게 있어야지. 모든 건 단계가 있어. 떡라면부터
         시작하는 거야. 다음 짜장, 간짜장, 삼선짜장. 나중에 진짜 내
         사람이다 싶었을 때 탕수육으로 모시는 거야. 알겠어?

         박장수, 바 스탠드로 간다.
         커피 잔 다섯 개를 왼손으로 잡아 가지런히 스탠드에 놓는다.

뚱보   짜아식. 장위동 장미다방 주방장 보조 시절 생각나누?

박장수   인석들아. 내가 젊었을 때 안 해본 게 있냐?

횡보   그때 미스 홍, 미스 최는 지금 뭘 하고 있을까?

박장수   그때 잡았다 하면 커피 잔이 다섯 개였어. 내려놓는 것도 척척
         착착 간격이 일정했고. 커피도 척척 착착 따르고. 홀에 낼 때도
         (잔을 밀치며) 잔끼리 탁탁탁 부딪치면서도 요만큼도 흘려선 안
         돼. 주방장 실력이 여기서 판가름 났거든.

째보   그 시절이 오히려 그립다 야.

낭보   미스 홍이 널 되게 좋아했었는데.

박장수   요술 지팡이를 갖고 싶다. '사바하' 주문만 외우면 어딘든 갈 수
         있는.

뚱보   은행 금고로 가자 사바하.

낭보   술집으로 가자 사바하.

째보   교회로 가자 사바하.

박장수   이런 상상을 해봐. 지루한 회의석상에서 앞에 앉은 어떤 여자를
         골라잡아 뒤따라 쫓아가서 엘리베이터에 집어넣고 허벅지를
         쓰윽 할 때 뒤에서 내 목덜미를 낚아채는 애꾸눈 형사 반장⋯⋯.
         이런 상상 두세 번만 하고 나면 회의가 벌써 끝나버려 인석들아.
         상황은 지 스스로 연출하는 거라니깐.

뚱보   머리 깎는 게 얼마나 지겹냐. 그때 '내일 이민 간다. 오늘이
         고국에서의 마지막 이발이다.' 이처럼 생각하면 뭐든지 새롭고
         실감 나고 머리 깎는 것도 재밌고.

째보   쟤는 머리 깎을 때마다 고국에서의 마지막 이발이래.

박장수   난 삼류 가수야. 히트곡도 없고 알아주는 사람도 없어. 돈도
         없고 앞날도 막막해. 아! 삶의 무게여. 아! 이 존재의 아픔이여.

         박장수, 마이크를 잡고 유행가를 부른다.
         노래가 끝나면 박장수 심각한 얼굴로 앉아 있다.

횡보   왜 그래?

박장수   (바닥에 누우며) 이리 누워봐.

         일동, 눕는다.

박장수   내가 관 속에 반듯이 누워 있어. 묶인 채로. 들쥐가 와서 내 귓불을
         파먹어. 입술도 파먹고. 구렁이가 스르륵 와서 빈 해골에 똬리를

	틀어.
낭보	(일어나며) 아! 무서워.
뚱보	(일어나며) 그만해.
횡보	(일어나며) 듣기 싫어.
째보	(일어나며) 그러니까 죄짓지 말고 살란 말이야.
박장수	갑자기 겁이 나. 이렇게 죽는다는 게.
뚱보	어째서 10분도 못 가냐. 방금 전까지 신나 하더니.
째보	확 올라섰다가 확 고꾸라졌다가. 신나게 놀다가 갑자기 왜 새로 빠져.
낭보	제일 신날 때 제일 고독해지는 법이다.
횡보	뭘 보냐?
박장수	시냇물 흘러가는 끝자리……. 멀리 아스라이 보이는 겹겹산을 본다.
횡보	북망산?
박장수	아, 모르겠어. 나는 어디메쯤 서 있어야 하는 건지.
낭 보	시냇물 흘러가는 끝자리…… 이처럼 우리도 흘러가는 거야.
박장수	아름다운 세상이야.
횡보	이 아름다운 세상 끝까지 못 보고 죽는 게 아깝지?
박장수	응. 하루하루 따져보면 아까울 것도 없는데.
째보	그럼, 지지구 볶구 단 하루라도 바람 잘 날 있었누.
횡보	죽게 되면 누구나 후회해. 얼마나 덜 후회하느냐가 문제지.
뚱보	죽음이란 긴 잠이야. 평온하고 아늑한. 열심히 살았으니 너도 그리되겠지.
째보	뚱보야?
뚱보	응?

째보	내 생각은 이래. 사람이 죽으면 날개가 돋아나서 강을 건너 날아가는 거거든. 살아생전 가진 것들…… 버릴 거 버리고 줄 거 주고 그럼 그만큼 가벼워질 거 아냐. 버린 만큼 멀리 날아가는 거지. 멀리 날아갈수록 더 좋은 천당이 나오고. 그럼 넌?
뚱보	왜?
째보	넌 어떡하니?
뚱보	뭐가?
째보	무거워서 날 수가 없잖니.
뚱보	개자식.
낭보	인간이 산을 정복해? 산은 잠시 자리를 비워줬을 뿐이야. 죽음도 그래. 잠시 육신을 빌려 쓰다가 돌려주고 가는 거야, 자연에게. 장수야, 그냥 자연스럽게 받아들여.
뚱보	그럼 다음 세상도 없겠네?
횡보	없지. 그건 약한 자들의 노예 근성일 뿐이야. 그렇게 기대하며 위로받고 싶은 거겠지.
째보	그럼 뭣 하러 착하게 사니. 죽으면 끝인걸.
횡보	죽음이란 자연의 한 운동 주기이자 다음 세대를 위해 길을 열어주고 텃밭을 제공하는 자연의 법칙이야. 우리가 고통스럽게 죽는 것도 생전의 그릇된 행동에 대한 업보가 아니라 단지 생명체를 이루고 있는 세포 자체가 그렇게 죽어가도록 만들어졌기 때문이지. 과학적 측면에선 그래.
뚱보	웃기지 말어, 인마. 니가 신봉하는 과학이란게 이 광활한 우주에 대해 얼마나 안다고 생각하니.
째보	과학이란 신의 따까리일 뿐이야. 우리 신체 내부는 치밀하고 완벽해. 우주는 더 말할 나위도 없고. 그 수많은 별이 정연한

원리에 의해 호흡하고 움직이는 거야. 이게 위대한 존재자 없이 가능할 것 같애?

박장수　비도 2분의 1지티gt자승으로 떨어져봐. 땅바닥에 떨어질 땐 바윗덩어리처럼 꽝꽝거려야 된다. 그런 비 본 적 있니? 그걸 대기층이 받쳐주고 있거든.

뚱보　맞아. 위대한 과학자치고 종교가가 아닌 사람이 없다더라. 왠고? 연구하다 보면 위대한 섭리에 두 손 들고 말거든.

횡보　나한테 확실한 증거가 있어. 이순신 장군이 임진왜란 때 틀림없이 살았었거든? 지금 이순신이 어딨어. 하늘나라? 땅밑에? 이순신은 그냥 없어진 거야. 생성 소멸의 자연 이치를 좇아.

째보　신은 위대한 거야. 인간의 높이에서 까마득한 그분의 높이를 재려 해선 안 돼. 물론 나도 어렸을 때는 그랬어. 천당에 간다. 천당에 가면 맛있는 음식에 연속되는 행복에 즐거운 나날이다. 허나 짜장면이 맛있다고 계속 먹으면 질리게 되는데 천당의 식단은 어떻게 짜여져 있을까. 썩은 반찬 썩은 과일도 섞어놨을까. 허나 그런 생각은 포기했어. 왠고? 신은 위대한 것이고 우리 머리로 재단할 수 없다는 거야. 죽음이란 인간이 신과 신접살림하러 들어가는 천인통문(天人通門), 즉 신과 인간이 만나는 문이라는 얘길세.

횡보　물론 그리되면 나도 원이 없대두.

뚱보　(횡보의 어깨를 때리며) 그래 생각 잘했다. 그래야 인마, 살맛도 나고 일할 맛도 생기지 엉? 다들 그렇다면 그런 거야. 알겠지, 엉?

횡보　다들 그쪽을 원한다면 내 생각을 거두어들이겠어. 허나 내

소신에는 변함이 없어.

째보 　(과도로 면도하는 시늉) 변하노록 노력해봐. 협박해서 강제적으로
　　　　철회하는 건 싫으니까.

횡보 　알았어.

　　　　박장수, 고개를 떨구고 있다.

뚱보 　좀 확 떨쳐버리거라 인석아. 방바닥에 붙은 인절미 떼듯 확
　　　　떼어버려.

째보 　저 자식 교회 부설 유치원을 3년간이나 다녔잖아. 거기서 뭘
　　　　배웠겠어. 죄를 지으면 지옥에 보내고 지옥에 가면 불판에다
　　　　눕혀놓고 이렇게 굽고 뒤집어 굽고 이렇게 굽고 뒤집어 굽고.

뚱보 　죽음이 안 두려운 놈이 어딨겠어. 돈 놔두고 계집 놔두고
　　　　산천초목 다 놔두고 나만 썩어간다는 거……. 물론 싫지.
　　　　하지만…….

낭보 　어떤 사람이 스님한테 물었다. "어떻게 해야 도통하오?" "잘 때
　　　　자고 배고플 때 먹고 일할 때 일해."

째보 　맞는 말이지. 밥 먹으면서도 '사업 구상' 잠자면서도 '분규
　　　　해결' 그러니 뭐 한 가진들 제대로 되겠어? 그러니 맨날 죽
　　　　먹고도 체하고 잠자다가 가위눌리고 휴식을 취해도 골팍이
　　　　뻑쩍지근하지.

뚱보 　살았을 땐 그냥 사는 것만 생각해. 나중에 암에 걸려 골골하면
　　　　그때 가서 죽음도 생각해보고.

박장수 　쌍, 그게 내 맘대로 되니?

횡보 　맘대로 안 될 건 또 뭐 있누. 노력도 안 해보고.

박장수	어떻게?
뚱보	싸워야지.
박장수	싸워?
횡보	박장수를 젊고 멋지게 개조해보란 말이다.
뚱보	뽕짝 부르고 싶으면 그냥 뽕짝 불러. 앗짜라자짜 삐약삐약
	앗짜라자짜 삐약삐약. 회식 자리에서 꼭 "일송정 푸른 솔은……."
박장수	나이가 드니까 구두보다는 슬리퍼가 편해. 착 달라붙는
	바지보다는 헐렁한 게 편코.
째보	빨간색처럼 튀는 것보다 회색처럼 무난한 것만 찾게 되지.
	등산보다는 산보가, 탐험보다는 관광 정도가 좋겠지.
뚱보	그게 다 뭘 뜻하는 거겠어?
박장수	늙어간다는 징조겠지.
뚱보	거울 보고 하루에 한 번씩 외쳐. '박장수 이렇게 비실비실 늙어갈
	거냐?'
횡보	'박장수 좀먹어 들어오는 세월에 반발하라.'
낭보	'박장수 넌 할 수 있다.'
째보	'박장수 넌 영원히 젊게 살 수 있다.'
박장수	헤헤헤.
낭보	하루쯤 옷도 날라리들처럼 날티 나게 입고 선글라스 끼고
	오토바이 타고 까르릉까르릉 시내를 질주해보란 말이다. 빠른
	바람 성난 파도.
박장수	헤헤헤.
낭보	그리구 맹세해.
박장수	뭘?
낭보	덤덤하게 살지 않기.

뚱보	인생 짧다?
박장수	그래 짧어.
뚱보	쯧쯧쯧.
박장수	다들 내가 젊고 활기차게 살기를 바라는구나.
일동	그래.
박장수	그래서 하는 얘긴데…… 나 정강수하고 못 헤어질 것 같애.
째보	뭐야?
횡보	헤어지기로 약속했잖아.
박장수	껍데기뿐이잖어.
째보	껍데기라니?
박장수	정강수를 만나면 무거운 갑옷을 벗어던진 느낌이었어…….
	그런데…… 이젠…… 무슨 재미로 살어. 그냥 껍데기로 살어?
	(고개를 갸우뚱거리며 꽃을 들고 욕실로 간다.)
횡보	또 어디 가?
박장수	화장실.
째보	꽃을 들고?
박장수	습관이다, 왜.

박장수, 욕실 안으로 들어간다.
잠시 후.

박장수(소리)   딩동딩동.

정강수가 문을 열어준다.

박장수   (꽃을 건네며) 정강수 각하. 밤새 안녕하셨습니까? 강 소령
         할머니가 돌아가셔서 밤새러 왔습니다.

정강수   집에서 믿던가?

박장수   옛.

정강수   좋아, 들어와.

박장수   감사합니다, 각하. 식사는 하셨습니까?

정강수   나 세 끼 굶었다.

박장수   그럼 식사부터 준비하겠습니다.

정강수   잠깐. 밥하기 전에 할 일이 있다.

박장수   뭡니까?

정강수   나 말 태워주라.

박장수   (무릎을 꿇으며) 타시옵소서.

정강수   이랴. 낄낄낄낄.

박장수   히히히힝!

정강수   말 타는 것도 지겹구나.

박장수   (내시 흉내) 상감마마, 말씀만 하시옵소서.

정강수   금일 날씨는 어떤고?

박장수   영하 10도를 오르내리는 강추윈 줄 아뢰오.

정강수   바람도 심하게 불고?

박장수   예으이. 북풍이 불어닥쳐 귀싸대기가 날아갈 정도인 줄로
         아뢰오.

정강수   지금 당장 이 치마를 입고 가게에 가서 하드를 한 개만 사 오도록
         하라. 노팬티로.

         박장수, 무릎을 툴툴 털고 일어나 꽃을 제자리에 갖다 놓는다.

박장수	헤헤헤. 내가 여기서 죽어버리면 미선 엄마와 정강수가 뭐라고 할까?
횡보	"흑흑흑. 얼마나 괴로웠으면 20층 꼭대기에서 쏭 하고 떨어져 죽었겠어요. 그것도 이국 만리 머나먼 암스테르담에서……."
째보	"다 우리 잘못이에요. 박장수를 반씩 나눠 갖는 걸로 만족했어야 하는 건데. 흑흑흑. 우리가 너무 너무 멍청했어요."
박장수	헤헤헤. 굉장히 괴로워들 할 거야, 그치?
뚱보	미친놈. 너 죽으면 정강수는 돌아버려서 길 가는 사람 잡고 "밥 사줘이, 껌 사줘이."
박장수	아! 모르겠다.

박장수 담배를 입에 물다 말고,

박장수	죽음 쪽에서 이쪽을 보았을 때
	내 넋두린 늘 이렇게 시작되오.
	죽음 쪽에서 이쪽을 보았을 때
	부와 명예와 사랑과 열정이 이내 사그라지고
	허망하고 애잔한 느낌을 누를 수 없소.
	인간이란 무엇인가?
	어떻게 살아가야 하는가?
	인생 초년병 시절의 막막했던 화두가
	집채만 한 파도처럼 왔다 가면
	그동안 일구었던 알량한 역사들이 헤쳐 모여를 반복하오.
	당신은 참 좋은 친구요.
	외롭고 쓸쓸할 때 살짝 고개만 돌려도

늘 아무렇지도 않게

아무렇지도 않은 미소로 날 슬프게 하오.

죽음 쪽에서 이쪽을 보았을 때

넋두린 늘 이렇게 시작되고 이내 허망해지지만

무의미하지 않은 오직 한 가지.

당신을 운명처럼 죽음처럼 받아들이고 있소.

늘 미안하고 죄스럽소.

뚱보   누구한테 그렇게 미안하다는 거냐?

낭보   정강수?

횡보   안현숙이지?

째보   미선 엄마 아냐?

박장수   …….

횡보   앞으로 미안하고 죄스러운 짓 그만해.

박장수   묘하지?

횡보   뭐가?

박장수   이상해.

횡보   말해봐.

박장수   곰곰이 생각해봐도 안현숙이나 미선 엄마나 정강수나 다 천사야.

안현숙이? 천생 여자지. 그치가 죽었을 때 하늘이 무너지는 것

같았어. 지금의 미선 엄마? 더없이 좋은 친구지. 너무 고마워.

너무 미안하고. 정강수? 인생을 새롭게 보여준 여자야. 한 치도

눈을 뗄 수 없는.

뚱보   야 야, 뭘 그렇게 복잡하게 생각하누. 안현숙이를 사랑했어.

헌데 죽었어. 미선 엄마를 만났어. 굉장히 사랑했지. 헌데 운명적

여자가 나타났어. 그게 정강수야. 뭐 그거야. 가볍게 생각하라구. '사내놈이 참 복도 지지리도 많다…….' 이렇게.

박장수   다들 천사야. 다들 진실이구. 그렇다면 나도 진실이어야 하고 천사여야 하잖아. 근데 박장수는 난봉꾼에 사기꾼이다 이 말이야.

낭보   인생이 그런 거야. 개별적 진실 총체적 거짓. 미선 엄마하고 진실이잖아. 정강수하고도 진실한 사랑이고. 그런데 너는 이쪽이 봤을 땐 난봉꾼, 저쪽이 봤을 땐 사기꾼. 총체적 거짓이지.

박장수   다 때려치우고 낙향해서 해 저무는 강가에 앉아 낚싯대 드리우고 인생을 관조하고 싶다. 아들놈이라도 있다면 그놈하고 같이. ……2, 30에 애아빠가 되는 건 무리야. 최소한 내 나이쯤은 돼야 해. 지긋한 연륜이 있어야지. 정강수한테 애 하나 낳아달래서 그놈하고 낚시도 하고 탁 트인 야구장에 가서 신나게 응원도 하면서 아무 얘기나 하는 거야. 그 녀석은 나중에 우체부를 시켰으면 좋겠어. 그 녀석 부인은 시골 우체국 교환수면 좋겠고. 아기자기하게 사는 모습을 보고 싶다.

낭보   없는 애 가지고 별의별 상상을 다 해봤구나.

박장수   빌어먹을. 난 뒈지리도 복도 없는 놈이야. 전봇대 꼭대기에 나 혼자 서 있다니까. 아슬아슬해, 하루가.

째보   아슬아슬한 건 너뿐만이 아냐. 니 가정도 그래. 너 하나밖에 없는 딸년 미선이 말이다. 입학식에 가봤냐? 졸업식에 가봤어? 담임 선생 얼굴 한번 뵌 적 있던가?

박장수   알아. 딸년만 그러냐. 친척들 어른들 다 그렇지. '요번 일만 끝나면 만나야지, 찾아봬야지.' 마음대로 돼야 말이지. 사람 구실을 할 수가 없어. 난 할머니 임종 때도 주문 따내겠다고 필리핀에 가 있었어.

낭보   훌훌 털어버려. 고등동물일수록 고통 지수도 높은 거야.

박장수   오랜만에 부랄 친구들 만나 하소연도 하고 회포 좀 풀라

쳐도…….

뚱보   "나 세일즈 시작했네."

낭보   (속삭인다.) "제일 싼 걸로 사주고 빨리 보내버려."

뚱보   "나 보증 좀 서주게."

낭보   "죽는 소리 해."

뚱보   "처남 자리 하나 부탁하네."

낭보   "화제를 바꿔."

째보   '난 지금은 참아야지. (박장수를 가리키며) 저놈아한테 더 큰

부탁을 할 때가 있을 거야.'

박장수   다 계산속으로 날 만난다니까.

뚱보   잘 걷던 놈도 나만 보면 업고 가래.

박장수   지금까지 뭘 하며 살았나 싶다. 사업도 인생도 다 가짜 같애.

하고 싶은 일은 하나도 못 하고……. 쓸데없이 바쁘기만 했어.

횡보   임금님인들 좋은 일만 있었겠냐?

뚱보   난 임금님 싫어. 하드도 못 먹는 옛날 임금 돼서 뭘 해.

째보   하다못해 문방구 하날 하더라도 온 식구가 매달려. 밥 먹을

시간조차 없다구. 기업체 사장 노릇 하기가 어디 그리 쉽겠어.

그거야 으레 각오를 했어야지.

박장수   아암, 각오를 하지. 비가 와도 차를 닦는 운전수처럼.

뚱보   꼭 세차하면 비 와, 응?

박장수   (심드렁하게) 자기 일을 보람으로 생각하면 한평생 천당이고,

의무라 생각하면 한평생 지옥이다.

뚱보	크흐……. 좋은 말이다.
박장수	회사고 뭐고 다 미선 엄마한테 줘버리고 정강수하고 페루에 가서 과일 가게나 하며 살고 싶다.
째보	이놈아, 너 진짜 미선 엄마 죽는 꼴 보고 싶어서 그래?
횡보	미선이는 무슨 낯짝으로 보고. 미선이는 니 딸 아냐? 대학 입시에 한창 열중인 애한테 뭐라고 말할래? 남들은 고3 자식한테 부모가 효도하느라고 난리래, 인마.
박장수	답답하니까 그냥 하는 소리 아니냐.
째보	안 되겠어. 어서 전화해.
박장수	누구한테?
째보	정강수. 니놈 그 잘난 성격에 직접 대놓고 헤어지잔 소린 못 할 테니 전화로 말해.
박장수	그런 얘길 어떻게 전화로 해. 치사하게.
횡보	그럼 직접 대놓고 할 자신 있어?
박장수	없어.
째보	빨리 걸어. 마음 변하기 전에.
횡보	어렵게 생각하지 말어. 첫마디가 어려운 거야. '이젠 니가 싫어졌다. 허니 헤어지자.'
박장수	어떻게 그런 말을 해. 그건 정말 인간 이하다.
횡보	뭐어? 인간 이하?
째보	너 헤어지긴 헤어질 거야?
횡보	그게 정강수를 위하는 길이야, 인마. 니가 진짜로 사랑한다면 풀어줘야지 왜 니 새장에 가둬놓고 살게 해. 언제까지 니 그늘 밑에 이름 석 자도 못 내밀며 살게 해.
째보	가정도 살리고 회사도 살리고 너와 정강수도 살리는 길은

이것뿐이라니까.

횡보   년 지금 본분을 망각하고 있어.

째보   정강수는 너에게 아무런 도움도 못 돼.

박장수   아유, 몰라 몰라 몰라. 더러운 놈의 세상.

            박장수, 머리를 마구 흔든다.

뚱보   야 야 야 야. 쟤 또 자폐 끼가 도지나 부다.

째보   (박장수의 행동을 멀뚱히 보고 있다가) 무에 바람이 들어도 단단히 들었어.

횡보   그래.

째보   저 녀석이 이 지경까지 이르게 된 것도 다 정강수 그년 때문이야.

낭보   정강수가 뭐 동네북이냐? 안 되는 일만 있으면 무조건 정강수 탓이래.

째보   처음부터 잘 생각해봐. 정강수 만나면서부터 회사가 심드렁해졌어. 회사가 기우니까 자연 적자는 계속 누적되고 70명의 직원을 잘라야만 했어. 그래서 공장 직원들한테 린치까지 당한 거야. 왜, 내가 틀린 말 했어?

낭보   억지야. 정강수가 언제 회사를 망가뜨려놨어.

횡보   째보 말이 맞아. 원인은 정강수한테 있어. 싹을 도려내야 해.

박장수   아냐 아냐. 정강수는 빼. 정강수 잘못은 하나도 없어.

째보   넌 양심의 가책이라곤 요만큼도 없는 놈이야. 언제까지 양쪽에 두 여자 세워놓고 저울질만 해댈 거냐, 엉?

횡보   우리 공장 식구들을 생각해보자. 그네들이 오늘도 피땀 흘려 삼화금속을 위해 일하고 있다. 지금 이 시간에도 조이고 닦고

망치질하고 납땜하며 40분 일하고 5분씩 쉬고 있어. 작업하다가 다치고 찢어지고 손가락까지 잘리는 사람도 있어. 그런데도 사장이란 작자는 저 혼자만 잘 먹고 잘살겠대.

박장수　　내가 언제?

횡보　　회사 판 돈으로 건물 사서 임대료나 받겠다는 발상 자체가 그게 아니고 뭐야.

뚱보　　우리가 넘거도 공장은 인수한 사람에 의해 돌아가게 돼 있어. 왜 금방 다들 굶어죽을 것처럼 얘기해.

박장수　　맞어.

횡보　　넌 거기다 니 청춘을 바쳤어. 양인순 회장이 됐든 누가 됐든 새 임자가 너처럼 그렇게 애착을 가질 것 같애?

박장수　　그건 그래.

뚱보　　박장수가 누구야. 여름철에 공장 식구들 땀 흘리는 거 안타까워 집에 와서 선풍기도 안 트는 그런 사장이었다.

째보　　옛날엔 그랬지. 지금은 아냐. 정강수 만나면서부터 달라졌어.

뚱보　　아예 매도 각서에다 최봉규를 꼭 잘라야 된다는 문구도 집어넣어.

박장수　　안 그래도 그럴 참이야.

째보　　그런 소리 하지 말어. 최봉규도 그동안 할 만큼 했어. 10년을 한결같이 불철주야 노력했어.

박장수　　알어. 그래서 나도 공장장 자리에 앉힌 거야.

뚱보　　흥? 공장장? 그 숨 막히는 상황에서 "허허, 이러지들 말어. 허허, 이러면 안 된다니까." 그게 말리는 거냐 부추기는 거냐. 아예 뒷짐 지고 강 건너 불구경하듯 서 있던 그놈이 공장장이야? 지가 당하는 한이 있더라도 몸을 던져 막았어야지.

박장수   나도 그때 만정이 다 떨어졌어. 누가 뭐래도 그놈만큼은
         막아줄 줄 알았어. 한쪽 눈 실명해서 낙담해 있는 그놈을 내가
         취직시켜준 거야. 인간이 어떻게 그럴 수 있어……. 다 무너져
         내리는 것 같았어. 이젠 친구도 없고 아무도 없구나.

횡보   그렇다면 최봉규 미워서 회사를 넘기겠다는 얘기냐? 최봉규는
         일개 직원이야. 직원 한 명 얄밉다고 사장이란 작자가 때려치워?
         초가삼간 다 타도 빈대 죽는 것만 시원하지?

뚱보   "박장수는 물러가라. 정리해고 철회하라." 그들이 박장수를
         꽁꽁 묶고는 따귀를 때리고 각목을 휘둘렀어. 니가 말끝마다
         자랑하는 공장 식구들이.

박장수   내가 이 세상에 태어나 제일 수치스러운 날이 바로 그날이야.

횡보   겁주려고 한 것뿐이야.

뚱보   그럼 겁먹었지. 바지에다 오줌 지리고 똥까지 쌌는데.

횡보   시위에 참가하지 않은 근로자가 반수 이상이야.

뚱보   온 바닷물을 다 먹어봐야 짠 줄 아냐? 삼화금속 넘겨버려.

횡보   감정에 치우치지 말어. 똥 마려운 계집 국거리 숭덩숭덩 썰게 돼
         있어. 니 잘못도 커. 직원들 해고시키는 건 최후의 카드로 썼어야
         돼.

낭보   그래도 그들의 방법이 틀렸어.

박장수   야, 나한테도 자존심이 있다. 그놈들하고 어떻게 헤헤헤
         웃으면서 일을 계속해. 그 분노가 금방 삭여질 것 같애?

횡보   그 사람들 탓하지 말어. 해고시키지 않고도 신제품 개발 영업
         세일즈 강화 등 얼마든지 돌파구가 있었어. 회사가 5개월째
         적자라니까 노력도 안 해보고 가장 손쉬운 방법으로 근로자의
         목을 쳐? 누군들 반발하지 않겠냐?

뚱보   그러니까 내 말은 이 꼴 저 꼴 보기 싫다 이거야.

째보   어느 노동자 가정을 들어가보자. 지하 셋방에 살고 있어.
　　　비만 오면 곰팡이 냄새가 진동하는. 그런데도 딸년은 학교에
　　　보내달래지 할머닌 수술해야 한대지. 그야말로 수도세 전기세도
　　　못 내 전전긍긍하는 판국에. 신혼부부인 어떤 여자는 남편
　　　출근시키고 아기를 업고 시장을 돌아다녀. 국거릴 할 만한 게
　　　쓰레기 더미 속에 있나 하고. 야채전을 지나치는데 어떤 여자가
　　　막 불러. 리어카에 토마토를 파는 아낙이 "당신 애기가 토마토를
　　　집어 갔어요, 애기 엄마." 이걸 어째. 등에 업힌 애는 이미 한입
　　　배어 물었고 돈은 없고 집에 가도 땡전 한 푼 없는데. 화가 나서
　　　애를 막 뚜드려 패. 이런 사람들이 많다? 그네들이 너를 보면
　　　적개심이 왜 안 일어나겠어. 그네들한텐 직장을 잃는다는 게
　　　목숨을 잃는 것과 같은 건데.

뚱보   이것저것 다 따지면 아무것도 못 해. 배 째면 아픈데? 의사가
　　　어떻게 수술하냐. 옥살이 시키면 괴로운데? 판사가 어떻게
　　　무기징역을 선고해. 기업가가 노동자의 작은 아픔까지 다 챙기다
　　　보면 개뿔 아무것도 못 하고 마는 거야.

횡보   야, 박장수. 남들 핑계대지 말어. 부처님 살찌고 여위기는 석수
　　　손에 달렸다. 너 지금까지 남들이 돈 벌어라 장사해라 해서
　　　기업했냐? 아니지? 삼화금속 팔어 말어? 니 뜻만 얘기해. 어서.

째보   빨리.

뚱보   그래 속 시원히 말해버려.

횡보   빨리 인마.

째보   지금 당장.

낭보   잠깐 잠깐 잠깐. 우리가 이렇게까지 들볶아대면 애 돌아버려.

지금 집에 불이 났어. 식구들이 다 타 죽을 판국이야. 그런데도 불 지른 놈이 누구냐고 그놈만 찾고 있어. 불 끌 생각들은 안 하고. 과거는 죽었어. 죽은 시간의 관짝을 언제까지 메고 살 거야.

뚱보   나도 과거 타령은 딱 질색이야. 중요한 건 미래야. 방향지엔 두 가지가 있어. 거북이형과 독수리형. 거북이는 코앞에서 벌어지는 일들에만 전전긍긍해. 석 자 앞도 못 내다봐. 붕 떠서 독수리처럼 멀리 내다보자고. 박장수가 앞으로 무슨 일을 해야 할지. 노사분규도 없고 정리해고도 없는 임대업을 해야 되잖겠어?

횡보   니 방향지는 틀렸어. 너야말로 거북이형이야. 코앞의 이익만 추구해. 당장 내 한 몸 편할 것만 생각하고 있다구. 임대업을 하면 나 혼자 배불리 먹고사는 거고 공장을 한다는 건 인부들 8백 명과 더불어 먹고사는 거야. 어떤 것이 더 훌륭한 방향지겠누?

째보   하루 잘 먹자고 한참 일해야 할 소를 잡어?

낭보   (분신들을 보며) 잠깐만! 우리가 박장수한테 요구하는 건 너희들도 알다시피 각자 달라. 뚱보 넌 무조건 돈을 벌어라, 째보 넌 착하게 살라, 횡보 넌 본분을 지켜라, 난 아름답게 살라.

박장수   그래서?

낭보   아름답게 사는 길은 자기 일에 열중할 때야. 넌 누가 뭐래도 기업가고 장수야. 옛날엔 국경 지키려고 창칼 들고 싸우는 게 장수였지만 요즘은 그야말로 무역 전쟁 아니냐. 기업가가 장수지. 넌 애국지사고 현대판 이순신이야.

뚱보   어렵쇼? 말이 이상해지는데?

낭보   나도 고민 고민 끝에 내린 결론이야. 나도 전에는 부황기를

싫어했어. 현실을 모르는 허풍쟁이라고. 지금은 안 그래. 부황한
만큼 목표가 높아지고 야망이 생겨.

째보   계속 얘기해봐.

횡보   어서!

낭보   '기도하라, 상상하라, 실행하라.'
          기업가는 회사를 확장시키고 돈을 벌어야 해. 한국 돈 세계 돈
          싹 긁어모을 야망을 불태워야 한다. 그게 째보가 틈만 나면
          말하는 선(善)인 거구 뚱보가 말하는 방향지(方向知)구 횡보가
          말하는 본분을 지키는 거야. 기업가가 돈 벌길 포기하는 게
          어떤 건지 알어? 작가가 대표작 써냈다고 절필하는 거고 스님이
          득도했다고 더 이상 수행하길 포기하는 거고 과학자가 기똥찬
          발명품 만들었다고 '더 이상의 연구는 필요 없다' 선언하는 거야.
          할 일이 왜 더 없겠어. 기똥찬 거 발명한 우수한 머리로 죽을
          때까지 혼신을 다해 더 좋고 더 나은 걸 만들어내야지. 안 그래?

째보   맞아. 기업가가 돈 버는 거? 분명히 선이야. 기업가가 더 이상
          안 벌겠다고 하는 거? 그거야말로 악이지. 안현숙이도 죽으면서
          그랬잖아. 많은 이에게 풍성한 그늘을 만들어주라고.

횡보   치고 나가. 위기에 절망만 하고 있는 자, 자신에게 돌 던지는
          놈이야. 자신의 최대의 적은 자신의 부정적 사고야. 내 자신을
          믿는 것보다 더 큰 기도는 없다, 너.

낭보   8백 명이 아니라 8천 명이 더불어 먹고살 수 있는 터전을 우리가
          만드는 거야. 장수여 일어나라!

박장수   그럼 다들 이렇게 의견 일치를 본 거야?

째보·횡보·낭보   응.

박장수   뚱보 넌?

뚱보	낙숫물은 떨어진 데 또 떨어져. 앞으로 또 분규 일어나면 어떡할 거야?
횡보	이번 분규는 우리 잘못도 많아. 타산지석으로 삼아 그런 일이 없도록 해야지.
뚱보	좋았어. 난 사내 중의 사내야. 내가 졌어. 너희들 뜻에 따르겠어.
횡보	뚱보야 고맙다. (악수를 청한다.)
뚱보	(악수를 하며 장수에게) 우린 회사를 살리기로 맘먹었어. 이젠 너만 남았어.
박장수	알았어. (일어나서 창 쪽으로 간다.) 늘 머리가 무겁고 뻐근했는데 팍 뚫린 느낌인 거 있지.
낭보	아! 숙제를 끝낸 이 기분.
박장수	(커튼을 젖히고 창문을 연다.) 아! 시원하다. 경치 좋다 야, 그치? 여기 오길 잘했어.
횡보	니가 기분이 좋긴 좋은가 부다 야.
박장수	왜?
째보	커튼을 젖히고 창문을 다 여니.
박장수	헤헤헤.
횡보	그럼 삼화금속을 계속하기로 결정을 본 거다, 응?
박장수	그럼.
째보	아 배고프다. 뚱보야. 나가서 뭣 좀 먹구 올까?
뚱보	좋지.
횡보	이런 맛에 여행 다니나 봐, 응?
낭보	어머머머 어머머머. 쟤네들 좀 봐. 길거리에서 키스하고 난리네. 너무 멋지다, 응?
뚱보	어디?

횡보	어디?
째보	비켜봐아.

분신들, 보려고 기를 쓸 때 박장수는 거기서 빠져나와 거울 앞에 선다.
다소 침통한 표정.
분신들, 그제야 박장수를 보고는,

낭보	장수야. 왜에?
째보	고민이 또 생겼어?
박장수	저어 우리 막둥이 말이야…….
째보	응, 우리 진돗개가 왜?
뚱보	무슨 문제 있어?
박장수	우리 막둥일…… 시골 사촌 형네 보내면 어떨까.
일동	뭐야?
박장수	야 야, 들어봐. 시골에 보내면 지 친구들도 많고 산으로 들로 자유롭게 뛰어놀 수도 있고 좋잖아. 또 공기도 맑고.
횡보	너 그거 진심이냐?
째보	너무너무 이뻐했잖아?
박장수	아니야. 지금도 사랑해.
낭보	옳아. 수의사가 얼마 살지 못한댔어. 그래서 니놈이 술수를 부리는 거야.
박장수	아냐. 왜 내 말을 못 믿어.
횡보	쌩쌩할 때 이뻤는데 지금은 싫으시다?
낭보	이빨 빠지고 털 빠지고 골골거리다 니 앞에서 죽는 꼴 보기 싫어서?

횡보	야비한 놈. 비열한 자식.
째보	넌 할머니 임종 때도 필리핀에서 들어오려면 충분히 들어올 수 있었어. 사업 핑계 대고 일부러 늑장부리다가 장례식 끝난 다음에 들어왔던 놈이야 나쁜 자식.
박장수	아니다. 그건 정말 오해다.
째보	왜 할머니 시신 보기가 겁났어? 3일 동안 상주 노릇 하기가 피곤할까 봐?
박장수	그만해.
뚱보	신혼 초 서민 아파트에 살 때 건넌방 붙박이장을 열다 생쥐를 봤다. 미선 엄마한테 말하자니 직접 잡으라고 할 테고 그럴 자신은 없고. 사내로서의 체면이 말이 아니셨겠지. 그날로 출장 가서는 집에 안 들어왔어. 밖에서 전화로만 "응! 별일 없어? 알았어. 며칠 걸릴 것 같애." "뭐야? 생쥐가 있었어? 붙박이 장 속에? 그래서 잡았어? 당신이 직접?" 다다음 날 시침 뚝 떼고 들어왔던 놈이야, 니놈이.
박장수	쪽팔리게 그 말은 왜 해?
낭보	뭐어? 자식 하나 있으면 좋겠다고?
박장수	그래.
낭보	근데 정강수가 애 가졌을 때 왜 지워버리라고 했어?
박장수	아니야. 난 애를 원했어. 정말이야. 맨날 하는 소리 못 들었니? 아들 녀석이 있으면 낚시하러 같이 댕기면 좋겠다고.
낭보	거짓말 말어. 넌 일주일 동안이나 가타부타 말이 없었어. 그게 떼라는 얘기하고 뭐가 달라.
박장수	아니야. 정강수는 나를 위해서 지 스스로 지운 거야.
횡보	나쁜 자식. 그래놓고는 눈물 흘리고 괴로워하는 척하고. 술 한잔

먹고 열 잔쯤 먹은 척하고.

박장수   그만, 그만해.

째보   엉망진창 모순 덩어리. 너 밥이야, 떡이야? 물이야, 술이야?

뚱보   맨날 세상 타령이지. "몹쓸 세상이다. 더럽고 추잡한 놈의
세상이다. 세상이 날 이렇게 만들었다." 진짜 더럽고 추잡한 놈이
누군데. 이게 다 누가 저지른 건데. 누가 회사를 망가지게 했고
누가 미선 엄마를 아프게 했고 누가 정강수를 다치게 했는데.
그놈이 누구야.

횡보   이것 봐, 박장수. 세상은 변한 게 없어. 다 널 좋아하고 다
널 필요로 해. 변한 건 니놈이야. 니가 자꾸 세상을 나쁘게만
보고 있어. 정강수? 너를 위해 애까지 지운 여자야. 미선 엄마?
니 부정 다 알아. 사랑으로 눈감아주고 있는 거야. 삼화금속
식구들? 니가 옛날처럼 열심히 일한다면 다 너를 따르고 존경할
거야.

낭보   (다정하게) 그래 장수야. 피해 의식으로 꽉 차서 살지 마. 보듬어
안어.

박장수   누가 궂은 일 안 하겠대? 한단 말이야. 하겠다니까.

횡보   근데 왜 막둥일 내다 버려?

박장수   누가 버린댔어?

횡보   그게 버리는 게 아니고 뭐야. 널 얼마나 따랐어? 넌 또 얼마나
좋아했고. 진짜 진돗개라며? 충성심이 최고라며?

째보   나쁜 자식.

뚱보   개자식.

째보   어쩔 거야? 진짜 버릴 거야?

낭보   그런 꼴도 보고 살아야지. 맨날 이쁜 거 좋은 거만 취할 수 있니?

째보	어쩔 거냐니까?
횡보	야! 대답해. 대답해보라니까.
뚱보	할 말이 없으면 '난 개자식이다' 하고 소리치든가.
째보	박장수. 어쩔거냐구?

그때 딩동딩동 초인종 소리.

횡보	야! 여자다. 어떡하지?
낭보	따줘.
째보	안 돼.
뚱보	이깟 일 가지고 왜 이래.

또 초인종 소리 딩동딩동.

횡보	야, 급한 일 생겼다고 돈만 줘서 보내자. 그럴 기분도 아니잖아.
뚱보	불러들여. 막상 대면하면 다른 기분이 생길지 누가 아냐.
째보	쪽팔리지도 않니? 멀리 이국까지 날아와 영웅께서 계집질이나 한다는 게.
낭보	저 여잔? 다른 투숙객들 눈에 띌까 봐 초조해할 거 아냐. 게다가 딱지까지 맞아봐라. 얼마나 비통하겠니.

또 딩동딩동.

뚱보	맞어. '이 직업도 이젠 끝이구나. 전성기의 종말을 고하고 내리막길을 타는 거야. 흑흑흑! 값을 내릴까?'

째보	쟤가 무슨 비련의 여주인공이라도 되냐. 미련하고 게으르고 음탕하고 지저분한 껄이다 껄.
낭보	그러지 마. 사람은 다 똑같애. 누가 누구한테 돌팔매질할 수 있어?
횡보	한가롭게 뭐 하는 거야. 보낼 거야, 말 거야? 빨리 선택해.

딩동딩동.

뚱보	어떡하지?
째보	어떡하지?
횡보	어떡하지?
낭보	어떡하지?

딩동딩동 초인종 소리. 더욱 세차다.
어쩔 줄 몰라 하는 박장수.

처녀비행

등장인물   연출가
            작가
            배우1
            배우2
            배우3
            배우4
            배우5

배우2, 변기통에 앉아 신문을 읽고 있다.

가끔씩 객석을 보며 비실비실 웃는다.

연출   (객석에서 불쑥 일어나서) 야! 준비 다 됐냐?

배우2 예.

연출   자, 시작한다.

배우2 예, 예.

연출   너무 긴장하지 말고, 객석을 무시해야 돼. 이 관객들은 니 연기를
       보러 온 것이고 넌 보여주기 위해 무대에 서 있는 거야. 니가
       자질이나 서열이나 다 관객들보다 훨씬 높아, 알았지?

배우2 예, 예.

연출   자, 심호흡을 해봐.

배우2 (심호흡을 한다.)

연출   따라서 해. (큰 소리로) 야, 이 바보 자식들아!

배우2 야, 이 바보 자식들아!

연출   나 보러 왔냐?

배우2 나 보러 왔냐?

연출   잘 봐라, 이 머저리 자식들아!

배우2 잘 봐라, 이 머저리 자식들아!

연출   그러면서 넌 관객을 존중하는 마음을 가져야 돼. 알겠지?

배우2 예.

연출   이제 진짜 시작한다.

배우2 예, 예.

연출   (시계를 보다가) 시이—작.

배우2 저는 보시다시피 지금 신문을 읽고 있습니다. 허나 이럴

때는 대게 본래의 임무를 잊고 있는 경우가 대부분이지요.
히히히. 무슨 말인지 모르겠습니까? 지금 현재의 제 상황을
말씀드리자면 주임무가 똥 누는 것이고 부임무가 신문을 보는
것이지요. 그런데 신문을 제대로 보기 시작하면 똥 누는 것을
잊어버린다니까요. 힘을 못 준단 말입니다. (화를 내며) 뭘 그리
꼼꼼히 봅니까? 당신들은 똥도 안 눕니까? 제길헐. 난 이래 봬도
이 작품의 주인공이란 말입니다. 하긴 연극배우라면 무시부터
하고 보는 세상이니…… 흥! 이 세상이 정상은 아니라고요.
(밑을 닦으면서) 내가 결혼할 때 어땠는지 아십니까? 장인이 "뭐?
배우? 니놈은 안 디야." 똥 푸는 직업보다도 더 싫어하더라고요.
그래서 그다음부턴 연극을 그만뒀어요. 아, 그런 배우 해서 뭐
합니까? 연극해서 병신되지 배곯지……. 연출하는 놈들도 지독한
놈들이지, 돈도 안 주고 막 공연만 하래요. 한번 씨익 웃으면
그만이에요. 흥! 우리는 뭐 땅 파먹고 산답디까? 지나 나나 오
창자 일곱 동공인데, 헤헤헤. 그래도 배우가 무대 안 지키고 뭐
한답디까? 이것도 다 지 업인데 (변기통 물을 튼다. 물이 안 나온다.
변기통 안을 들여다보다가) 난 똥을 사랑합니다. (신나듯 말이
빨라진다.) 똥은 본래 우리의 것입니다. 똥은 우리로부터 버려진
자들입니다. 똥은 우리의 생명의 요소임에도 불구하고 생명의
찌꺼기로 오인받고 있습니다. 똥은 우리가 살고자 하는 부단한
노력의 표현이자 상징이며 결정체입니다. 똥이 없으면 우린
죽습니다. 희망 소극장 캠페인, 똥을 사랑합시다!

연출　　(객석에서) 맞습니다. 똥은 더러운 것이 아닙니다. 인식의
　　　　차이지요.

배우4   (객석에서 일어나) 그래요, 나도 그런 얘기를 하나 알고 있죠.
        친구네 집에 놀러 갔을 때 친구 엄마가 행주로 숟가락을 닦아서
        주면 우린 아무 생각 없이 맛있게 잘 먹습니다. 그런데 걸레로
        닦아서 주면 복통을 일으킬 것입니다. 왜냐? 위생적으로 안 좋기
        때문이겠죠. 그러나 걸레나 행주나 대장균 마릿수는 똑같다
        이겁니다. 무엇으로 닦아도 더럽기는 마찬가지죠. 한마디로
        인식의 차입니다. 이것을 실지로 보여드리겠습니다. (무대로
        올라간다. 배우2에게) 가서 세숫대야에 물 좀 떠 오세요.

        배우, 떠 온다.

배우4   (의자에 앉아 양말을 벗는다.) 발을 담가보겠습니다. (담근다. 발로
        물장난을 친다.) 나와서 이 물로 세수하실 분? 없으세요? 과히
        더럽지 않은 물입니다. 없습니까? 바로 이것입니다. 상황을
        옮겨봅시다. 대중목욕탕으로 가봅시다. 우린 공동탕 안에 있는
        물로 세수도 하고 머리도 감고 중요한 부분도 과감히 씻습니다.
        그 물이 더럽다고 느끼는 사람은 하나도 없을 것입니다. 허나
        그 물이 어떤 물입니까? 많은 사람의 발바닥은 물론이며 그
        이상의 것까지도 담갔던 물인 것입니다. 그뿐입니까? 여기에
        있는 대부분의 사람들도 탕 속에서 방뇨한 경험을 가지고
        있을 것입니다. 그런데 왜 이 대야의 물로는 세수할 수 없고 그
        물로는 세수할 수 있단 말입니까. (세숫대야의 물로 세수한다.
        상쾌한 표정으로 얼굴을 닦는다.) 방바닥이라는 게 뭡니까? 우리의
        발바닥들이 무수히 짓밟고 간 자리입니다. 그런데 왜 방바닥에
        떨어진 밥풀은 주워 먹을 수 있고 발바닥에 떨어진 밥풀은 먹지

못한단 말입니까. (정중한 자세로 서서) 우리 이런 편견, 이런
모순은 고쳐나갑시다. 희망 소극장 캠페인, 똥을 사랑합시다.
감사합니다.

연출   잘했어. 잘했어. (무대로 올라온다.)

배우4   (퇴장)

연출   안녕하세요. 전 이 작품의 연출자입니다. 1미터 70센티.
73킬로그램. (눈을 가리키며) 0.4, 0.5. (인사를 꾸벅하며)
이중달입니다. 익제공파의 18대 후손 중 쓸 만한 물건이죠.
저는 지금 제 자신에게 대단히 화를 내고 있습니다. 때문에
완전한 자아 상실 속에서 생활하고 있는 느낌이지요. 여기서
완전함이란 말은 불투명한 것으로는 완전하다는 뜻이지요.
그러나 그러한 가운데서도 저를 엄격하게 다루고 있는 중입니다.
(사이) 세상은 정말 낭만적이고 저같이 보헤미안 기질이 다분한
사람들에겐 살기가 벅찬 곳일 겁니다. 찬란하고 눈이 부셨던
봄날로부터 지금까지 저는 줄곧 꿈을 꾸어왔습니다. 제가
이렇게 거창하게 꿈 얘기를 하니까 무슨 대단한 것인가 하고
생각되실지 모르겠습니다만 사실 제 꿈은 평범한 사람이 되는
것이었습니다. 공부나 철학이나 운동이나 취미 같은 것이 모두
평범하게 되기 위한 수단이 되는 그런 평범한 사람 말입니다.
그 바탕 위에 예술에 몰입할 수 있는 약간의 예지가 있었으면
좋겠다고 늘 생각해왔습니다. 바로 저 창가에 서서 말입니다.
그날도 저 창가에 서서 이런저런 생각을 해보았지요. (창가로 가서
혼잣말로) 역행하지 말고 자연스럽게. 그렇지 자연스럽게……
그때 저 미친놈이 찾아왔습니다. 일은 그때서부터 차근차근

꼬이기 시작했죠. 터져버리고 만 거예요.

작가   이 형. 이 형 계시오?

연출   어제는 산수유 꽃이 노오랗게 피어 있는 풀섶에 앉아도 보고
아침 산보도 넉넉히 해두었습니다. 높고 낮은 언덕마다 연분홍빛
진달래가 흐드러지게 피어 있었고 매화랑 벚꽃도 보았습니다.
우리가 자연을 벗하고 살 때 그곳에 깊은 열락이 있으리라고
느껴보기도 했습니다. ……저는 이런 사람입니다. 이같이
서정적이고 낭만적인 사람입니다. 그런데 저 미친놈만 보면
그냥 쌍스러워진다고요. 사실 난 잘못이 없어요. 난 저 자식의
전작을 해서 망했습니다. 그런데도 나더러 지 작가료 떼먹었다고
난리예요. 작가료? 몇 푼 안 돼요. 고작 20! 아까워서 안 주는 게
아닙니다. 더러워서 안 줍니다. 예술 하는 놈이 맨날 돈 돈 돈!

작가   이 형, 이 형.

연출   없소.

작가   어디 나가셨습니까?

연출   그런가 봅니다.

작가   (찾아낸다.) 하하하, 연출가 나리.

연출   (아까의 당당한 태도와는 달리 사삭스럽다.) 아이고, 작가 선생.

작가   그래 그동안 재미는?

연출   저야 뭐, 그저 그랬습지요.

작가   또 저 창가에 서서 진달래와 개나리 얘길 했었습니까?

연출   아닙니다. 체조하고 있었습니다.

작가   (팔운동을 하며) 맨손체조요?

연출   아뇨. (발 운동을 하며) 맨발 체조요.

작가   똥배가 좀 들어가셨나?

연출	(헛기침)
작가	선생의 똥배는 아주 감상적이십니다그려. 어떻게 보면 그 똥배에 소복 입은 여인네의 애환이 서려 있는 것도 같고 도살장에 끌려가는 미륵 돼지의 발악이 담겨 있는 것도 같습니다. 또 어떻게 보면 지성적이란 말이외다. 하하하.
연출	그 말 하러 오셨소?
작가	돈 좀 있소?
연출	작가료요?
작가	그건 포기한 지 오래고.
연출	얼씨구.
작가	당신의 지독함을 내 어찌 쫓으리요. 크흐. 어디 가서 소주 한잔 들이킬 값.
연출	좋지요.
작가	좋은 줄이야 누가 모르우? 있소, 없소?
연출	하하하, 작가 나리. 이 연출자를 뭘로 아십니까. 우선 당구장부터 가입시다.
작가	부터?
연출	까지도 책임지겠소.

당구를 친다.

연출	신나게 때리는 겁니다. 당구알이 박살나도록.
작가	웬 돈이우?
연출	아무려면 단원들 캐라 떼어먹었겠습니까?
작가	내 돈은 안 줄 거요?

298

연출	예?
작가	작가료 말이오.
연출	좀 기다리십시다.

당구를 칠 뿐 말이 없다.

잠시 후.

작가	우리도 활개 칠 날이 온 것 같은데 어떻게 생각하우?
연출	당 멀었습니다.
작가	연극을 잘못 하니까 그렇지 작품만 좋아보슈. 장사진을 이룰 테니까.
연출	참, 꿈도 크십니다. 접어두시오.
작가	접어두긴 아직 일러요. 당신도 한국인의 미적 감각 앞에 죄의식 좀 느끼시오.
연출	연극 같은 데에 관심이나 있는 줄 아시오?
작가	나무를 잡고 눈물이나 짜니까 그렇지.
연출	대본이 그런 걸 어떻게 합니까?
작가	"무엇이? 아버지가 돌아가셨다고? 흑흑흑." 이게 연기요? 미친놈이 조용히 설사하는 거지. 좀 더 관객과 밀착된 연극을 해야 한다고요.
연출	그걸 누가 모릅니까?
작가	알면 고쳐야 될 게 아니오.
연출	제길헐. 당구까지 안 맞네. 나갑시다.
작가	게임은 끝내야지.
연출	연극 얘기만 나오면 울화통이 터진단 말이오.

조명, 약간 어두워진다.

술에 취해 있다.

연출가의 손엔 소주병이, 작가의 손엔 오징어 다리가 들려 있다.

작가   한번 해봅시다.

연출   글쎄 안 된다니까요.

작가   안 되긴 왜 안 돼요. 시도나 해봤소?

연출   빤한 거 아니오. 내로라하는 소극장들도 문 닫는 판국인데
         나더러 소극장을 차려보라구? 후후후, 차라리 내 무덤이나
         파라고 하시오.

작가   좋았어.

연출   뭐가요?

작가   헤헤헤.

연출   쯧쯧쯧.

작가   내 작가료 안 받겠소.

연출   아이쿠 고맙습니다. 통 큰 결단에 몸 둘 바를 모르겠습니다.

작가   웃돈도 없으리다.

연출   천 원? 만 원?

작가   연출가 나리.

연출   작가 선생.

작가   사람으로 태어나 꼭 한번 해봐야 될 것이 자기 집을 직접
         지어보는 것이라고 합디다. 우리야 어차피 연극해야 할 사람이
         아니오. 그렇다면 소극장도 한 번쯤은 지어봐야지.

연출   그걸 내가 왜 모르겠소. 내 소원도 소극장 갖는 게 꿈입니다.

작가   그럼 됐잖소.

연출	되긴 뭐가 돼요?
작가	소극장이 당신의 꿈이라며?
연출	꿈 가지고 될 일이오?
작가	허허. 그 똥배 안에 배짱이 있겠다 실력이 있겠다 뭐 그리 걱정이 많수?
연출	지금 나한테 객기 부리는 거요? 우리 이 아까운 술 곱게 취합시다.
작가	객기라고? 너 술 취했냐?
연출	뭐? 너? 야, 이 친구야. 말이면 다 말인 줄 알아? 나도 사내대장부야.
작가	넌 사내대장부 되려면 멀었어, 인마.
연출	인마, 니놈만 연극 때문에 골병들었냐. 나도 이 나이 먹도록 혁대 풀어놓고 원 없이 먹어본 적이 없는 사람이야. 알겠어?
작가	그러니까 소극장을 차려보자는 거 아냐.
연출	이런 미친놈 봤나.
작가	미친놈? (머리로 연출자를 박는다.)
연출	(넘어진다.) 그럴 돈이 어딨어. 집 얻고 조명 갖추려면 얼마나 드는 줄 알어?
작가	창고 같은 데 빌리면 되잖아.
연출	창고는 누가 공짜로 주고?
작가	그럼 이대로 술만 처먹는다고 뭔가가 해결될 것 같냐. 나가서 찾아봐.
연출	그러는 넌 왜 못 찾냐.
작가	그러니까 같이 찾자는 거 아냐.
연출	미친놈. 그런 돈 내놓을 놈이 어딨어.
작가	내가 5백만 원 내놓겠다.
연출	니가?

작가	그래, 인마.
연출	인석아, 정신 차려.
작가	(연출을 덮치면서) 차리고 있다, 인마.

둘이 부둥켜안은 채 객석으로 떨어진다.

배우3, 4, 5 무대에 올라가 창녀를 연상케 하듯 요염하게 서 있다.

배우3은 두목 역, 배우4는 부두목, 배우5는 똘마니 역이다.

배우1, 왼쪽에서 등장한다.

오른쪽으로 가다가 배우3, 4, 5가 있음을 보고 그 기세에 눌려 찔끔 선다.

배우5	(배우1에게 요염하게 다가가서) 오빠 놀다 가.
배우1	저어…… 집에 빨리 가야 돼요.
배우5	잠깐만, 응?
배우1	시간이 없어요.
배우5	뭐 시간 가지고 놀우? (껴안는다.)
배우1	돈도 없어요.
배우5	아이, 빼지 말고. (치마를 슬쩍 올려 허벅지를 보이며) 아! 고독한 밤이야.
배우1	와, 미치겠네.
배우5	(배우1을 끌며) 어서어.
배우1	이거 놔요. 빨리 가야 돼요.
배우5	아이, 오빠. (포옹하여 몸을 주무르다가 배우1의 뒷주머니에서 지갑을 꺼낸다.) 아유, 돈도 있으면서 그래.
배우1	(배우5를 붙잡으며) 안 돼요. 내 한 달 월급이에요. 어서 주세요.

배우5	(배우4에게 지갑을 던진다.)
배우4	야, 너 이리 와봐.
배우1	예?
배우4	이리 와봐, 자식아.
배우1	왜…… 왜요?
배우4	너 여기가 어딘 줄 알고 밤늦게 쏘다녀. 죽고 싶어 그래?
배우1	그게 아니라.
배우4	아니긴 뭐가 아냐, 인마. 젖 냄새 펄펄 나는 것이. (배우5에게 지갑을 던지면서) 얼만가 세봐.
배우5	8만 원인데요.
배우1	안 돼요.
배우4	야, 쇳가루 좀 쟁여 갖고 다녀라, 엉.

배우4, 배우1의 뒤통수를 빡빡 친다.
열 받는 배우1.

배우1	야! 이 기집애들이 보자 보자 하니까.
배우4	혈압 오르게 하지 마. 시계 풀어.
배우1	뭐야? 이것들이 정말.
배우4	나 조용히 살고 싶어.
배우5	애들은 상처 안 나는 게 최곤데, 응?
배우1	흥! (싸울 자세를 취한다.)
배우3	(색안경에 두목 타입) 조용히 처리해. 시끄럽게 하지 말고.
배우4	예. (배우5에게) 붙어봐. 일단 벽으로 붙어서 양 훅을 날리는 거야. 벽에는 왜 붙느냐? 뒤는 안전빵이니까 앞만 해결하면

되잖니. 경험으로 생각해. 맞을 때 눈 떠야 된다는 것 잊지 말고.

배우5 예.

배우5, 벽에 붙는다.

배우1과 격투를 벌인다.

싸움이 오래가자 배우4가 배우1의 팔을 꺾어 무릎을 꿇린다.

배우4 넌 그래도 내 둘째 동생 닮아서 봐주는 거야, 인마.

배우1의 배와 등을 차는 배우4.

기절하는 배우1.

배우4와 5, 배우3에게 돈과 시계를 상납한다.

배우4 반지는 구리로 만든 거라 봐줬습니다.

배우3 (고개를 끄덕인다.)

배우1 (가까스로 일어나 도망친다.)

배우3 (배우4에게 손을 내민다.)

배우4 예?

배우3 꼬불친 것.

배우4 죄송합니다. (주머니에서 돈을 꺼내 배우3에게 준다.)

배우2를 데리고 등장하는 배우1.

배우1 저기 있어요. 저것들이에요. 야! 이제 죽었다고 복창해.

배우3 이것들 피라미 아냐, 엉.

배우4   이건 또 뭐야?

배우2   뭐야? 하하하. 요것들이 제법 귀엽게 노네. 마포의 쌔우 어른을
         몰라보고.

배우4   마포의 쌔우? 난 노량진의 꽁치다, 이놈아.

배우5   오빠 놀다 가세요, 네? (배우2의 품에 안긴다.)

배우1   (배우2에게) 조심하세요.

배우2   (배우5를 품에 안으면서) 헤헤헤.

배우5   오빠 나 싱싱하지?

배우2   비린내 난다, 인마.

배우5   그래요? (배우2의 팔을 꺾으려 한다.)

배우2   (배우5의 팔을 되꺾으며) 어휴, 요것들을 그냥. (배우5의 엉덩이를 차
         쓰러뜨린다.)

배우4   어이 쌔우. 이리 와봐.

         배우2와 4, 뒤엉켜 싸운다.

         그때 배우3이 배우2를 지팡이로 쳐서 넘어뜨린다.

         배우2가 넘어졌다가 일어나려는 순간, 배우3이 칼을 뽑아 배우2의 목에
         겨눈다.

         배우3이 잽싸게 배우2의 호주머니에서 돈을 뺏는다.

배우3   조용히 꺼져. 난 시끄러운 걸 싫어하는 사람이니까.

배우1, 2 (도망친다.)

배우4   두목님, 가시지요.

배우3   (고개를 끄덕인다.)

모두 퇴장.

연출, 무대 위로 올라온다.

연출   동물원에서 본 비단구렁이는 나에게 많은 것을
       가르쳐주었습니다. 몸을 꼬아 둥근 방석을 만들어 잠자고
       있던 거대한 구렁이. 1톤은 족히 나가 보였죠. 그때였습니다.
       조그마한 구멍이 열리면서 흰쥐가 우리 속에 내던져졌습니다.
       구렁이의 먹이였지요. 흰쥐는 그것도 모르고 아장아장 걸어
       다니면서 뭔가를 갉아 먹고 장난도 치곤하였습니다. 그런데
       아뿔사! 흰쥐가 구렁이의 몸을 타고 오르는 것이 아닙니까?
       그곳이 바위인 양 대지인 양 뛰어노는 것이었습니다.
       운명이었지요. 자기 무덤 위에서 장난치는 흰쥐는 내 모습이기도
       하였고 그것은 분명히 운명이었습니다. 키르케고르는 이렇게
       말했지요. 인간이란 어떤 절대자에 의해 한순간 내던져진
       상태, 목에 올가미가 걸린 채 절대자의 부름만을 기다리는
       불안에 떠는 존재라고요……. 주위에서는 말렸지요. 그러나
       그러면 그럴수록 난 어떡하든 연극과 같이 힘차게 살아갈
       것을 다짐했습니다. 애당초 연극을 시작한 것이 운명이라면
       난 이미 망가진 운명이었고 또 홀가분한 운명이기도 했습니다.
       해서 못난 운명, 가난한 운명과 싸워보고 싶었습니다. 그래서
       운명과 싸우려 했던 어리석음이 한이 되고 후회스러울지라도
       난 부딪쳐보고 싶었습니다. 작가의 말마따나 내 집을 지어본
       거죠. (극장 구석구석을 훑어본다.) 기적 같은 일이었죠. 작가는
       다음 날 여보란 듯이 현찰로 5백 13만 원을 가져왔습니다.
       싱긋 웃으며 내놓는 그의 웃음 뒤에 얼마만큼의 갈등이 숨어

있었을까요. 그의 행동은 나에게 커다란 용기를 주었습니다. 똥 얘기만 지껄여대던 미친놈이 전 재산을 내게 가져온 것입니다. 난 서둘렀습니다. 전세금을 빼고 이쪽저쪽에서 돈을 빌렸습니다. 해서 여길 이렇게 잡았습니다. 어떻습니까? 저는 이곳을 계약하고는 혼자 즐거워서 노래를 불렀지요.

(노래) 떴다 떴다 비행기. 날아라 날아라. 하늘 높이 날아라. 우리 비행기.

그런데 막상 계약해놓고 보니 첩첩산중이에요. 제가 흰쥐였다면 돈과 관객은 거대한 비단구렁이였습니다. 아무리 궁리해봐도 소극장이 운영될 것 같지가 않았어요, 왜 심리라는 게 그렇잖아요. 조금 더 조금 더, 돈은 계속 들어갔죠. 제가 너무 흥분한 나머지 일을 막 해버렸던 거죠. 하지만 하나하나 부딪쳐보기로 했습니다. (배우들에게) 넌 쓸구, 넌 닦고, 넌 치우고. 넌 못 박을 자리 찾아 못 박고, 넌 뭣이든 해.

부산하게 움직이는데 암전. 어둠 속에서,

연출	정렬아, 왜 그래?
배우2	정전이에요.
연출	뭐 정전? 합선됐나 잘 봐.
배우3	한전에 연락해.
배우4	한전도 정전일걸.
배우1	연출가님, 음향은 어떻게 하죠?

연출	불 나갔는데 음향이 문제냐.
배우1	불 들어오면 뭐 합니까. 스피커도 없는데.

불이 들어온다.

연출	인마, 생음악으로 해. 히트 치면 새걸로 사놓을 테니까.
배우2	선생님.
연출	왜?
배우2	배우가 부족해요.
연출	무슨 배우?
배우2	와이키키 살롱인데 사람이 좀 있어야 되잖아요?
연출	아무나 불러와, 어서!
배우2	(관객에게) 여기 술이 있는데 누구 나와서 술 마실 분 없습니까?
배우3	술 마시면서 잠시 연기자가 되는 겁니다.
배우5	끼리끼리 오셨으면 같이 나오셔서 춤을 춰도 좋습니다.
배우4	뭐 창피해하실 것 없어요. 평소처럼 까불면 돼요.
연출	안 되겠어. 각자 잡아와.

배우 일동, 객석에서 상대역을 할 사람을 데려온다.

연출	(객석에서 데려온 손님들에게 서부 모자를 하나씩 씌워주면서) 차렷, 열중쉬엇, 차렷. 에, 지금부터 여러분은 배웁니다. 첫 장면은 그저 춤추면서 노는 겁니다. 신나게들 노세요. 그러다 보면 어떤 건달이 들어옵니다. 그는 악명 높은 건맨 잭팟이에요. 그럼 여러분은 어떻게 해야죠? 무서우니까 슬슬 피해야겠지요.

보안관 뒤로 가 숨으세요. 보안관은 탁자에서 술 먹고 있을
테니까. 그러다가 건달이 기관총을 갈기면 "으악" 소리를 내면서
죽는 겁니다. 죽을 때 그냥 푹 쓰러지지 말고 멋있게 죽어봐요.
알겠죠? 차렷, 열중쉬엇, 차렷, 경례. (인사를 받으면서 객석으로
내려온다.) 그럼 각자 자리로. 정렬아, 조명 꺼. (암전) 작가
선생은 음향을 부탁합니다. 황야의 건맨으로.

작가   (노래를 부른다.) 따라라라 따라라…….

연출   정렬아. 조명 준비. 라이트 인.

용명되면 춤을 추기도 하고 술을 마시기도 한다.
보안관, 등장해서 탁자에 두 다리를 올려놓고 멋있게 술을 마신다.
잠시 후,

연출   배우1, 등장.

배우1   (사방을 둘러보며 등장. 춤을 추고 있는 배우4의 발을 일부러 밟는다.)

배우4   아얏. 뭐 이런 사람이 다 있어?

배우1   짜아식 앙알거리긴. 모두 듣거라. 나 잭팟으로 말할 것 같으면
현재 120명을 죽인 피곤한 몸이시다. 허니 알아서들 기거라.
하하하.

배우2   (보안관 역) 잭팟이라면 그 악명 높은 살인자 잭팟?

배우1   그렇다. 니놈이 바로 그 유명한 쌍권총 속사포 보안관 조
후레쉬구나.

배우2   그렇다.

배우1   흐음. 잘 만났다. 널 찾으러 여기까지 왔는데 이렇게 마중까지
나오다니.

연출	엑스트라들 구석으로.
배우1	니 녀석이 분명 내 동생 찰튼 스물통의 생명을 앗아간 보안관이렸다.
배우2	<u>흐흐흐</u> 어쩔 수 없구나. 스스로 죽음을 재촉하다니.
배우1	(기관총을 난사한다.)
연출	(속삭이듯이) 엑스트라들, 죽으세요.

엑스트라 죽는다.
움직이는 엑스트라에게 확인 사살을 하는 배우1.

배우1	똥파리들은 미리 죽었다.
배우2	고맙다. 그럴 줄 알고 나도 총을 안 뽑았다.
배우1	역시 넌 내 적수로구나.
배우2	자. (서로 등을 맞댄다.)
배우1	몇 세기냐?
배우2	일곱 세기다.
배우1	좋다. 하나, 둘, 셋, 넷, 다섯, 여섯 (미리 돌아서서 배우2를 쏜다.)
배우2	(죽으면서) 비겁한 놈. 미리 돌아서다니.
배우1	승부의 세계는 냉혹한 법. (엑스트라를 밟고 지나가 술을 마신다. 그러면서 술을 그들에게 뿌린다.)
배우4	아이 차가워.
배우1	이년이 아직까지도 살았구나. (총을 쏜다.)
배우4	으윽!
배우1	가련한 것들.
배우2	(있는 힘을 다해 일어나서 배우1을 쏜다.)

310

배우1	(죽는다.)
연출	한 번 더!
배우1	(일어서려다가 다시 죽는다.)
연출	마지막 안간힘!
배우1	(한 번 더 용을 쓰고 죽는다.)
연출	이리하여 와이키키 살롱에선 살아남은 자가 하나도 없었던 것이었던 것이었다.
작가	(노래를 부른다.) 따라라라 따라라.
연출	(무대에 올라가서) 자, 잘했어요. 수고했습니다. 들어가세요.
작가	틀렸어. 이건 관객을 우롱하는 거라고. 저질 저질 저질 코미디야. 관객을 우습게 보지 말아요. 저들은 섬세하면서도 가슴이 찡한 것을 요구하고 있습니다. (관객에게) 안 그렇습니까?
연출	하지만 관객이 배우로서 참여한 마당극 스타일이었잖습니까.
작가	"탕! 탕! 으윽!" 이것도 연기입니까?
연출	그럼 이 저질 대본 가지고 도대체 어떻게 하란 말이오?
작가	그걸 나한테 묻소? 연극한답시고 십 몇 년을 한 우물만 파온 사람이. 한마디로 당신은 무능해요. 당신은 대학에서 배운 썩은 이론에 얽매여 있다구요. 연극이란 그런 게 아닙니다. 자연스러운 게 연극이에요. 컵을 집더라도 이렇게 집어야 되고, "철수야" 하면 꼭 이렇게 45도 각도로 돌아보아야 하는 것이 아니란 말입니다.
연출	대극장에서는…….
작가	여긴 소극장입니다.
연출	누가 뭐래요? 그래서 난 그 방법을 안 썼어요.
작가	썼어요.

연출	뭘 좀 알고 말하십쇼. 난 지금까지 소극장용 실험극으로 이 작품에 임해오고 있습니다. 그런데 나더러 구태의연한 연극을 하고 있다니, 그게 말이나 됩니까? 저 사람들한테 물어보라구요. 흥, 솔직히 말해서 이게 작품입니까?
작가	내 작품이 어때서?
연출	이게 애들 장난이지 작품이냐?
작가	그러니까 넌 차원이 낮은 거야. 우린 새로운 연극을 해야 한다고. 그런 의미에서 자넨 연출가의 자질이 못 돼.
연출	자질이 못 돼? 넌?
작가	우선 그 똥배부터 집어넣으라구. 예술 하는 사람은 60킬로가 넘으면 안 돼. 그 부푼 똥배처럼 안일하거나 행복스럽게 살 수 없어. 지났으니 말이지만 자네 당구 칠 때 똥배 좀 씰룩거리지 않았음 좋겠어. (뒤로 당구치는 흉내를 내며) 이게 뭐야? 똥배를 너무 과용하는 거 아냐?
연출	니놈의 결론이 뭐야? 이 연극을 통해 인식의 차이를 보여주자고? 야, 어떻게 걸레와 행주가 같고 똥과 된장이 같냐?
작가	넌 마치 요크셔 같애. 지성적인 요크셔. 니가 서 있는 폼이 마치 돼지가 뒷다리로 일어서서 이렇게 기우뚱 서 있는 것 같아. 어때 너하고 똑같지?
연출	(멱살을 잡으며) 이 새끼야! 니놈 얼굴이 얼굴인 줄 아냐? 썩고 삭고 쉬었어, 인마.

서로 싸운다. 배우들이 올라와서 말린다.

배우2	왜들 이러십니까. 점잖은 분들끼리.

| 배우3 | 연출 선생님. |
| 배우4 | 작가 선생님. |

배우3은 연출가와 배우4는 작가와 엉켜 붙는다.
싸움을 말리려는 심산인 모양이나 꼭 연인끼리 부둥켜안은 것 같다.
갑자기 당한 봉변에 누그러지는 작가와 연출.
헤헤. 기분이 좋다.

배우3	싸우시면 싫어요.
배우4	저두요.
배우5	두 분께서 싸우시면 우리네 불초소생들은 어쩌란 말입니까?

이들의 연기가 신파극이 된다.

배우3	싸우지 마시와요. 우리는 앞으로 험난한 파도와 맞싸워야 되잖아요. 세상이 우리를 곰마단 패거리라 여긴다 해도, 그 당사자인 우리끼린 서로 위해주며 따뜻하게 다독거려야 되잖아요.
배우4	그렇습네다. 우리의 항해길은 멀고도 험합네다. 신대륙을 찾기 전까진 싸우셔선 아이 됩네다.
연출	알겠소. 미안하오. 우린 모두 불쌍한 사람들이오. 흐흐흐.
작가	미안하오, 연출자 선생. 내 혀가 짧은 탓이외다. 흐흐흐.
배우5	저기 저 밑을 보아요. 관객들이 구름떼처럼 몰려오고 있어요.
연출	무엇이? 구름떼처럼?
배우5	20명은 족히 넘을 것 같습니다.

연출   그래? 여보시오, 작가 선생.

작가   말씀하시오, 연출 선생.

연출   입장료는 얼마나 받을까요?

작가   3천 냥?

배우1   너무 비쌉니다.

작가   그럼, 2천 5백 냥?

배우2   그것도 비싼 액수랍니다.

배우5   그래요. 제 생각도 그러하답니다. 우린 우리 민족의 가난한
                현실을 외면해선 안 될 것입니다.

배우1   물이 높은 곳에서 낮은 곳으로 흐르듯이 입장료도 낮으면
                낮을수록 많이 흘러들어 올 것입니다.

배우2   그렇습니다. 우리 속담에도 있잖습니까. 싼 게 비지떡이라고.

연출   그럼 2천 냥으로 합시다.

배우 일동 (절을 하면서) 황공무지로소이다.

            무대는 어전으로 변한다.

연출   (임금 역) 경들은 들으시오. 이 극의 입장료를 2천 냥으로 정하는
                바이니 그대들은 이 엄명을 받들어 추호도 빈틈이 없도록
                수렴하기 바라오.

배우 일동 황공무지로소이다.

배우5   하오나 김 상궁 한 가지 청이 있사옵니다.

연출   말해보시오.

배우5   요즘 극장가에는 대량의 초대권이 횡행하고 있는바, 이는 연극의
                품위를 손상시키고 나아가서는 연극의 존속마저 위태롭게 할

것이니, 당 극단에서는 이를 철회함이 옳을 듯하옵니다. 이 점 통촉해주시옵소서.

배우2 그렇사옵니다. 초대권을 내고 들어오는 사람은 꺼덕꺼덕 졸기 마련입니다. 일찍이 어떤 선생께서는 텔레비전과 영화의 차이점을 "유료냐 무료냐에 있다"고 하였습니다. 즉 텔레비전은 공짜로 보는 것이니, 눈에 안 차면 채널을 마구마구 변혁시키기 때문입니다. 하오나 영화는 입장료가 아까워서라도 끝까지 열심히 보게 되니 염려가 그리 심치 않다고 하옵니다. 입장료를 지불했기 때문에 뭔가 얻어내려는 진지한 노력, 이것이 바로 우리 극단이 취해야 할 막대 국사인 것입니다. 초대권의 남발은 흥망의 기로에서 망(亡)을 택하는 것이옵니다. 이 점 유념해주시옵소서.

배우1 소인 박 내시 진언 올립니다. 누군 공짜로 들어오고, 누군 기생 것까지 4천 냥을 내고 입궐한다면, 다음부턴 억울해서라도 아니 들어오게 될 것으로 사료되옵니다.

배우3 심지어 우리 기생의 친구들 표까지 다 사준다면 그 액수는 심히 표현키 어려울 것입니다.

연출 다들 지당한 의견이오. 내 그대들의 소청을 쾌히 받아들여 초대권의 남발을 막도록 하겠소. 천 장군은 들으시오.

배우2 예.

연출 그대는 오늘부터 물 샐 틈 없는 경비를 펴서 초대권의 유출을 막기 바라오.

배우2 예으이.

연출 다들 들으시오. 내 앞으로도 그대들의 의견을 좇아 정책을 결정할 것이니 그대들은 다만 연극다운 연극이 되도록 힘써주기 바라오.

배우 일동 성은이 망극하여이다.

배우4 지금부터 연극다운 연극, 〈푸줏간의 음모〉를 보여드리겠나이다.

배우2 상궁들은 어서 어명을 받들도록 하라.

배우3 (옷을 벗으며) 분 바르고 손님을 맞겠나이다.

배우5 (옷을 벗으며) 잠시 불을 끄겠나이다.

용명되면 동물로 분장한 배우들.

배우1은 꿀꿀이 역을, 배우2는 야옹이, 배우3은 꼬댁, 배우4는 음매,

배우5는 멍멍이 역을 맡는다.

멍멍 (흐느끼면서) 어쩌면 그럴 수가 있지. 지네들 목숨이 소중하면
우리들 목숨도 소중한 걸 알아야 될 게 아냐?

꿀꿀 그건 메리가 잘못한 것이야. 아무리 건빵을 주더라도 그렇지,
주인이 꼬신다고 무턱대고 따라가면 어떡해.

멍멍 내 동생은 설마 했던 거지. 여느 때처럼 산보나 가는 줄
알았겠지.

음매 그래도 오늘이 복날이란 것을 염두에 뒀어야지.

멍멍 아! 불쌍한 메리. 그렇게 주인만을 따르더니만 결국 그놈 밥이
돼버리다니.

꼬댁 인간이란 어떠한 상황에서도 믿어선 안 돼.

야옹 주인아저씨가 메리를 어떻게 했는지 난 다 보았어.

멍멍 아, 끔찍해. 얘기하지 마.

꼬댁 아니야, 얘기해. 우린 자꾸만 그런 얘길 들으면서 강해져야 돼.

멍멍 꼬댁아. 그래도 어떻게 내 동생의 최후를 들을 수 있겠어.

316

	부탁이야. 하지 마.
꼬댁	멍멍아. 넌 너무 감상적이야. 니 동생의 죽음은 그것으로 끝나지 않아. 우린 냉정해야 돼.
야옹	메리를 재건산 중턱까지 데리고 가는데 건빵이 세 봉지나 들었어. 그때까지 메리는 전혀 눈치를 못 챈 것 같아. 내가 "야옹야옹" 소리를 쳐도 건빵 받아먹느라고 정신이 없었어.
멍멍	바보 자식. 지 무덤으로 가는 줄도 모르고.
야옹	그러다가 재건교 다리에 다다르자, 그제야 메리가 눈치를 챘어. 애원을 했지. "살려주세요. 네? 목숨만 살려주세요. 시끄럽게 느끼신다면 멍멍 짖지도 않을게요."
멍멍	아! 아! 메리야.
야옹	하지만 주인은 미동도 없었어. 죽이는 데 필요한 최소한의 조바심마저도 없었지. 학교에서 도대체 뭘 배웠는지 모르겠어.
꿀꿀	"돼지고기는 어떤 부위가 제일 맛있을까요? 　1. 족발 　2. 갈매기살 　3. 목살 　4. 삼겹살"
음매	소설책 읽으면 선생이 공부하라면서 책을 뺏어간다니 심성 교육이 제대로 됐겠어?
야옹	목 매달린 메리의 최후란 너무 잔인했어.
꼬댁	짚으로 몸을 끄실리며 맛있게 구웠겠지. 다음에 메리의 배를 갈라 창자는 창자대로 끄집어냈을 거구. 저녁상엔 메리의 허벅지가 그들의 굶주린 식성을 돋우었을 거야.
멍멍	아아! 그만해. 꼬댁이 넌 너무해.

꼬댁	나쁜 놈들. 잔악한 놈들.
음매	우리도 언제 그렇게 될지 몰라.
야옹	도망치자.
꿀꿀	뭐 먹고 살고?
야옹	내가 훔쳐다줄게.
꿀꿀	어디서 살고?
야옹	아무 데서나 살지. 여기보다야 못하겠어?
꼬댁	안 돼. 그래봤자 산짐승들의 먹이밖엔 안 돼.
야옹	그럼 어떡하잔 말이야? 이대로 눈 멀거니 뜨고 당할 날만 기다리라는 거야?
멍멍	그래. 야옹이 말이 맞아. 나도 이젠 인간들이라면 치가 떨려 미칠 것 같아.
꼬댁	감정적으로 생각해선 안 돼. 모든 건 시기라는 게 있어. 지금 도망쳐봤자 생명을 더욱더 단축시키는 일이고 또 그렇게는 살 수도 없어.
야옹	그럼 어떻게 하잔 말이야?
꼬댁	우린 서서히 일을 추진해야 돼. 우리 세대는 인간들에게 그냥 멕히면서 죽어가는 거야. 하지만 살아 있는 동안 후세들을 교육시켜나가는 거야. 인간을 물리칠 수 있는 두뇌와 힘을 갖기까지. 그렇게 되면 미래의 어느 날 우린 그 꿈을 이룰 수 있겠지.
야옹	하지만 인간들이 결코 그렇게 쉽게 멸망할까?
꼬댁	물론 그건 매우 어려운 일이지. 하지만 꼭 그렇게 비판적인 것만은 아냐. 인간들은 이제 자기들끼리 피 튀기며 싸우기 시작했어.

318

멍멍   그렇다면?

꼬댁   그놈들의 멸망이 점점 다가오고 있다는 말이지.

꿀꿀   하지만 꼬댁이 니 말도 결국 우리는 이대로 죽을 수밖에 없다는
        뜻이잖아?

꼬댁   그야 그렇지.

음매   (한숨을 쉬며) 오다 보니까 정육점이 또 하나 생겼더군.

야옹   응, 맞아. 농협 창고 옆에.

음매   깜짝 놀랐어. 황우가 거기 있었어. 다가가서 보았더니 머리가
        댕강 잘린 채 날 보고 있질 않겠어.

꿀꿀   어쩐지 황우가 안 보이더라니.

꼬댁   꿀꿀이 너도 조심해.

꿀꿀   왜?

꼬댁   요새 식욕이 너무 좋아. 그렇게 가다간 니 몸이 피둥피둥 살이 찔
        것이고 더 찔 데가 없다고 생각되면 그날로 끝장이야.

꿀꿀   하지만 계속 멕히는 걸 어떡해.

꼬댁   제사상에 대가리만 (돼지가 웃는 표정을 지으며) 이 꼴로 있지
        않으려면 한 끼씩 건너뛰어.

음매   하지만 그렇게 살아서 뭐 해. 차라리 배불리 먹고 빨리 죽어버리는
        게 낫지. 이게 뭐야. 낙이 하나도 없잖아. 맨날 쟁기질이나 하고.
        그래도 너희들은 나보단 나아. 난 그것마저도 인간들에게 잃고
        말았어. 인공 수정사가 비닐장갑을 끼고 수정을 하지. 나한테
        남아 있던 단 하나의 쾌락마저 저들은 빼앗아가버린 거야.
        인간들은 진짜 이 세상에 없어져야 할 것들이야.

야옹   아! 언제나 그것들이 없어질꼬.

꼬댁   기다려. 기다리는 것만큼 완벽한 것은 없어.

꿀꿀	그날이 오면 우리도 큰소리 떵떵 치겠지.
야옹	그걸 말이라고 해. 인간들은 그날로 정육점행이라고. (손님 흉내를 내며) 저어 꿀꿀이 아저씨.
꿀꿀	어떻게 오셨습니까?
야옹	사람 고기는 안 팔아요?
꿀꿀	어떤 부위를 원하시는데요? 갈비살? 대가리살? 목살? 맛이야 정강이살이 최고지요.
야옹	그럼, 정강이 살로 두 근만 주세요.
꿀꿀	예 예. 지글지글 지글지글 냠냠냠.
일동	하하하하.
꼬댁	자, 오늘은 일단 취하는 거야. 술잔을 들라고. 인간의 멸망을 위해 모두 건배.
일동	건배.

배우 일동, 분장을 지운다.

본래의 모습.

연출과 작가 무대 위로 올라간다.

작가	(배우들과 일일이 악수를 하면서) 잘했어. 아주 잘했어. 성공적인 공연이야. (연출을 보며) 아니 연출 선생, 왜 마음에 안 드시오?
연출	울고 싶은 심정이오. 〈사육당하는 우리〉 때보다 더 형편없다구요.
작가	그래? (배우에게) 댁들도 그렇게 생각하오?
배우3	잘했다는 생각은 별로 안 드는군요.
연출	별로 정도가 아니야.

작가	헌데, 그게 왜 다 내 탓이오?
연출	당신이 대본을 이렇게 썼으니까 그렇지.
작가	우리의 얘기를 사실대로 써서 해보자는 게 누구였는데?
연출	그래도 누가 이따위 작품을 쓰랬어?
작가	그럼 진작 그만두었어야지. 이제 와서 내 핑계만 대면 어떡해?
연출	자, 저 관객들의 눈을 보라구요. 저게 무슨 연극이냐는 식이 아닙니까? 저 사람들이 나가서 무어라고 소문내겠습니까? 개새끼들 지네들끼리 지랄발광해놓고 돈까지 받아 처먹더라고 할 거 아뇨.
작가	그래서 내가 애초에 뭐랬소. 공연히 장난치지 말고 무겁고 가슴이 찡한 비극으로 하자고 안 했소.
연출	지금은 코미디 시대요.
작가	그래서 블랙코미딜 썼잖소?
배우2	그만들 두세요. 이제 와서 뭘 어쩌겠다는 거예요. 할 수 없죠. 이대로 막을 내리는 수밖에.
연출	이대로 막을 내려?
배우4	그럼 어떡해요. 대사도 이미 끝났는데.
연출	지어서라도 해야지.
배우1	우리가 작갑니까? 지어서 하게.
연출	야! 누구 망가지는 꼴을 보려고 그래.
배우4	할 수 없잖아요.
연출	안 돼. 이대로 막을 내릴 순 없어.
작가	그럼 어쩌잔 말이오.
배우5	제 생각도 연출자님 생각과 같은데요, 우리가 이 작품을 택했을 때 우리의 간곡한 뜻을 밖에 알리자는 데 있었잖아요?

작가	그런데?
배우5	나타난 게 뭐예요? 새로운 연극, 새로운 예술의 가치가 우리의 푸념으로 끝나버렸어요. 우리가 앞으로 어떠한 각오로 임할 것인가, 뭐 이런 걸 보여줬어야죠.
작가	(고개를 끄덕인다.)
연출	발가벗기라도 해.
배우 일동	예?
연출	마지막 카드는 그것밖에 없어. 우리의 진실을 보여주자는 거야.
배우4	옷 벗는 것만이 능사는 아니잖아요?
연출	현대는 지금 발악하고 있어. 우리가 무대 앞에 색동저고리를 입고 관객이 모이기만을 기다리는 시대는 지났어. 우리도 그들과 같이 발악해야 돼. 발악극을 해야 한단 말이야. 더군다나 우린 배우야. 배우란 일상생활에서 일어날 수 있는 일을 모두 표현할 수 있어야 된다고. 그 표현이 남보다 더 아름답거나 진실되게 느껴질 때 그것이 바로 훌륭한 예술이 되는 거야. 일렬로 서서 아름답고 진실되게 발가벗어봐. 그게 배우의 길이야. (작가에게) 안 그렇습니까?
작가	맞아요. 옷이란 인간의 분열만을 초래하는 거짓치레지. 우린 그런 구차스러운 것을 벗어던지고 알몸으로 만나야 해. 그래서 발가벗은 웃음과 인간의 구석구석까지, 보여줄 수 있는 건 다 보여줘야 돼. 똥까지도 말이야. 여러분의 못 벗겠다는 생각도 다 인식의 차이에서 오는 거야. 사람은 누구나 옷을 벗거든. 그런데 남들이 본다고 해서 못 벗는단 말이야. 하지만 배우라는 게 뭐야. 배우는 보여주려고 있는 것이야. 그런데 배우 자신이 남이 있어서 못 보여주겠다는 것은 이상하지 않아? 저 관객들도

마찬가지야. 속으로 이러겠지. '쯧쯧쯧. 아무리 배우라도 그렇지, 어쩌면 우리 앞에서 옷을 벗을 수 있담.' 후후후. 웃기지 말라고 그래. 지네들은 고상하게 연극 보러 왔다고 뽐낼지 모르지만 집에 가면 발가벗고 거울 앞에 서서 포즈도 취해보고 못할 짓도 다 해본다고. 그러니 옷 벗는 걸 두려워하지 마. 이게 바로 내 개똥철학이지. 쟤도 방귀 뀌고 나도 방귀 뀌니, 우리 서로 소리 죽여 식은 방귀 내보내지 말자, 이거야. 사실 다 내놓고 살면 그런 인식의 차이가 없어지는 거거든.

연출   자, 일렬로 섭시다. 뒤로 돌아. 우린 지금부터 저 관객들에게 무엇인가를 보여줘야 합니다. 물론 우린 지금까지 무엇인가를 보여줘왔습니다. 또 고생도 했습니다. 그리고 우리의 한계를 초월하고자 노력도 했습니다. 그러나 우린 또 실패했나 봅니다. (관객에게) 여러분 죄송합니다. 처녀비행이었고, 불시착이었습니다. 우리의 영혼은 빈곤합니다. 이 빈곤한 영혼을 채우기 위해 여러분도 여기에 오셨을 것이고, 우리도 익히 그것을 알고 있습니다만 우리의 영혼은 고작 이러한 유치스러운 언어와 서툰 몸짓뿐이었습니다. 여러분! 차기작만큼은 꼭 제대로 만들겠습니다. 그런 각오로 이 겉치레를 벗어버리겠습니다. 감사합니다.

모두 옷을 벗는다.
알몸이 된다.

저자 소개

극작가 이만희(李萬熹, Lee Man-Hee)

1954. 7.	충남 대천 출생
1979. 2.	동국대학교 인도철학과 졸업
2000~2004	동덕여자대학교 문예창작학과 교수 재직
2005~현재	동국대학교 영상대학원 교수 재직

희곡 작품

1980	처녀비행
1989	문디
1990	그것은 목탁구멍 속의 작은 어둠이었습니다
1992	불 좀 꺼주세요
1993	돼지와 오토바이
1993	피고 지고 피고 지고
1996	아름다운 거리
1996	돌아서서 떠나라
1997	용띠 개띠
1998	암스테르담
1999	언니, 나야
2003	새 한 마리
2005	그래도 기차는 간다
2008	언덕을 넘어서 가자

2009	해가 져서 어둔 날에 옷 갈아입고 어디 가오
2010	그대를 속일지라도
2010	늙은 자전거
2018	가벼운 스님들

시나리오 작품

1998	약속(각본)
2003	보리울의 여름(각본)
2003	와일드카드(각본)
2004	아홉살 인생(각본)
2005	6월의 일기(각색)
2008	신기전(각본)
2009	거북이 달린다(각색)
2010	포화 속으로(이재한 공동 각본)
2010	사요나라 이츠카(각색)
2010	그대를 사랑합니다(각색)
2012	R2B 리턴 투 베이스(각색)
2013	박수건달(각색)
2014	피끓는 청춘(각색)
2016	제3의 사랑(이재한 공동 각본)
2016	인천상륙작전(이재한 공동 각본)

작품상 수상

1979	《동아일보》 장막 희곡상
1983	월간문학상

1990	삼성문예상
1990	서울연극제 희곡상
1991	백상예술상
1994	영희연극상
1996	동아연극상
1998	대산문학상
1999	한국희곡문학상
2004	춘사영화제 각본상

저서

『이만희 대표 희곡집』— 도서출판 청맥, 1993

『이만희 희곡집』 I, II — 도서출판 월인, 1998

『와일드카드』(한국시나리오걸작선 101) — 커뮤니케이션북스, 2005

『그것은 목탁구멍 속의 작은 어둠이었습니다』(지만지 한국희곡선집) — 지만지, 2014

『피고 지고 피고 지고』(지만지 한국희곡선집) — 지만지, 2014

가벼운 스님들 이만희 희곡집 1

1판 1쇄 인쇄 2019년 6월 19일
1판 1쇄 발행 2019년 6월 29일

지은이 이만희
펴낸이 김영곤
펴낸곳 아르테

문학미디어사업부문 이사 신우섭
문학사업본부 본부장 원미선
문학콘텐츠팀 팀장 이정미
편집 김필균 김지현 허문선 김혜영 김연수
디자인 박란정 김영길
문학마케팅팀 정유선 임동렬 조윤선 배한진
문학영업팀 권장규 오서영
홍보팀장 이혜연 **제작팀장** 이영민

출판등록 2000년 5월 6일 제406-2003-061호
주소 (우 10881) 경기도 파주시 회동길 201(문발동)
대표전화 031-955-2100 **팩스** 031-955-2151

ISBN 978-89-509-8191-4 (04810)
     978-89-509-8195-2 (세트)